dtv

Tilman Spengler

# Haben Sie das wirklich alles im Kopf?

Glücksfälle der Weltliteratur

Deutscher Taschenbuch Verlag

Auch als E-Book lieferbar.

MIX
Papier aus verantwortungsvollen Quellen
FSC® C006701

Originalausgabe
Deutscher Taschenbuch Verlag GmbH & Co. KG, München

Die Beiträge des vorliegenden Bandes basieren auf der Sendereihe ›Klassiker der Weltliteratur‹ des Bayerischen Rundfunks.

Umschlagkonzept: Balk & Brumshagen
Umschlagfoto: Katharina Kreye
Satz: Greiner & Reichel, Köln
Druck und Bindung: CPI – Ebner und Spiegel, Ulm
Gedruckt auf säurefreiem, chlorfrei gebleichtem Papier
Printed in Germany · ISBN 978-3-423-28026-6

INHALT

Vorwort 7

Aischylos (525 v. Chr.–456 v. Chr.) 13
Jane Austen (1775–1817) 19
Honoré de Balzac (1799–1850) 26
Samuel Beckett (1906–1989) 33
Heinrich Böll (1917–1985) 40
Bertolt Brecht (1898–1956) 47
Cao Xueqin (1715?–1763) 54
Lewis Carroll (1832–1898) 60
Joseph Conrad (1857–1924) 68
Federico García Lorca (1898–1936) 75
Johann Wolfgang von Goethe (1749–1832) 83
Jacob (1785–1863) und
Wilhelm (1786–1859) Grimm 96
Gerhart Hauptmann (1862–1946) 103
Heinrich Heine (1797–1856) 110
Ernest Hemingway (1899–1961) 117
Kawabata Yasunari (1899–1972) 123
Heinrich von Kleist (1777–1811) 129
Selma Lagerlöf (1858–1940) 135
Lu Xun (1881–1936) 142
Robert Musil (1880–1942) 148
Vladimir Nabokov (1899–1977) 155
George Orwell (1903–1950) 161
Joseph Roth (1894–1939) 168

Friedrich Schiller (1759–1805) 174
William Shakespeare (1564?–1616) 181
Laurence Sterne (1713–1768) 188
Tausendundeine Nacht 195
Anton Tschechow (1860–1904) 200
John Updike (1932–2009) 206

Personen- und Werkregister 215
Quellennachweis 223

## VORWORT

Es ist noch nicht lange her, da verschwand der Autor von der Bildfläche. Entzog sich einfach dem Blick des Betrachters wie der Geist, der auf Anleitung eines Zauberers unsichtbar der Flasche entweicht.

Den Zauber veranstalteten französische Intellektuelle wie Roland Barthes (›Der Autor ist tot‹) und Michel Foucault (›Was ist ein Autor?‹), die Ende der 60er, Anfang der 70er Jahre erklärten, auf den Autor als Person, als Träger einer Biografie könne der Leser getrost verzichten. Das Ausschlaggebende sei der Text, das Buch, das Geschaffene, und da solches immer neu und immer erst im Akt der Schöpfung entstünde, erübrige sich der Blick auf den Urheber. Er (oder sie) sei vielleicht ein Vermittler von geistigen Anregungen, räumte Foucault ein, insofern naturgemäß auch leiblich vorhanden. Aber das Entscheidende, so ging die Argumentation weiter, läge in der Funktion, die jene Person ausübe, nicht in ihrem vielleicht traurigen, vielleicht glücklichen Schicksal, in der Kindheit, der Neigung zu Drogen oder der sexuellen Präferenz.

Es dauerte gut zwei Jahrzehnte, bis die Autoren auf die Bildfläche zurückgezaubert wurden. Diesmal hockten die akademischen Hexenmeister vornehmlich in den Universitäten der Vereinigten Staaten. Ihre Beweisführung war nicht weniger eindrucksvoll – und schnell gewannen sie den Beifall ihrer Urheber. Denn wenn es diese nicht auch existenziell gäbe, führten die Autoren aus und deuteten auf die eigene Brust, würden nicht nur ganze Stämme der literaturhistorischen Forschung überflüssig, es entfiele gleichzeitig eine für sie lebenspraktisch so bedeutende Regelung wie das Urheberrecht. Autoren verschließen sich ungern gewagten Strömungen der modernen Philosophie, ganz gleich, an welcher Küste sie vorbeiführen, sie hängen aber auch an ihrem materiellen Leben.

Ich erinnere hier an dieses kurze Kapitel der westlichen Geistesgeschichte, um eine erste kleine Lanze für die Aufsätze zu brechen, die in diesem Buch zusammengelesen sind. Sie geben sich nämlich alle mehr oder weniger gezügelt auch der Freude am Biografisch-Anekdotischen hin. Es handelt sich schließlich auch um eine Vorstellung von Personen, die vielleicht Freunde werden.

Im Anekdotischen, belehrt uns der heitere Goethe, findet die Erinnerung an sich selbst Gefallen. Damit meinte er nicht, was sein Kollege Wieland die »Jagd auf die kleinen Züge« nannte, es ging ihm vielmehr um Bilder, die leicht und prägnant im Gedächtnis haften. Die Anekdote hatte in dieser Galerie einen durchaus würdigen Platz, *wenn* sie dezent vorgetragen wurde. Wie etwa hätte Goethe, der Aischylos schätzte, auf die Geschichte reagiert, die dessen Tod mit dem Sturz einer Schildkröte zusammenbrachte? Wir können es nur vermuten und erzählen die Anekdote später nach. Ob sie wahr ist, entzieht sich unserem Urteil. Doch Generationen von Schülern, die vielleicht vergessen haben, wer wen in der ›Orestie‹ des Aischylos erschlug, werden sich zumindest an das tragische Ende des Dichters erinnern – und über diese kleine Brücke wieder Zugang zu einem Stück finden, das am Anfang allen Theaters stand.

Ich sprach eben vom »Zusammenlesen«. Johann Christoph Adelung, jener vorbildliche Sprachmeister, der uns gegen Ende des 18. Jahrhunderts den Kosmos der »hochdeutschen Mundart« erschloss, berichtet im zweiten Band seines Wörterbuches von der Verwirrung, welche die Doppelbedeutung des Wortes »Lesen« anrichtet. Einmal geht es ja um den Vorgang des Erntens, Sammelns oder Aufsammelns, zum Zweiten aber, und zwar in »völlig übereinkommender Conjugation«, wie der Autor mit fast schon empörter Verwunderung schreibt, um jenen Akt, der das Begreifen eines oder mehrerer Zeichen bedeutet.

Ich darf, auf dieses Buch bezogen, mit dem »Lesen« beginnen, wie es in »Weinlese«, in »Leserlohn« oder in »Steine vom Acker lesen« gebraucht wird. Gemeint sind Auswahl und Aufheben von unterschiedlichen Autoren und deren Werken. Angeregt wurde die Sammlung vom Verantwortlichen eines bayerischen Fernsehsenders, in dem zumindest zwei angenehme Gedanken noch überlebten: Bildung kann nicht schaden und Bildung darf nicht erschrecken. Um einen elektronischen Frontalunterricht zu vermeiden, wurde ich auf beschwingte Gänge vor der Kamera durchs Studio geschickt. Das Publikum sollte nicht mit schweren Regalen vor den Kopf gestoßen, nicht enzyklopädisch überfüttert, sondern gleichsam aus dem Handteller ernährt werden. Gibt es dafür auch ein literarisches Vorbild? Selbstverständlich, jedenfalls wenn wir von den Bewegungsabläufen absehen. Der japanischen Nobelpreisträger Kawabata Yasunari hat eine alte Erzählform wiederbelebt, die Leser erfreuen wird, denen die Frage: *Aber ist das jetzt auch das ganze Bild?* von Herzen schnuppe ist. So ist auch unsere Auslese eine des hoffentlich glücklichen Zufalls.

Lesen, jetzt im zweiten Verständnis des Wortes, da dürfen wir uns wieder auf Johann Christoph Adelung verlassen, ist untrennbar mit den Verben »Lehren« und »Lernen« verbunden, wenn nicht sogar deckungsgleich. Irgendwann wurde einmal der Konsonant »r« durch das naheliegende »s« ersetzt, ein Übergang, der jedoch »in allen Sprachen sehr leicht« erfolgt, wie uns der Philologe beruhigt.

Nun rückt aber der Schulterschluss zwischen »Lesen«, »Lehren« und »Lernen« diese drei Unternehmungen in denselben haarigen Legitimationszusammenhang. Mit dem Lernen und dem Lehren ist nicht zu spaßen, beides, so hat es der Lehrer eingebläut, betreiben wir nicht für die Schule, sondern fürs Leben. Beides sind ernsthafte Angelegenheiten, wird doch der Glanz unseres Auftretens in der Öffentlichkeit durch das Lesen ebenso bestimmt wie durch die Furcht vor dem Nicht-gelesen-Haben.

Trifft das heute eigentlich noch zu? Es stellt sich ja häufig die Frage: Sollte ein schlichter Freund der Literatur, sollte die Trägerin jener sonoren Stimme im Salon, sollte vielleicht sogar der berufliche Kritiker ein Buch, über das er seine Meinung verbreitet, tatsächlich auch gelesen haben? Und wenn ja, wie genau bitte? Zeile für Zeile, das herausfordernde Rezept von Thomas Mann? Sich zwischen einzelnen Kapiteln hin und her schlängelnd, auf der Suche nach der Entknotung? Hat der Rezensent sich durch andere Lektüren unterbrechen lassen oder zeitgleich körperliche Ertüchtigung betrieben? Oder hielt er sich an den nicht weniger anregenden Rat Thomas Manns, der das intime Moment der häuslichen Lektüre ins Spiel blättert: »Seit Wochen, mein verehrter Kollege, ich versichere es Ihnen, seit Wochen liegt Ihr Buch auf meinem Nachtkasten!« Vereinnahmung durch Nähe nennt das die aufgeklärte Seelenkunde.

Unbestreitbar, die Zuneigung zur Literatur zeigt heute Formen der eher ausgelassenen Art. Man muss längst kein französischer Intellektueller mehr sein, um zu behaupten, das Leben sei zu kurz, um sich auf die ›Suche nach der verlorenen Zeit‹ von Marcel Proust im Detail einzulassen.

Schwach der Protest, wenn das Lob für die Werke von Jean Paul damit begründet wird, hier habe ein Autor bereits »gebloggt«, bevor »das Netz« erfunden worden sei. So viel Zeit, so viele Bände, so viele wunderliche Einzelheiten! Dabei seien etwa des großen französischen Chronisten Gedanken über die Macht menschlicher Erinnerungen in Raum und auch in Zeit naturgemäß längst Teil des eigenen Denkapparates geworden. Ein zu genaues Hineinsehen in die Romane trübe nur den Blick auf die Zusammenhänge des Großen und des Ganzen. Zugespitzt ausgedrückt: Wie die Konturen ihrer Autoren dürften sich auch die Einzelheiten ihrer Werke gern im Ungefähren verlieren.

Brandneu sind diese Erwägungen natürlich nicht. Lesen kann ein Abenteuer sein, davor haben die Klassiker selber stets gewarnt. Denken wir nur an manchen Helden in den Werken von Jorge Luis Borges, dem durch zu viel Lesestoff, zu große Vernarrtheit ins Detail, oft ein schreckliches Ende, ein veritabler Höllensturz beschert wird. Oder an die Figur des Bibliothekars in Robert Musils ›Mann ohne Eigenschaften‹, jenen Mann, der seinen Verstand nur bewahren kann, wenn er eben nicht den Inhalt von Büchern, sondern nur noch deren Titel, Signaturen oder ihren exakten Platz auf den Regalen des Magazins im Kopf behält.

»Hat der das wirklich alles im Kopf?«, fragt im Pekinger Teehaus ein besorgt bewundernder Zuhörer seinen Nachbarn, als der blinde Geschichtenerzähler mit einem Gongschlag das neue Kapitel beginnt.

Es geht um Geschichten und daher um alles. Mit nur geringer Übertreibung kann man sagen, in der Literatur wurde das Mögliche, aber auch schon dessen Gegenteil lange sinnlich verhandelt, bevor beide in den Brennpunkt der philosophischen Spekulation rückten. Die kleinen Botschaften in diesem Band sollen hier Fingerzeige geben.

Verbindliche Fingerzeige? Auch davor schützt uns ein Vorbild, diesmal Henrik Ibsen. Seine Schwiegertochter hat die Szene festgehalten, in der verschiedene Kritiker dem Dramatiker ihre Interpretationen vortragen. Ibsen, schon alt, schweigt lange, blickt aus dem Fenster, sagt dann: »Hierzu könnte man einiges sagen.« Greift nach seinem Bart und schweigt weiter.

Tilman Spengler, August 2013

## AISCHYLOS

Denkt man an das antike griechische Theater, kommt einem als Erstes der Chor in den Sinn. Ein muschelförmiger Bau, darin ein Chor. Und in der Tat war die Urform des Theaters eine Gesangs- und Tanzdarbietung. Vor einem Tempel oder in einem Amphitheater. Eine rhythmische Beschwörung in hohen und tiefen Tönen, wenn man so will.

Doch nicht weniger deutlich haben wir die großen tragischen Helden im Gedächtnis, Agamemnon und König Ödipus, Elektra und Antigone, deren Schicksal Furcht und Mitleid erregt, während der Chor das Geschehen kommentierend besingt. Diese Figuren stehen noch heute sinnbildlich für Höhen und Abgründe einer menschlichen Existenz. Zum Theaterleben erweckt wurden sie in der griechischen Antike durch eine künstlerische Revolution. Deren Anstifter war Aischylos, 525 vor unserer Zeitrechnung geboren, somit älter als Sophokles und Euripides, die beiden anderen großen griechischen Tragödiendichter. Aischylos war der Erste, der begriff und ernst nahm, dass Theater eine Veranstaltung für *alle* Sinne sein muss.

Das beginnt damit, dass Aischylos in seinen Stücken einen zweiten Schauspieler auf die Bühne bringt und so den Dialog zwischen zwei Figuren ermöglicht. Wo zuvor nur der Chor und *ein* Vortragender für Erbauung oder Verzagung des Publikums sorgten, können nun mehrere Helden, mehrere tragische Charaktere miteinander ringen. Doch das ist nicht alles. Aischylos hat sehr früh erkannt, dass spannendes Theater nicht nur aus dem Austausch von Worten bestehen kann. Es muss vielmehr ein Fest fürs Auge sein. Also schafft Aischylos bunte Kostüme, Kothurne, Bühnenschuhe mit besonders dicken Sohlen, eine Dekoration für die Bühne, sogar eine frühe Form beweglicher Kulissen. Zu Beginn der ›Orestie‹ etwa liegt ein Wächter auf der Bühne und klagt, wie lange er schon auf das Feuerzeichen warte, das den Fall von Troja anzeigt. Während er noch klagt, fängt es, für ihn selbst zunächst unsichtbar, in den Kulissen zu glühen an. So zaubert man seither Effekte. Für uns alltäglich, damals ein Wunderwerk.

Aischylos lebte in jenen Jahrzehnten, in denen Athen zu einer, man kann sagen, Weltmacht aufstieg. Es waren gleichzeitig die Jahre demokratischer Reformen. Der Dichter stammte aus einer vornehmen Familie – er war Poet, Kosmopolit und ein Mann der kriegerischen Praxis. Vermutlich sah er nicht so aus, wie wir ihn von den Büsten kennen. Die Bildhauer jener Zeit schufen Idealtypen und da gehörten zum Dichter die zerfurchte Stirn und der Vollbart. Aber eine imponierende Erscheinung muss er dennoch gewesen sein – und ein Krieger. So kämpfte er unter anderem in den Schlachten von Marathon, von Salamis und von Plataiai. In den Perserkriegen verlor er seinen Bruder. Leid, Tragik, Unglück zählten zu seinen Wegbegleitern.

Sein Gesamtwerk soll rund 90 Tragödien umfasst haben, wovon heute sieben vollständig erhalten sind. Unter Historikern gilt das als viel. Wer im damaligen Athen mit dichterischen Werken reüssieren wollte, präsentierte sie auf den jährlich im Frühjahr stattfindenden Festspielen, die nach dem Gott Dionysos die »Dionysien« genannt wurden. Recht besehen handelte es sich um einen lyrischen Wettkampf. Als Aischylos hier zum ersten Mal antrat, unterlag er. Das war bitter, aber dass man durch Leiden lernen kann, ist schließlich eine der zentralen Aussagen seines Werkes.

Seine beiden bedeutendsten Werke sind, soweit wir das heute beurteilen können, ›Die Perser‹ und die ›Orestie‹. Die ›Orestie‹ ist die einzige in ihrer Gesamtheit erhaltene antike griechische Trilogie. Sie trägt die typischen Merkmale aller Stücke des Aischylos, die Botschaft nämlich, dass menschliches Handeln notwendig schuldhaft wird und dass der Mensch stets für sein Handeln verantwortlich bleibt – auch wenn die Götter, denen Mitleid genauso wenig fremd ist wie Rache, sich eingemischt haben. Dieses Handeln hat einen Sinn, doch im tieferen Sinne kennen den nur die Götter. Aufgeführt wurde die ›Orestie‹ erstmals 458, mehr als zweieinhalb Jahrtausende vor unserer Zeit. Aischylos war damals bereits 83 Jahre alt, das Schreiben von Dramen hält den Kopf offenbar jung. Und mit diesem Stück gewann er den Preis der Dionysien.

Im Zentrum des ersten Teils steht eine Bluttat, die Ermordung von Agamemnon, König von Argos, durch seine Frau Klytaimnestra und ihren Geliebten Aigisthos. Klytaimnestra hat Aigisthos, einen Vetter Agamemnons, an der Herrschaft beteiligt. Jetzt erwartet sie die Rückkehr Agamemnons aus dem Krieg um Troja. Troja, davon war schon die Rede, ist gefallen. Mit Agamemnon kehrt ein Sieger, ein Held zurück, aber auch ein Gatte und der Mann, der seine und Klytaimnestras Tochter Iphigenie für den Sieg opferte. Klytaimnestra will diesen Helden umbringen.

In dem Triumphwagen, der ihn zu seinem Palast bringen soll, sitzt neben Agamemnon die Seherin Kassandra als Sklavin und als Konkubine, was den Zorn der Gattin natürlich noch steigert. Klytaimnestra bittet Agamemnon in den Palast und tötet ihn im Bad durch drei Schläge mit einer Doppelaxt. Dieser Mord gleicht dem Opfermord an einem Tier und so wird der letzte Schlag von einem Gebet zu einem Gott begleitet. Die Seherin Kassandra erleidet dasselbe Schicksal.

Klytaimnestra zeigt dem entsetzten Chor, dem Publikum, also uns, die Leichen von Agamemnon und Kassandra und versucht, ihre Motive zu erklären. Aigisthos, ihr Liebhaber, ergreift für sie Partei, schlägt aber den falschen Ton an. Um ein Haar kommt es zu einem neuen Verbrechen, doch Klytaimnestra beendet den Streit. Es ist bereits genug Blut geflossen. Zum Ende ruft, mahnt, erinnert der Chor den verschollenen Sohn Orestes daran, dass Rache zu üben ist, weil Schuld entstand – individuelle Schuld aufgrund ganz persönlicher Auseinandersetzungen: Blut wird vergossen, Bluttaten werden gerächt, doch zwischen den Handelnden gibt es keine vermittelnde Instanz. Das Individuum ist autonom – und geht daran zu Grunde.

Im zweiten Teil der ›Orestie‹ wird der nächste Schritt der Rache vollzogen – und zwar von den Geschwistern Elektra und Orestes, den Kindern Agamemnons und Klytaimnestras. Nach einem bedrückenden Traum, den sie für eine Mahnung der Götter hält, schickt Klytaimnestra ihre Tochter Elektra zum Grab des Agamemnon, sie soll dort ein Opfer bringen. Am Grab des Vaters trifft Elektra ihren Bruder Orestes, den sie zunächst nicht wiedererkennt. Der Bruder berichtet, kein Geringerer als Apollon habe ihn beauftragt, den Mord am Vater zu rächen.

Zwar schreckt Orestes vor dem Mord an der Mutter zurück, wird aber durch seinen Freund Pylades – und von Apollon – überzeugt, die Tat auszuführen. Orestes und Pylades geben sich im Palast als gewöhnliche Reisende aus, die die Kunde vom Tode des Orestes überbringen. Freudige Überraschung bei der Königin und ihrem Liebhaber, scheinbar ist der Rächer ja aus dem Spiel. Dann vollzieht Orestes den Mord an den beiden.

Stehen Schuld und Rache im Zentrum der ersten beiden Teile der ›Orestie‹, geht es im dritten um die Sühne. Jetzt verlangt Klytaimnestra Gerechtigkeit. Schließlich wurde sie für den Mord an Agamemnon bestraft, Orestes für den Muttermord bislang jedoch nicht.

Der Streit über Recht und Unrecht, Blutrache und Sühne setzt sich fort und wird bis zur Göttin Pallas Athene getragen. Diese Göttin gibt dem Drama eine wegweisende Wendung. Pallas Athene entscheidet, dass nicht ein Einzelner, sondern eine Gemeinschaft über Schuld und Sühne befinden muss. Das nennt man heute: Legitimation durch Verfahren. Und in diesem Fall endete es mit einem Freispruch.

472 v.Chr. wird in Athen das Drama ›Die Perser‹ uraufgeführt, in dem der Dichter seine Kriegserfahrungen verarbeitet. Er hätte allen Grund gehabt, dem Feind ein paar hässliche Worte nachzuschleudern, denn sein Bruder kam im Kampf ums Leben. Doch weit gefehlt. Die Perser stehen nicht für einen Schurkenstaat, nicht für die Achse des Bösen oder welche Bezeichnung auch immer Politikern in solchen Momenten einfällt. Aischylos beschreibt den Gegner als den großen Unterlegenen, doch als einen Verlierer in Würde, einen Ebenbürtigen. Er setzt mit seinem Stück dem Feind ein literarisches Denkmal, er tritt ihn nicht in den Staub. Zu einer solchen Haltung, zu einer solchen Größe hat die Politikgeschichte bis in unsere Tage nur selten zurückgefunden.

Gestorben ist Aischylos angeblich, weil er von einer Schildkröte erschlagen wurde, die ein Adler hatte fallen lassen. Das ist natürlich eine Legende, aber eine sehr reizvolle. Sie verwebt verschiedene Mythen, das hätte Aischylos gefallen. Er blieb nämlich nicht im dunklen Kämmerlein, das nur deutsche Dichter bevorzugen, sondern wartete unter freiem Himmel auf eine göttliche Inspiration. Sein Kopf ist kahl, die Folge von Jahrzehnten tiefen Denkens und anspruchsvoller, entbehrungsreicher Arbeit im Feld der Literatur. Der Adler, ein ebenso erhabener wie weiser Vogel, der weiß, dass man Schildkrötenpanzer nicht mit dem Schnabel knackt, sondern das Tier fallen lassen muss, damit der Panzer zerbricht, hält die Glatze des Dichters für einen Stein. Der Adler trifft.

Aischylos hinterlässt uns somit kein letztes Wort, sondern Theaterstücke. Theaterstücke – und den Schlüssel zum Welttheater.

# JANE AUSTEN

Wenn Virginia Woolf, die große englische Schriftstellerin des frühen 20. Jahrhunderts, recht hat – und es gibt keinen vernünftigen Grund, ihr zu misstrauen –, dann wurde Jane Austen einst von einem Engel aus ihrer Wiege gezogen. Er nahm die kleine Jane auf eine Reise mit, zeigte ihr den Platz auf der Welt, wo sie leben würde, und legte das Kind wieder zurück in die Wiege. Die Grenzen, die geografischen, die sozialen und auch die emotionalen Grenzen der künftigen Autorin von ›Verstand und Gefühl‹, von ›Stolz und Vorurteil‹, um hier nur zwei der bekanntesten Titel zu nennen, wurden offenbar schon im Himmel abgesteckt. Man muss dabei allerdings hinzufügen, dass die Engel, die über der englischen Grafschaft Hampshire wachen, dort wurde Jane Austen 1775 geboren, dass also die Engel, die dort ihren Dienst verrichten, den ihnen anvertrauten Schützlingen nicht nur ihre Grenzen aufzeigen, sondern ihnen darüber hinaus auch noch eine gehörige Portion Humor mit auf den Lebensweg geben. Solche Engel wünschte man sich auch anderswo. Anderswo und in großer Zahl.

Wenn unsereiner über die Biografie eines Autors, einer Autorin nicht viele Einzelheiten berichten kann, dann hilft nur der Hinweis, das Leben müsse sich aus dem Werk erschließen. Jane Austen macht da keine Ausnahme. Sie war eine diskrete, man kann fast sagen, eine verschlossene Person. Ihre zahlreichen Werke veröffentlichte sie nie unter ihrem eigenen Namen, stattdessen stand an der entsprechenden Stelle des Buches der Vermerk: »by a lady«. Wenn sie sich jemandem anvertraute, dann war das ihre Schwester Cassandra. Cassandra war die um zwei Jahre Ältere, und da es im Hause der Austens noch sechs Brüder gab, hingen Jane und Cassandra besonders eng aneinander.

Cassandra war die malerisch begabte Schwester. Sie hat Jane Austen zwei Mal porträtiert, einmal als Rückenansicht, einmal von vorn. Nach Angaben von Zeitzeugen weist leider allein das Rückenporträt eine erkennbare Ähnlichkeit mit dem Original auf. Vielleicht lag das an einer gewissen künstlerischen Befangenheit, vielleicht wollte Cassandra aber ihre jüngere Schwester auch nur vor der Öffentlichkeit schützen. Das war wohl auch ihr Motiv, als sie nach dem Tode von Jane, 1817, einen Großteil der Briefe, in denen ihr die Schwester Privates anvertraut hatte, nicht einem literarischen Archiv überließ, sondern verbrannte. Schweren Herzens, wie sie dazu schrieb.

Doch ganz im Verborgenen kann das Leben einer Autorin von Weltruhm naturgemäß nicht bleiben, einer Schriftstellerin, die schon zu ihren Lebzeiten – mit wenigen kuriosen Ausnahmen – nicht nur von ihren Schriftstellerkollegen geliebt wurde, sondern deren Auflagen erst langsam, dann beständig stiegen und heute immer noch Kopf an Kopf mit Unvergleichbarem, nämlich ›Harry Potter‹ liegen. Ganz zu schweigen von der Begeisterung, die zweihundert Jahre nach der schriftlichen Fassung die Filme auslösten, die nach der Romanvorlage gedreht wurden.

Die Wiege, aus der jener Engel Jane Austen entführte, stand im Rektorat von William George Austen, dem Pfarrer der Gemeinde Steventon in der Provinz Hampshire, mithin im Süden des Königreichs. Dieser William George Austen war nach allem, was wir wissen, ein freundlicher, kunst- und ganz besonders literaturbeflissener Geistlicher. Sein kleiner

Sprengel konnte die Familie materiell einigermaßen unterhalten, doch bei acht Kindern musste der Haushalt natürlich streng durchgerechnet werden. Das Thema »Geld« war beileibe nicht nebensächlich.

Gleichsam als Nebenerwerb unterrichtete Janes Vater daher junge Männer, die sich auf ihr Studium in Oxford vorbereiteten. In einen dieser Studenten verliebte sich Schwester Cassandra. Der junge Mann hielt auch um ihre Hand an, doch da er nach dem Examen noch mittellos war, nahm er einen Posten in der Karibik an, wo er einige Zeit später an Gelbfieber verstarb. Cassandra blieb unverheiratet – wie ihre Schwester Jane auch, die zwar einmal eine Verlobung einging, diese aber aus nicht näher geklärten Umständen wieder löste. So ist es kein Zufall, dass Jane Austen auf den Bildern, die wir von ihr kennen, stets eine Haube trägt. Dieser Putz war im Englischen nicht das Zeichen, für das unsere deutsche Redewendung ihn ausgibt, wenn eine junge Frau unter dieselbe kommt, nein, hier stand das sittsam bedeckte Haar für die Jungfernschaft. (Ich gestatte mir diesen kleinen Abschweif aus der strengen Chronologie, um schon einmal kurz eines der zentralen Motive in den Romanen der Jane Austen anklingen zu lassen: Wie lassen sich Romantik und eine »bürgerliche« Sicherheit so miteinander vereinbaren, dass keine der beiden Seiten darunter leidet?)

Zurück ins Rektorat: Pfarrer Austen duldete nicht nur, dass sich seine Tochter dem Schreiben widmete, er, hier lassen wir einen Chronisten sprechen: »Er gestattete ihr sogar den Zugang zu seiner Bibliothek«, was nicht völlig unerhört, was aber für die Zeit auch nicht so völlig selbstverständlich war. Später, da ist seine Tochter 22, schickt der Vater das Manuskript, auf dem letztlich der Roman ›Stolz und Vorurteil‹ basiert, an einen Londoner Verleger. Doch der lehnt eine Veröffentlichung ab. Verleger sind selten unfehlbar.

Seit ihrem zwölften Lebensjahr schrieb sie. Kleine Erzählungen zunächst, auch kleine Theaterstücke, die zu Weihnachten oder in den Sommerferien im Kreis der Familie aufgeführt wurden. »Ich habe leider sehr viel mehr Zeit mit Schreiben als mit ordentlichem Studium verbracht«, notiert sie später. Das war für ihre Verhältnisse ein fast schon koketter Ton. Ihr jugendliches Meisterstück verfasste sie als 15-Jährige. Das Werk war eine heute immer noch sehr komisch zu lesende Satire auf ihr Geschichtsbuch, hieß entsprechend ›The History of England‹ und umfasste immerhin gut drei Dutzend Seiten. Schwester Cassandra hatte das Werk mit Porträts verschiedener Herrscher versehen, die auf eine überraschende Weise aber alle sehr stark den Gesichtern der Familie Austen ähnlich sahen.

Man wird also vermuten dürfen, dass diese Familie ein ökonomisch zwar eher eingeschränktes, aber künstlerisch reiches und im Ganzen daher keineswegs langweiliges oder gar unglückliches Leben führte. Und Jane schrieb und las und schrieb. Verfasste Prosastücke und kleine Dramen, in denen sie die Themen und die literarischen Formen, die damals die Büchermoden bestimmten, etwa den Briefroman, aufgriff, parodierte und letztlich für ihre eigene Ausdrucksform nutzbar machte.

Jane Austens häusliches, wenn wir so sagen dürfen, Glück wurde nachhaltig erst getrübt, als die Eltern 1801 mit den beiden Töchtern nach Bath, jenem mondänen Badeort in der Grafschaft Somerset, übersiedelten. Man muss sich das Bath jener Zeit als eine Art ausgelassenes Wiesbaden vorstellen – und das war nun ganz und gar nicht die Welt der Jane Austen. Auch deswegen scheint ihr literarisch hier nicht viel eingefallen zu sein – vergleicht man es mit der sprudelnden Energie früherer und späterer Jahre. 1806 stirbt der Vater, Witwe und Töchter blicken in eine unruhige Zukunft, doch dann geht es ein wenig zu wie in einem ihrer Romane: Der Bruder wird von einem reichen Onkel adoptiert, auf seinem großen Anwesen steht auch ein kleines Landhaus – und dort hätte Jane Austen glücklich und ungestört die nächsten Jahrzehnte ihres Lebens verbringen können. Doch 1817 wird sie das Opfer einer Krankheit, welche die Ärzte nicht heilen können. Sie stirbt noch im selben Jahr, gerade 41 Jahre alt.

Jenes Manuskript, das der hoffnungsvolle Pfarrer Austen dem Londoner Verleger 1797 vergeblich zugesandt hatte, erschien in überarbeiteter Form 1813, also 16 Jahre später, unter dem Titel ›Pride and Prejudice‹ und wieder etwas mehr als anderthalb Jahre später in Deutschland als ›Stolz und Vorurteil‹. Es knüpfte in seiner Thematik an Jane Austens 1811 erschienenen Roman ›Sense and Sensibility‹ – ›Verstand und Gefühl‹ an. Zwei der dem Stoff zugrunde liegende Probleme sollen kurz vorgestellt werden.

Das eine, gleichsam das materialistische Problem lag im englischen Erbrecht jener Zeit begründet, das oft nur den ältesten männlichen Nachkommen respektive dessen ältesten männlichen Nachkommen als Alleinbegünstigten vorsah. Das galt auch für den Besitz der Familie Bennet, um deren Schicksal es in dieser Geschichte geht. Hinter dieser Regelung stand einmal die feste Überzeugung von der biblischen Überlegenheit des Mannes, zum anderen die Angst vor der Zersplitterung großer Domänen. Es liegt auf der Hand, dass bei diesem Verfahren die nichterstgeborenen Söhne leer ausgingen und dass die Töchter ohnehin von vererbbarem Grundbesitz ausgeschlossen waren. Das ökonomische Heil einer Frau lag mithin einzig in einer ihre Existenz sichernden, einer »vernünftigen« Ehe. So weit, so traditionell.

Nun hatte sich, hier kommen wir zum zweiten Problem, bereits gegen Ende des 18. Jahrhunderts mentalitätsgeschichtlich auch in England manches verändert. Wie uns zahllose feministische Studien zeigen, war unter den Frauen ein neues Selbstbewusstsein auszumachen, das nicht länger bereit war, der herkömmlichen Rollenzuschreibung demütig zu folgen. Nein, da handelte es sich noch nicht um eine Bewegung, wie sie Ende des 19. Jahrhunderts so mächtig aufbrach, wir reden hier auch nur vorsichtig vom Bürgertum, nicht von der Lage unter den Bauern oder bei den sogenannten niederen Ständen. Doch wenn man bedenkt, in wie vielen Haushalten die Lektüre der Romane von Jane Austen verboten war, damit »die jungen Dinger« nicht auf abwegige Gedanken kämen, dann bekommt man ein Gespür für die Richtung.

›Stolz und Vorurteil‹ führt uns direkt in dieses Spannungsgefüge. Die Konstellation ist folgende: Familie Bennet hat fünf Töchter und keinen Sohn, der Landsitz droht – siehe oben – an einen männlichen Verwandten, einen Vetter der Schwestern, zu gehen. Für die weiblichen Mitglieder der Familie eine fatale Aussicht. Elizabeth, die zweitälteste Tochter der Bennets, könnte den Besitz erhalten, wenn sie jenen Vetter heiratete, doch das lehnt sie ab, denn er ist eine lächerliche Figur und es ist für eine Frau entwürdigend, einer solchen Heirat zuzustimmen, nur weil dadurch Eigentumsverhältnisse gesichert werden können.

Elizabeth weist zunächst auch einen anderen Bewerber, den sehr vermögenden Mr. Darcy ab, diesmal aber, weil sie sein arrogantes Auftreten abstößt und weil er zu verhindern versucht hat, dass ihre geliebte ältere Schwester seinen Freund heiratet. Er findet ihre Familie grauenvoll und weit unter seinem Niveau und liebt Elizabeth quasi wider Willen, wie er ganz unverblümt erklärt. Entsprechend schroff ist ihre Antwort bzw. Absage. Beide haben ihre Meinungen, ihre Vorurteile und ihren »Stolz«, ein Begriff, der hier besser mit »Selbstachtung« übersetzt wäre.

Dieser ganz und gar »unschickliche« Dialog, der beide tief gekränkt und aufgewühlt zurücklässt, leitet die Wende in der Geschichte ein und führt schließlich zur Katharsis, zur Läuterung. Es kommt, wie immer bei Jane Austen, zu einem glücklichen, Gott sei Dank aber nicht kitschigen Ende, ausgelöst durch eine aristokratische Tante von Mr. Darcy, die die junge Elizabeth nach allen Regeln der Kunst abzusnobben versucht. Sowohl Darcy wie Elizabeth erkennen, dass man die eigenen Positionen auch überziehen kann, dass ein jeder, eine jede der Gefahr von Stolz und Vorurteil erliegen kann.

Diese knappe Rekonstruktion verrät noch nichts über die Ironie, den Ton geschmackvollen Spöttelns, der das ganze Buch durchzieht. Manche Figuren, hat ein Kritiker geschrieben, scheinen von der Autorin nur vorgestellt, damit sie ihnen gleich wieder den Kopf abschlagen kann. »Sie war keine Frau von vielen Worten, denn anders als bei den meisten Menschen standen sie bei ihr im richtigen Verhältnis zur Zahl ihrer Gedanken ...«, heißt es über eine engstirnige und bornierte Dame in ›Verstand und Gefühl‹. Sätze wie diese mit ihrer präzisen und ganz unsentimentalen Erfassung menschlicher Eigenarten sind im gesamten Werk auffindbar und überdauern die Zeiten.

Jane Austens Werke behandeln gesellschaftliche Zustände – und machen sich gleichzeitig lustig über die schlechten Romane, die diese Zustände perpetuieren. Leidenschaftliche Szenen, wilde Passionen, nein, das ist ihre Sache nicht. Wenn ein Vollmond scheint, dann nur, weil Einladungen gerne auf solche Nächte verlegt wurden, in denen man mit der Kutsche sicherer unterwegs war. Straßenbeleuchtung gab es ja noch nicht. Und nicht etwa, weil der Mond ein Liebespaar beleuchten soll. Aber es gibt den Nachthimmel ohne Wolken. Vielleicht eine Erinnerung an den Ausflug mit dem Engel.

## HONORÉ DE BALZAC

Sie erinnern sich an einen Tag in Ihrer Kindheit: Sie stehen vor einem riesigen Karussell, das sich dreht und dreht, immer neue Figuren in immer neuen Formen tauchen vor Ihnen auf, und Sie können sich nicht entscheiden, wann Sie endlich aufspringen wollen.

So ähnlich hat sich der scharfsinnige Arthur Conan Doyle, der Schöpfer von Sherlock Holmes, gefühlt, als er vor den Werken des Mannes stand, dem in diesem Kapitel unsere Aufmerksamkeit gilt: »Ich weiß einfach nicht, wo ich einsteigen soll«, sagte Doyle über das gewaltige Werk des Honoré de Balzac, und ein wenig verständlich ist diese Verzweiflung schon. Balzac, 1799 in der alten französischen Hauptstadt Tours geboren, war vom Schreiben besessen. Gut, nicht nur vom Schreiben, er hatte auch noch zahlreiche andere Leidenschaften, doch keine löste eine vergleichbare Produktivität aus.

Sein Hauptwerk, ›La Comédie Humaine‹, ›Die menschliche Komödie‹, war auf nicht weniger als 137 Romane angelegt. Nein, vollendet hat er den Plan nicht, er brachte es schließlich »nur« auf 91 Folgen, in denen schätzungsweise um die 3000 handelnde Personen auftreten. Doch auch dafür muss man sich als Schriftsteller nicht unbedingt schämen. Zudem finden sich in dieser Rechnung nicht die Dutzende von Groschenromanen, wie wir heute sagen würden, die er als junger Mann anonym veröffentlichte, und es tauchen auch nicht die Theaterstücke, Essays, Pamphlete, Ratgeber fürs Eheleben oder das Krawattenbinden sowie Reklametexte auf, die ebenfalls aus seiner Feder flossen. Und es ist mit dieser Zahl auch nicht dem Umstand Rechnung getragen, dass Balzac seine Werke, kaum hatte er die Druckfahnen in der Hand, oft so radikal umschrieb, dass das Ursprungswerk kaum noch zu erkennen war.

Stellt man den Schriftsteller und sein Werk in seine Epoche, in das Frankreich der postnapoleonischen Zeit, dann drängt sich unwillkürlich ein Vergleich mit der expansiven Kraft des zu neuer Macht gekommenen Bürgertums auf: Es waren die Jahre, in denen neue Reiche gegründet wurden. Kein Entwurf konnte groß genug sein. Das Unermessliche war die gängige Größenordnung.

Der zentrale Ort des Geschehens ist Paris, die Hauptstadt, deren Bevölkerung sich zwischen 1800 und 1830 verdoppelt hatte. Gleichzeitig waren die sozialen Spannungen in der Metropole bis an die Grenzen des Unerträglichen gewachsen. Fast zwei Drittel der Einwohner lebten in unwürdigen ökonomischen Verhältnissen, von den sanitären gar nicht erst zu reden. Wer sich in dieser Stadt behaupten, wer gar reüssieren wollte, durfte in seinen Mitteln nicht wählerisch sein. Entsprechend laut waren die Klagen über den moralischen Verfall, entsprechend grell wurden die Erfolgsgeschichten herausgestrichen, entsprechend hoch war die Rate der Verbrechen, der von der Justiz verfolgten und der von ebendieser Justiz aus vielerlei Gründen *nicht* verfolgten Verbrechen.

Wenn Sie dazu den packenden Bericht eines historischen Zeitzeugen lesen wollen, empfehle ich Ihnen die Pariser Briefe von Ludwig Börne aus den Jahren um 1830. Und wenn Sie es gern etwas analytischer haben wollen, dann vielleicht die entsprechenden Schriften des gelehrten Alexis von Tocqueville. Dieser unbestechliche Beobachter hat festgehalten, wie ein Teil des Pariser Bürgertums die politische und wirtschaftliche Macht an sich riss und diese Beute sorgsam vor der Konkurrenz in Sicherheit zu bringen versuchte. Einen Platz an der Sonne gab es nur um den Preis, einem anderen diesen Platz zu nehmen.

Zu den Kreisen der Macht führten nur zwei Wege: Geld und Adel, zumindest Verbindungen zum Adel. Balzacs Vater hatte das auf bescheidene Weise dem Sohn vorexerziert. Der studierte Sohn eines Bauern hatte sein Beamtengehalt mit allerlei Immobilienspekulationen aufgebessert und dann, bei einem Positionswechsel in der Provinz, flugs und grußlos seinem Namen ein kleines »de« hinzugefügt. So wurde aus Monsieur Balzac Monsieur *de* Balzac. Das war noch kein Sprung auf die vordersten Seiten des Adelsregisters, doch immerhin ein Anfang. Sein Sohn, unser Honoré, sollte nach dem Willen des Vaters den Aufstieg in Paris fortsetzen, zunächst mit einer Beamtenkarriere, wozu ein Studium der Rechtswissenschaften zwingend geboten schien.

Tatsächlich begann Balzac auch ein solches Studium, doch er verließ die Universität, bevor es zu den Schlussprüfungen kam. Seine wahre Berufung sah er nämlich in der Schriftstellerei, und auf die warf er sich mit großem Enthusiasmus. Es ging dabei nicht nur ums Schreiben, es ging dabei gleichsam um die ganze Branche: Balzac wollte Autor, Redakteur, Herausgeber, Verleger und dazu auch noch Besitzer einer Druckerei sein, realisierte die Pläne auch, jedenfalls eine Zeitlang, erlitt dann aber kommerziellen Schiffbruch, musste Teile des Unternehmens abtreten, Schulden machen, kurz: Balzac durchlebte genau dasselbe Schicksal wie zahllose andere Emporkömmlinge – sackte zusammen in der Niederlage. Depressionen waren ihm nicht fremd, doch dann sprang er wieder auf und machte sich an die nächsten Projekte.

Das Wort »Emporkömmling« ist hier das Schlüsselwort, denn vor allem anderen kam es darauf an, sich einen Zugang, ein *entrée*, zu den Salons der Gesellschaft zu verschaffen.

Etwa durch eine amouröse Affäre. Balzacs *éducation sentimentale*, seine Einführung in die Welt der Leidenschaften, übernahm Madame de Berny, mehr als zwanzig Jahre älter als der Autor, eine, wie Balzac sie schildert, ungewöhnlich liebenswerte Person und dazu und nicht weniger wichtig: eine Dame mit allerbesten Verbindungen. Sie war, wenn ich das einmal so salopp sagen darf, eine erste Sprosse für seinen Aufstieg in die Kreise des Hochadels. Ihr folgten eine Herzogin, mehrere Gräfinnen. Es scheint, als habe die Witterung adeliger Herkunft Balzacs erotische Instinkte ganz besonders heftig angestachelt.

Aber es ging natürlich um weit mehr als Eros: Die Gesellschaft, in die Balzac sich drängte – oder die ihn zu sich lockte –, war die Gesellschaft, die seine Romane bevölkerte, war zumindest ein Teil davon. Die feinen Kutschen fuhren gestern noch durch den Bois de Boulogne, heute finden wir sie schon im ersten Kapitel eines neuen Romans. Balzac, das hat Marcel Proust vielleicht als Erster bemerkt, war immer gleichzeitig Erzähler, Hauptfigur und eben auch Vorbild für seine Geschichten.

Dabei ließ der Erfolg sehr lange auf sich warten. Balzac war bereits 30, als die Kritik ihm erstmals nachhaltig ihre Aufmerksamkeit schenkte. Gut, es war auch der erste Roman, den er unter eigenem Namen veröffentlichte. Der deutsche Titel lautet ›Die Königstreuen‹. Es geht um die Geschichte einer Gruppe von Bretonen, die ihrem König in der Revolution von 1789 bis zuletzt die Treue halten. Ein historischer Roman also, doch mit – für die Zeit – deutlich lesbaren aktuellen Bezügen. Die Pariser schickten sich nämlich gerade erneut an, ihren König zu vertreiben. Diesmal ging es um Charles X., der den Plan gefasst hatte, die französische Verfassung aufzuheben.

Balzac hatte sich eben erst in die noblen Kreise hineingeschraubt, also ergriff er Partei für den Adel. Und als Zeichen der Zugehörigkeit stellte auch er, gelernt ist gelernt, seinem Namen ein sich selbst geschenktes »de« voraus. Jetzt war auch er Monsieur *de* Balzac.

Er gewöhnte sich zudem, kaum war der erste nennenswerte wirtschaftliche Erfolg zu verbuchen, einen Lebensstil an, der dem seiner neuen Gesellschaft zumindest verwandt war. Das reichte bis hin zum Prunk seiner Inneneinrichtung, »Möblierung à la Balzac« war damals eine stehende Redewendung unter Dekorateuren: viel Vorhang, schwere Leuchter, viel Stuck, viele Putten.

Natürlich kostete das mehr Geld, als Balzac hatte, also machte er Schulden. Zeit seines Lebens, so schreiben viele seiner Biografen, litt er unter Schulden. Angesichts der Persönlichkeit von Balzac spricht jedoch viel dafür, dass nicht er es war, der litt, es litten wohl mehr seine Gläubiger.

Aber hatte dieses neue Auftreten in Samt und Seide irgendwelche Folgen für sein literarisches Werk, sein Projekt, der ›Göttlichen Komödie‹ Dantes seine ›Comédie Humaine‹ entgegenzustellen, ein Panorama des sozialen Lebens seiner Zeit zu entwerfen? Neue Ritterromane etwa, zur Fortsetzung des ersten Erfolgs und zur weiteren Verklärung des royalistischen Gedankens? Ganz und gar nicht, wie wir an jenem Roman sehen, der zu seinen bekanntesten und besten zählt, zu seinem Glanzstück der realistischen Erzählweise, der Geschichte von Vater Goriot: ›Le Père Goriot‹.

Dieses Werk erschien 1835, und es verwebt das Schicksal eines jungen sozialen Aufsteigers mit dem eines alten Mannes, eines ehemaligen Nudelfabrikanten. Der junge Mann, Eugène de Rastignac, und der frühere Nudelhändler Jean-

Joachim Goriot leben in einer schäbigen Pension in einem heruntergekommenen Viertel von Paris. Goriot hat sich ruiniert, weil er seine gesamte Habe in die Aussteuer seiner beiden Töchter investiert hat, damit die über ihrem Stande heiraten konnten. Rastignac versucht nun, durch eine Affäre mit einer dieser Töchter in jene Kreise vorzudringen, wird dabei auch von dem Alten unterstützt, der für seinen ihn ausbeutenden Schwiegersohn nur noch Hass empfindet.

In derselben Pension wohnt auch noch ein rätselhafter Zeitgenosse namens Vautrin, ein, wie sich später herausstellt, von der Polizei gesuchter Verbrecher mit anarchistischen Neigungen. Dieser Vautrin wird zum teuflischen Ratgeber Rastignacs und lenkt dessen Aufmerksamkeit auf eine junge Frau, die ein großes Erbe zu erwarten hat, schafft man nur ihren Bruder beiseite. Hierfür bietet er sich gleich selbst an. Rastignac zögert noch, da erfährt Vater Goriot, dass seine andere Tochter die Familienjuwelen verpfändet hat, um ihren Liebhaber vor dem Konkurs zu retten. Diese Nachricht bricht dem alten Mann das Herz. Er erleidet einen Schlaganfall, doch keine seiner Töchter besucht ihn auf dem Sterbelager. So stirbt er einsam, verflucht, segnet aber dennoch – in der vielleicht bewegendsten Passage der ganzen ›Comédie Humaine‹ – seine beiden Töchter, seine »beiden Engel«. Rastignac bleibt der Tochter, die er zu seiner Geliebten gemacht hat, treu, er weiß jetzt, wie man in dieser Stadt sein Glück macht.

Als das Buch erschien, rümpften manche Kritiker ihre empfindliche Nase: Wo bleibt denn da das Positive?, fragten sie, nirgendwo eine Gestalt, an der der Leser sich moralisch aufrichten kann. Dazu diese Fülle von überaus exakt beschriebenen Details, braucht man die überhaupt? Oder: Ein paar von den Figuren kannten wir ja bereits aus früheren Romanen, da ist dem Kerl wohl nichts Neues eingefallen. Oder: Das sind doch Stereotypen, behauptete Figuren, keine Wesen aus Fleisch und Blut.

Diese Stimmen fanden keine Mehrheit, was nicht bedeutet, dass sie den Autor nicht gewaltig ärgerten. Denn wenn Balzac auf etwas stolz sein konnte, dann war es gerade sein virtuoser Umgang mit den Figuren, die sich aus dem einen Roman verabschiedeten, scheinbar ein vom Autor unbeachtetes Eigenleben führten, dann aber wieder zurück in ein neues literarisches Schicksal verstrickt wurden. Conan Doyle hatte schon recht, an Gestalten mangelte es wahrhaftig nicht, doch deutlich auseinanderzuhalten sind sie allemal. Stefan Zweig, dessen letztes Werk eine nicht ganz abgeschlossene Biografie über Balzac war, griff daher gern zum romantischen Bild dieses Schriftstellers als Vulkan, als Feuer speiender Dämon, als poetische Urgewalt.

Zudem ist es ein nachgerade hämischer Vorwurf, Balzac sei zu sehr in Details verliebt. Dahinter verbirgt sich wohl eher der Neid auf einen Künstler, der gleichsam beiläufig das Glitzern eines Diadems, das Raffinement eines Faltenwurfs, die Linien einer zerfurchten Stirn mit einer Geschwindigkeit aus dem Ärmel zaubern konnte, als handelte es sich nur um eine kleine Fingerübung. Gut, es gibt Wendungen, die machen einem empfindlichen Leser zu schaffen. Etwa wenn Balzac eine delikate Szene mit dem Satz zusammenrafft: »Und er liebte sie, wie nur ein richtiger Mann eine Frau lieben kann.«

Aber wenn wir diesen Satz ein wenig umformulieren und sagen: »Und er schrieb, wie nur ein richtiger Schriftsteller einen Text meistern kann«, dann haben wir durchaus etwas sehr Zutreffendes gesagt.

## SAMUEL BECKETT

Gut eineinhalb Stunden warten die Schauspieler und das Publikum vergeblich auf sein Erscheinen. Godot, wer ist das eigentlich? Seit der Uraufführung von ›Warten auf Godot‹ Anfang Januar 1953 in Paris folgt eine Deutung der vorausgegangenen. Der Autor selbst, der 1906 in Irland geborene Samuel Beckett, ist keine große Hilfe, scheint mit klammheimlichem Vergnügen das Verwirrspiel weitergetrieben zu haben.

Das Theaterstück hat zwei Akte und zwei Hauptfiguren, Wladimir und Estragon. Sie sind Landstreicher, tragen jedoch einen schwarzen Anzug und eine Melone, und sie warten auf eine dritte Figur namens Godot. Am Ende jedes Aktes tritt kurz ein Bote mit der Nachricht auf, jener Godot könne heute bedauerlicherweise nicht kommen, käme aber ganz sicher morgen.

Klar, das war ein Fest für Interpreten. Steckt in dem Namen Godot nicht »God«, das englische Wort für Gott? Gab es da nicht einmal einen kleinwüchsigen Bischof in Frankreich, der Godeau hieß? Oder einen französischen Radrennfahrer, der bei der Tour de France immer mit großem Zeitabstand dem Hauptfeld hinterherradelte? Haben wir es mit einem Warten auf Erlösung zu tun? Oder, oder, oder?

Das lateinische Wort *surditas* bezeichnet in der Ohrenheilkunde die Taubheit, das davon abgeleitete Wort »absurd« stand ursprünglich für »misstönend« und hat sich dann als Ausdruck für all jene Phänomene breitgemacht, die der Logik unseres Alltagsverstandes zuwiderlaufen.

So kam in den 1950er und frühen 1960er Jahren, lange nachdem es dieses Genre bereits gab, das Theater des Absurden auf seinen Begriff. Absurdes Theater zielt nicht darauf, die Zuschauer durch eine Logik der Handlung, der Gefühle, der Argumente zu fesseln und zu überzeugen. Vielmehr geht es darum, scheinbar Vertrautes durch die Anarchie der Komik zu brechen. Fällt einem hierzu Karl Valentin ein, dann ist einem der richtige Bezugspunkt klar geworden. Zumindest *einer* der richtigen Bezugspunkte, der witzige nämlich.

Einen ganz anderen Zugang liefert die Philosophie des Existenzialismus, die gerade nach dem Zweiten Weltkrieg in Westeuropa eine fast religiöse Verehrung genoss. Die Schlagworte »Unbehaustheit« und »Geworfenheit« kommen daher. Die Ideale, für die noch wenige Jahre zuvor gekämpft worden war, hatten sich aufgelöst, dem Leben und dem Leiden der Menschen wurde jeglicher Sinn abgesprochen. Junge nachdenkliche Männer in schwarzen Hosen und schwarzen Pullovern versicherten jungen nachdenklichen Frauen in schwarzen Pullovern und schwarzen Hosen, das Leben sei schrecklich leer.

Das war die Nachtseite der Veranstaltung, die wir uns gleichsam als Hintergrund der Stücke von Samuel Beckett vorstellen müssen. Diese Nachtseite verhinderte oft, dass die Produktionen von ›Warten auf Godot‹ zum Anlass für jene Heiterkeit wurden, die sich der Autor vorgestellt hatte. Für Beckett war die Figur des Clowns eine Gestalt der spielerischen Aufklärung, für viele seiner Deuter leider ein Überbringer von raunenden, nur äußerst schwer zu deutenden Botschaften vermutlich metaphysischer Herkunft. Macht man sich einmal die Freude, in Programmheften oder Feuilletons jener Jahre zu blättern, fällt auf, wie häufig einem da Formulierungen wie »schäbige Allegorie des Menschlichen« entgegenspringen, wenn beschrieben werden soll, dass in diesem Stück von Samuel Beckett nur ganz wenig passiert – und das gleich in zwei Akten hintereinander – und viel banales Zeug geredet wird.

Der Kerl war nun schließlich Ire. Als Ire stand er in einer langen Tradition von Geschichtenerzählern und Satirikern, nennen wir nur Jonathan Swift, er stand aber auch im freundlich-verzweifelten Wettstreit mit der um eine Generation älteren Kultfigur James Joyce. Und schließlich musste er sich als Ire an dem Witz seiner Zeitgenossen Brendan Behan und Flann O'Brian messen, musste zeigen, dass auch er jene vertrackten Doppelpässe von höchster akademischer Gelehrsamkeit zu plumpsten Kalauern und wieder zurück beherrschte. In diesem Geschäft war verloren, wer nicht irgendwann den verehrungswürdigen Dichter Dante mit seiner sinnenfrohen Tante in ein Reimpaar gezwängt hatte.

Wer sich in derlei Auseinandersetzungen befindet, der schert sich um Begriffe wie »Unbehaustheit« oder »Geworfenheit« nur deswegen, weil er sich über deren hohl klingenden Pomp lustig machen will. Becketts Spott war freilich auch der eines profunden Philologen. In den 20er Jahren des vergangenen Jahrhunderts hatte er an dem berühmten Trinity College in Dublin die Fächer Englisch, Französisch und Italienisch studiert. Nach dem erfolgreichen Abschluss seines Studiums wurde ihm in Paris eine Stellung an der École Normale Supérieure angeboten. Dort, in der französischen Hauptstadt, lernte er übrigens seinen Landsmann und sein Idol James Joyce auch persönlich kennen. Ihm half er bei den Recherchen zu dessen Roman ›Finnegans Wake‹, der Geschichte des Maurers Tim Finnegan, der von einer Leiter stürzt und stirbt und dessen Freunde ihm eine äußerst alkoholintensive Totenwache halten.

Dieser Roman gilt wie später ›Warten auf Godot‹ als eines der am schwierigsten zu deutenden Werke der modernen Literatur, ein wahres Fest oft mehrfacher oder gänzlich unverständlicher Anspielungen aus allen Sprachen, die seit dem missglückten Turmbau von Babel entstanden sind.

Das ist Literatur, klar, es ist aber gleichzeitig auch ein höchst vergnüglicher Jux mit Literatur, eine Kopf- und eine Fußgeburt, ein rasantes Spiel mit ständig wechselnden Bedeutungsebenen ohne Blick auf den Leser oder Zuschauer.

Wer einmal Freude an einem solchen Spiel gefunden hat, der ist, das lässt sich leicht voraussagen, für die strenge Zucht einer philologischen Karriere verdorben und verloren. Für Samuel Beckett scheint sich das Problem so gestellt zu haben, dass er fürchtete, nie ein so begnadeter Schriftsteller wie Joyce werden zu können, doch auch nie ein ernsthafter, von seiner Arbeit erfüllter Wissenschaftler.

Dennoch kehrte Beckett 1930, er war gerade einmal 24 Jahre alt, an seine Universität, das Trinity College in Dublin, zurück, erlaubte sich den einen oder anderen Spaß mit Kollegen – man kann ja auch höchst gelehrt mit der Wissenschaft spielen –, verlor aber bald die Freude am akademischen Treiben und begann für ein paar Jahre ein Reiseleben quer durch Europa. Das konnte er sich leisten, weil seine Familie zur Schicht der begüterten anglo-irischen Protestanten gehörte. Allerdings kontrollierte die Mama den Zugang zu den Pfründen, was naturgemäß für periodischen Verdruss sorgte.

Literarisch schwankte er in dieser Zeit zwischen allen möglichen Sparten. Er veröffentlichte Gedichte, schrieb eine Studie über Marcel Proust, suchte Kontakt zum russischen Filmer Eisenstein, trat als Kritiker eine neue, Irland mythisierende Poesie umstandslos in die Tonne und vollendete einen Roman mit dem Titel ›Murphy‹, auf den ich gleich noch zu sprechen komme. Zudem fand er noch die Zeit, sich wegen Schwermut in psychiatrische Behandlung zu begeben. Das soll ihm und seinem Schreiben geholfen haben.

1936 reiste Beckett in das in voller Nazipracht erblühte Deutschland und blieb dort bis Anfang April 1937. Er hatte sich Deutsch beigebracht, um einige seiner Lieblinge der deutschen Literatur im Original lesen zu können. Und wenn wir einer anderen Geschichte Glauben schenken dürfen, dann lockte ihn das Bild von Albrecht Dürers ›Betenden Händen‹, das als Stich in seinem Kinderzimmer gehangen hatte. Aber für die Reise gab es sicher noch weitere Gründe. Ich erwähne sie hier zum einen, weil sie erst unlängst durch eine hochintelligente Studie aus dem Versteck unveröffentlichter Tagebücher befreit wurde, zum Zweiten, weil sie eine bisher kaum beachtete Seite von Beckett beleuchtet – den scharfen, engagierten politischen Beobachter –, und drittens, weil Beckett in München Karl Valentin auf der Bühne sah. Es kam auch zu einem Treffen jenseits der Bühne – und das verlief für den von Valentin begeisterten Beckett nun tatsächlich so absurd, so sprachgestört, dass es einen unendlich tiefen, komischen und gleichzeitig tragischen Eindruck in ihm hinterließ. Er habe »viel und voller Trauer gelacht«, schrieb er in einem Brief.

›Murphy‹ heißt der Titel des Romans, auf den ich noch zu sprechen kommen wollte. Er erschien 1938 und ist ein genauso »unwahrscheinlicher« Roman, wie ›Warten auf Godot‹ ein »unwahrscheinliches« Theaterstück ist.

Murphy, der Held des Romans, hat sich von seiner irischen Geliebten getrennt und lebt jetzt in London mit einer Frau zweifelhafter Reputation zusammen, die ihn drängt, einer geregelten Arbeit nachzugehen. Diese Arbeit findet Murphy in einer psychiatrischen Klinik. Die dortigen Insassen werden ihm zu Seelenverwandten, ganz besonders diejenigen, die ihm im Schachspiel überlegen sind. Doch nicht alle Patienten erwidern seine Zuwendung. Als sich gar sein Favorit unter den Heimbewohnern von ihm abwendet, begeht Murphy Selbstmord.

Der Leichnam wird verbrannt, die Asche nach Irland überführt. In einem Wirtshausstreit greift einer der Kombattanten nach der Urne als Schlagwaffe, das Behältnis geht zu Bruch, die Asche landet im Kehrblech.

Selbstverständlich habe ich damit wesentliche Handlungsstränge dieses Romans nicht mitgeteilt. ›Murphy‹ ist ein Roman »mit vielen Taschen«, wie man in Irland sagt – und aus jeder Tasche kann man eine neue Bedeutung herausziehen. Es ist eben auch und wohl zuvörderst ein literarisches Werk, das mit den traditionellen Konventionen des Erzählens spielt. Auch darin liegt ja eine Eigenart, sagen wir ruhig, eine Meisterschaft der »modernen« irischen Erzählkunst: Sie haut uns eben immer wieder die vertrauten Regeln um die Ohren. Aber es sind Regelbrüche, die Spaß machen.

Natürlich hatte Samuel Beckett eine sehr klare Vorstellung von der Trennung zwischen Ernstem und Unernstem. Den Humor von Karl Valentin genoss er, der Pomp der Nazis widerte ihn an. Und als es dann zum Schwur kam, als deutsche Truppen in Frankreich einfielen, schloss sich Beckett, der in Paris lebte, 1940 der französischen Widerstandsbewegung an – zusammen mit seiner Ehefrau Suzanne Dechevaux-Dumesnil, deren mutiges Wirken in den meisten Berichten gern ein wenig ausgeblendet wird.

Wer so viele Sprachen so perfekt beherrscht wie Beckett, eignet sich hervorragend als Nachrichtenübermittler. Und – gestattet sei mir ein kleiner Fingerzeig auf die Ironie dieser kurzen Geschichte: Der Mann, der dafür gefeiert wurde, absurde Botschaften in die Welt getragen zu haben, wurde dort eingesetzt, wo es bei der Entschlüsselung von Codes um die Bedeutung eines jeden Kommas ging.

Beckett selbst hat nie großes Aufheben von dieser Tätigkeit gemacht, für die der französische Staat ihn immerhin mit zwei Orden auszeichnete. Für ihn war die Literatur wieder an die erste Stelle der Dinge gerückt, die ihn bewegten. Und er war wohl selbst am meisten überrascht, dass jene Dinge, die ihn bewegten, bis zum Nobelpreis für Literatur führten, das war 1969. In den Jahren zuvor war Beckett unauffällig und unaufhaltsam zu einer Instanz geworden. Er lebte weiter in Paris, schrieb jetzt fast nur noch auf Französisch, wie er es auch bei ›Warten auf Godot‹ getan hatte, und versuchte nach Leibeskräften zu vermeiden, ein französischer Intellektueller zu werden. Mehr noch fürchtete er den Ruhm der Straße.

1989 starb Beckett in einem Heim. Gut ein halbes Jahrhundert zuvor hatte er schon einmal mit dem Tod gekämpft, da hatte ihm in Paris ein Zuhälter sein Messer in die Brust gerammt. Als der Schriftsteller den Angreifer, einen Monsieur namens Prudent, also einen Herrn Vorsichtig, nach dessen Motiven für die Tat fragte, antwortete der Mann: »Ich habe keine Ahnung. Entschuldigen Sie bitte.«

Wer mag da noch von absurdem Theater reden?

## HEINRICH BÖLL

Ich möchte, da es hier um einen Großen der Weltliteratur geht, ganz klein und zwar mit einer Sicherheitsnadel beginnen. Der Fachausdruck für diese Spange lautet übrigens Fibel, nach dem lateinischen *fibula*, der Klammer. Bis ins Mittelalter war die Fibel der einzige gebräuchliche Verschluss eines Gewandes, sie wurde dann durch den sehr viel ordentlicheren Knopf abgelöst.

Als der Schriftsteller Heinrich Böll Ende der 1950er Jahre mit einer Fähre von Liverpool nach Dublin reiste, beschrieb er die Kleidung der Passagiere an Bord und hielt fest, wie unaufhaltsam der strenge englische Knopf mehr und mehr durch die Sicherheitsnadel abgelöst werde: die Fibel als Hosenträgerverlängerung, als Manschettenknopf-Ersatz und noch in vielen anderen Funktionen. Böll konstatierte gleichsam eine historische Rückverwandlung, ein Zeichen der Improvisation, die wieder den klassischen Faltenwurf zuließ: »Wo der Knopf wie ein Punkt gewirkt hatte, vom Schneider gesetzt, war sie, die Sicherheitsnadel, wie ein Komma eingehängt worden«, schrieb Böll gleich zu Beginn seines ›Irischen Tagebuchs‹ und setzte mit dieser scheinbar so schlichten, präzisen, nur wenige Zeilen füllenden Reflexion ein Leitmotiv für die vielen anderen Wunderlichkeiten, die er von dieser Insel zu berichten wusste. Diese beiden Stichworte: Präzision und Schlichtheit werden uns noch beschäftigen.

Geboren wurde er 1917 in Köln. Seine erste Erinnerung, schrieb er 1959, seien die grauen Marschkolonnen der geschlagen aus dem Ersten Weltkrieg heimkehrenden Soldaten gewesen, die er vom Arm der Mutter aus erblickte. Die nächste sinnliche Erinnerung befördert den Geruch von Holz, Leim und Beize aus der väterlichen Werkstatt. Viktor Böll war Schreiner, eine Zeitlang sehr erfolgreich auch als Unternehmer, bis die Folgen der Weltwirtschaftskrise von 1929 ihn in den Konkurs zwangen. Dennoch konnte sein Sohn Heinrich das Gymnasium besuchen und mit dem Abitur abschließen. Sein Hauptinteresse galt schon früh der Literatur, da war es nur folgerichtig, dass er eine Lehre als Buchhändler antrat.

War die Familie katholisch? Selbstverständlich. Aber der Katholizismus in Köln war stets durch eine fast kulinarische Vielfalt von Kirchen gekennzeichnet, wobei der Dom, das behauptete der Volksmund, nur für die schlimmsten Sünden zuständig war. Den Gemeinsinn stifteten dagegen die Gemeinden in den verschiedenen Stadtvierteln. Hier bildete sich jenes Gefühl von Geborgenheit, von Heimat, dessen Zauber Böll so oft beschwor.

Diese Geborgenheit konnten allerdings die jüdischen Mitbürger nicht für sich in Anspruch nehmen. Köln beherbergte auch die älteste Judengemeinde Deutschlands, wie Böll oft ins Gedächtnis rief. Vom Bahnhof Deutz wurden zwischen 1941 und 1944 mehr als 8000 einheimische Juden in die Vernichtungslager im Osten verbracht. Und wie brüchig der Schutz durch Nachbarn sein konnte, zeigte der Autor selber, etwa in seinem Roman ›Gruppenbild mit Dame‹, für den er 1972 mit dem Nobelpreis ausgezeichnet wurde. Natürlich gab es heimliche Helden des Widerstandes, doch es überwog bei Weitem die Anpassung – wie anderswo auch. Selbst der Karneval, jene bunte Stütze der lokalen Anarchie, ließ sich früh und willig gleichschalten.

Heinrich Böll wurde 1939 zur Wehrmacht eingezogen

und kämpfte in Frankreich, der Sowjetunion, in Ungarn und zuletzt im Rheinland. Anfang 1945 geriet er in amerikanische Gefangenschaft, im September 1945 kam er frei und kehrte zu seiner Frau Annemarie zurück, die er 1943 geheiratet hatte. Von einem glücklichen Neuanfang konnte indes keine Rede sein, Böll war, wie er es später lapidar ausdrückte, »kaputt« und begann erst sehr zögerlich, sich als Schriftsteller mit der unmittelbaren Vergangenheit und ihrem Hereinragen in die Gegenwart auseinanderzusetzen.

Böll schrieb an einem längeren Roman, der aber erst nach seinem Tod veröffentlicht wurde, repräsentativer für diese Zeit sind seine Erzählungen und Kurzgeschichten. Die bekannteste von ihnen, ›Wanderer, kommst du nach Spa ...‹, gab dem Sammelband 1950 dann auch den Titel. Es ist die Geschichte eines Gymnasiasten, der in den letzten Kriegstagen schwer verwundet wird, seine alte Schule, die er erst vor drei Monaten verlassen hat, dient jetzt als Lazarett. Der Verwundete wird in den früheren Zeichensaal getragen und erkennt an der Tafel in seiner eigenen Handschrift ebenjene ersten Worte aus dem berühmten Distichon des Simonides von Keos: »Wanderer, kommst du nach Sparta«, jene Aufforderung also, vom Tod der Helden zu künden, die für die Verteidigung des Vaterlandes gefallen sind.

Schon die Auswahl und das Zusammenführen dieser beiden Bilder, humanistisches Gymnasium und Lazarett, treffen eine Grundaussage: Nein, die klassische Bildung hat uns vor der Katastrophe nicht bewahrt, schlimmer noch, sie ließ sich bruchlos in den Dienst der Verbrecher stellen. Heldentum, Vaterland, das sind schließlich zeitlose Begriffe, Bildung schützt nicht vor Barbarei.

Ist das eine zu platte, zu arglose These? Gewiss dann nicht, wenn sie so unaufdringlich dramatisch behandelt wird wie in der Geschichte jenes jungen Gymnasiasten. Böll ist ein meisterlicher Beobachter des Details, und er bedient sich einer kargen Sprache, deren Einfachheit nicht auf der Suche nach Eleganz, sondern, altmodisch gesagt, auf dem Ausdruck von Mitgefühl gründet.

»Trümmerliteratur« ist das Fachwort für derlei Formen von realistischer oder neorealistischer Erzählkunst, ein Begriff, zu dem Böll sich emphatisch bekannte, denn Trümmer stand für Krieg wie für Heimkehr. Literarische Vorbilder waren nur in ganz wenigen Fällen die berühmten Autoren des Exils, die Brüder Mann, Lion Feuchtwanger oder Hermann Broch. Es waren vielmehr amerikanische Kollegen, deren lakonisch verfasste *short stories* als beispielhaft galten. Für Heinrich Böll ist hier in erster Linie William Faulkner zu nennen. Andere »Trümmerliteraten« hielten sich an Hemingway oder an John Steinbeck. Die weltanschauliche Orientierung erscheint, von heute aus betrachtet, eher diffus: antifaschistisch selbstverständlich, einem Humanismus verpflichtet, pazifistisch und jeder Raffgier abhold.

Zu jener Gruppe von Schriftstellern – nennen wir neben Böll stellvertretend Wolfgang Borchert, Alfred Andersch und Wolfdietrich Schnurre – zählte auch ein Autor, der bald darauf weniger als Literat denn als Zusammenführer von Literaten in Erscheinung trat. Die Rede ist von Hans Werner Richter, der zwei Jahre nach Kriegsende zu jenem berühmten Treffen einlud, das den Beginn der Gruppe 47 markierte.

Auf deren Tagung im Mai 1951 las Böll eine Satire mit dem Titel ›Die schwarzen Schafe‹ vor, die Geschichte eines Mannes, der sich in seiner Familie als das letzte Glied in einer Kette von schwarzen Schafen sieht, also von unangepassten Müßiggängern. Böll las zum ersten Mal vor diesem Gremium, Alfred Andersch hatte ihn als Kandidaten vorgeschlagen, und er errang auf Anhieb den mit 1000 Mark dotierten Preis der Gruppe. Ein solcher Betrag war damals für eine Aushilfskraft der Stadt Köln – das war Bölls Brotberuf – ein kleines Vermögen. Es war zwar eine knappe Entscheidung gewesen, doch fortan durfte Böll seine Existenz als Schriftsteller für gegeben erachten.

Die Erzählung ›Die schwarzen Schafe‹ zeigt uns eine andere Seite des Schriftstellers, nämlich seine wunderbare Empfindlichkeit für das Absurde, das Komische, das als »Abfall« Angesehene. »Abfall« ist etwa das Schweigen in einem von volltönenden Worten reichen Rundfunkprogramm. Die Erzählung ›Dr. Murkes gesammeltes Schweigen‹ erschien 1958 und ist bis heute von ungebrochener Brisanz. Und neben jenem jungen Redakteur Murke, dessen Leidenschaft Tonbandschnipsel sind, auf denen nichts zu hören ist, vergesse man nicht die Geschichte jener Familie, die gezwungen wird, jeden Abend das Christfest zu feiern, und vergesse auch nicht die Firma, deren Angestellte auf den Gruß: »Es muss etwas geschehen« fröhlich: »Es wird etwas geschehen!« antworten.

Satirische Elemente findet der Leser aber auch schon früher. Im Roman ›Und sagte kein einziges Wort‹ von 1953, einer Studie über die Schwierigkeiten, eine Ehe in allzu bedrängten Wohnverhältnissen zu führen, lässt Böll seinem Spott über die katholische Kirche freien Lauf. So kontrastiert er die traditionellen Formen frommer Prozessionen mit dem Umzug der örtlichen Drogistenverbände. Und setzt noch eine bissige Beschreibung der kirchlichen Würdenträger hinzu.

Es ist ja schon vor dem Tod des Nobelpreisträgers im Sommer 1985 ungute Sitte gewesen, diesen Autor nach nur ganz wenigen Schablonen zu beurteilen: Da war der Heinrich Böll der Kriegs- und Nachkriegsjahre, eben jener engagiert moralische Chronist, dem seine Leser Bücher zu verdanken haben wie ›Wo warst du, Adam?‹, ›Haus ohne Hüter‹

oder eben ›Und sagte kein einziges Wort‹. Da war später der Beobachter eines deutschen Wirtschaftswunders, über dem die Schatten der braunen Vergangenheit lagen, man denke an ›Billard um halb zehn‹, an ›Ansichten eines Clowns‹ und ›Gruppenbild mit Dame‹. Und dann gab es 1974 das Skandalon ›Die verlorene Ehre der Katharina Blum‹, jenen Roman über eine junge Frau, die, obzwar unschuldig, von der Boulevardpresse so lange verfolgt und gedemütigt wird, bis sie den zuständigen Reporter erschießt.

Ein derart grobes Raster unterschlägt aber zum einen die vielfältigen Bezüge der Werke untereinander, und es unterschlägt zum Zweiten gern die Seiten des Autors, die sich nicht auf das Bild eines Mannes mit Baskenmütze und traurigem Blick reduzieren lassen, der gegen den Rüstungswahn protestiert und einen Anti-AKW-Button trägt, eines Mannes schließlich, der sich scheinbar von der Kunst, von der Anstrengung zur literarischen Höchstleistung verabschiedet hat.

Nun liegt es auf der Hand, dass ein Schriftsteller, der die ersten Impulse des Schreibens aus der Beschäftigung mit Krieg und Nationalsozialismus erhalten hat, nicht mit dem Sich-Einmischen aufhört, nur weil sich die Grundbedingungen geändert haben. Böll blieb ein wachsamer Zeitgenosse, engagierte sich für den Schriftstellerverband P.E.N., dessen Präsident er über Jahre war, unterstützte humanitäre Hilfsorganisationen wie das Komitee Cap Anamur – und war dabei nie auf eine Seite zu ziehen, dafür waren ihm die meisten politisch Prominenten zu suspekt.

Dass er sowjetische Dissidenten wie Alexander Solschenizyn und Lew Kopelew bei sich aufnahm, gefiel der deutschen Rechten sehr viel besser als manchen Linken. Dass er jedoch versuchte, die Motive von Ulrike Meinhof und anderer früherer RAF-Terroristen zu verstehen, trieb konservativen Bundestagsabgeordneten den Schaum vor den Mund, gerade jenen, denen es nichts ausgemacht hatte, mit dem ehemaligen Ministerpräsidenten Filbinger einen furchtbaren Nazirichter in ihren Reihen zu wissen. Dass Böll sich für die Ziele der Friedensbewegung einsetzte, konnte bei seiner Lebensgeschichte wirklich nur diejenigen überraschen, die nie eine Zeile von ihm gelesen hatten. Mit dem Abstand von heute betrachtet, scheint es eher so gewesen zu sein, dass sich Bölls Position nur unwesentlich, die seiner Kritiker hingegen gewaltig verändert, um nicht zu sagen radikalisiert hatte.

Mir selbst ist Bölls Grundhaltung nicht nur zur katholischen Kirche, sondern auch zum Schreiben überhaupt beim Lesen seiner Rezension über das Buch ›Jesus Menschensohn‹ von Rudolf Augstein sehr klar geworden. Der ›Spiegel‹-Herausgeber rechnet in diesem Werk, das 1973 erschien, mit verschiedenen theologischen Aussagen ab und zeigt deren Widersprüchlichkeit.

Böll führt in seiner Rezension aus, dass Augstein seinerseits theologisch argumentiere, den Glauben mit seiner Kritik also gar nicht wirklich »treffe«. Die Theologie, so Böll, ist für den Glauben, für das Mystische, weitgehend unempfänglich. Glaube ist gar nicht ihr Gegenstandsbereich, sie will ja etwas beweisen, will schlussfolgern, dogmatisieren.

Dem stellt Böll eine Glaubensgewissheit entgegen, in der gestaunt, in der erfunden, ja in der auch gedichtet werden kann, eine Glaubensgewissheit der kurzen Wege zu Gott. Vielleicht sind ja unsere Poeten die richtigen Theologen. Sie dürfen sich nur nicht zu wichtig nehmen in ihrer Kunst. Und sie müssen den Menschen Spielraum gewähren.

Womit wir wieder beim Knopf und der Sicherheitsnadel angelangt wären.

## BERTOLT BRECHT

Ich möchte mit einer Anekdote beginnen, die wir dem Komponisten Hanns Eisler zu verdanken haben. Die Geschichte spielt unter Emigranten im Winter 1934 in London. Eisler arbeitete mit Bert Brecht an der Vertonung verschiedener kleiner Stücke. An diesem Nachmittag hatte sich Stefan Zweig zu einem Besuch angesagt. Stefan Zweig, das war den beiden bekannt, verfügte über ein beträchtliches Vermögen, galt somit als möglicher Mäzen. Das Gespräch mit ihm nahm jedoch nicht den gewünschten Verlauf, Zweig zeigte sich eher zugeknöpft. Aber er bat Eisler und Brecht um eine kleine Probe der Arbeit, an der sie gerade saßen. Als habe er nur auf dieses Stichwort gewartet, setzte sich der Komponist ans Klavier und der Dichter sang mit seiner rauen Stimme das ›Lied von der belebenden Wirkung des Geldes‹:

*Niedrig gilt das Geld auf dieser Erden / Und doch ist sie, wenn es mangelt, kalt./ Und sie kann sehr gastlich werden / Plötzlich durch des Gelds Gewalt …*

Insgesamt drei Strophen, gleichsam passend zum Anlass.

Stefan Zweig verstand die Anspielung auf Anhieb, zeigte sich aber nicht gekränkt, sondern zollte allerhöchstes Lob, ja, schien in seiner Begeisterung kein Ende finden zu wollen, bis Brecht bescheiden abwinkte und bemerkte, es handele sich doch nur um eine kleine Kostprobe.

»Sagen Sie das nicht, Herr Brecht«, antwortete Stefan Zweig und wandte sich zum Gehen, »vielleicht ist es das Beste, was Sie je geschrieben haben.«

Sowohl Brechts als auch Zweigs Bücher waren von den Nazis verbrannt worden, doch diese »Gleichbehandlung« konnte nicht über die Differenzen der beiden hinwegtäuschen. Eine der ideologischen Kampflinien wurde durch den Kapitalismus markiert. In Stücken wie ›Baal‹ oder ›Dreigroschenoper‹ hatte Brecht bereits eindeutig Position bezogen. Die soziale Herkunft war dagegen von untergeordneter Bedeutung.

Bert Brecht hat zwar versucht, seine eher bürgerliche Abstammung im Nachhinein ein wenig zu proletarisieren. Doch das war eher eine Sympathieerklärung an die sozialistischen Freunde, anfangs vielleicht auch Teil einer Neuerfindung seiner Person als der Außenseiter, der Unangepasste. »Épatez le bourgeois«, »Gebt dem Bürgertum Saures«, so könnte man diese Haltung nennen, hätte sich nicht bei dem jungen Mann schon mit 20, 21 Jahren eine so vehemente literarische Begabung gezeigt, dass man diese Pose leicht vernachlässigen kann.

1923, da hatte Brecht für ›Trommeln in der Nacht‹ bereits den Kleist-Preis erhalten, wurde in Berlin sein Stück ›Baal‹ uraufgeführt. Baal ist der Name einer Schrecken gebietenden Gottheit aus dem Vorderen Orient, die wahlweise mit »Meister«, »Unterwerfer« oder »Herrscher« übersetzt wird. Im Stück ist es ein junger Dichter, der diese Rolle übernimmt, säuft und schrecklich unter Frauen wütet. Wollte Brecht Baal sein? Wohl nicht, wenngleich auch er lebenslang ein problematisches Verhältnis zu Frauen hatte. Es handelte sich eher um eine kühne Projektion im Geiste des entfesselten Expressionismus, der Himmel ist oft violett, die Körper, gerade der Damen, sind gerne bleich, der Schnaps ist stets zur Hand. Man kann hier an den Franzosen François Villon denken oder an den Schweden Carl Michael Bellmann, und man darf das getrost auch unter – fast – denselben Ansprüchen auf Qualität tun. Die Kritiker waren begeistert.

Brecht jedenfalls war unverschämt jung, unverschämt begabt und wurde 1928 unverschämt erfolgreich, als seine ›Dreigroschenoper‹ uraufgeführt wurde. Das Wort »seine« erwähne ich hier mit aller gebotenen Zurückhaltung. Einmal, weil zum Erfolg ganz wesentlich die Musik von Kurt Weill beitrug, zum anderen, weil Brecht es sich zur Gewohnheit gemacht hatte, auch Fragen des geistigen Eigentums mit einer unbürgerlichen Nonchalance zu behandeln. Der Text zur Oper stammt von John Gray, und seine Geliebte Elisabeth Neumann hatte ihn aus dem Englischen übersetzt, von seinem Seelenverwandten François Villon borgte sich Brecht die Balladentexte, von Rudyard Kipling das Vorbild für den ›Kanonensong‹. Gut, Brecht schrieb in seinem Text viel um, doch weniger robuste Gemüter hätten wenigstens die Quellen und Mitarbeiter genannt. So ging die mitreißende Geschichte des Gangsters Mackie Messer und seines Widersachers, des Bettlerkönigs Peachum, als das Geisteskind eines einzigen Autors und »dessen« Komponisten in die Geschichte der Bühnenerfolge ein. Sie wurde zu einem der erfolgreichsten Stücke des 20. Jahrhunderts, obwohl ihre Aufführung in Deutschland fast zwölf Jahre lang verboten war. Gerade das bürgerliche Publikum genoss den Angriff auf die bürgerliche Moral, wie der Schriftsteller Elias Canetti damals notierte.

Andererseits war Brecht, das kann man nicht deutlich genug hervorheben, ein Mann der unbezähmbaren künstlerischen Innovation, ein Feuerkopf, der überall zündeln musste. Er arbeitete mit Musikern zusammen, die an der vordersten

Front der Avantgarde standen, mit Paul Hindemith, Hanns Eisler und Kurt Weill, um nur einige der Namen zu nennen. Selbstverständlich wollte er auch denen zeigen, wie man Musik noch moderner, volksnaher, mitreißender komponieren kann. Ein Schuss Größenwahn gehört schließlich zum Geschäft. Und selbstverständlich hörten ihm die Musiker freundlich, doch ungerührt zu. Von Musik verstanden sie einfach mehr.

> *Ich bin ein Stückschreiber. Ich zeige / Was ich gesehen habe. Auf den Menschenmärkten / Habe ich gesehen, wie der Mensch gehandelt wird. Das zeige ich, ich, der Stückschreiber.*

So beginnt ein Gedicht Brechts aus den späten 1930er Jahren, einer Zeit mithin, da er der Form des Theaters bereits seinen besonderen Stempel aufgeprägt hatte und, wie es im Gedicht weiter heißt, »alles dem Staunen übergab, selbst das Vertrauteste«.

Der Fachbegriff für das Erzeugen von Staunen in der Brecht'schen Dramaturgie heißt übrigens »episches Theater«. Es meint eine Form der Darstellung, in welcher der Zuschauer stets im Klaren darüber belassen wird, dass ihm auf der Bühne etwas vorgeführt wird. Der Zuschauer soll nicht ergriffen, verzaubert, sondern angeleitet werden, die von den Schauspielern vorgegebene Situation kritisch zu analysieren. Die Verhandlung ist wichtiger als der Ausgang des Verfahrens. Brecht war es wichtig, die unsichtbare Wand zwischen Bühne und Zuschauer zu durchbrechen, ein Verfahren, das in Italien bereits durch Luigi Pirandello mit großem Erfolg ausprobiert worden war, und das, das möchte ich hinzufügen, durchaus nicht bedeutete, dass dem Publikum jegliche Freude am Spektakel genommen werden sollte. Es gibt schließlich eine Lust an der Aufklärung, am Staunen, etwa, wenn ein Wissenschaftler durch den scheinbar banalen Vorgang der Pendelbewegung eines Kronleuchters ins Nachdenken über die Gesetze der Gravitation gerät.

So wären wir unaufhaltsam bei einem der berühmtesten Stücke Bertolt Brechts angelangt, dem ›Leben des Galilei‹. Die Bezeichnung »Stück« ist dabei wieder nicht zufällig gewählt, der Autor selbst sprach nicht von einem Drama, sondern von einem epischen Stück.

Ende des 16. Jahrhunderts gerät der Physiker Galilei in Konflikt mit den Oberen der katholischen Kirche, weil er durch seine Beobachtung der Bewegung der Himmelskörper herausgefunden hat, dass sich die Sonne keineswegs um die Erde dreht, dass somit das alte, das ptolemäische Weltbild, das auch den Lehren der Kirche entspricht, wissenschaftlich nicht haltbar ist. Eine solche Erkenntnis rüttelt an den Fundamenten des Glaubens, die Inquisition nimmt sich der Sache an. Galilei wird peinlich verhört, wird aufgefordert, seine Aussagen zu widerrufen, andernfalls drohe ihm, was Ketzern damals drohte. Die Kirche ist nicht nur um ihr Wissensmonopol besorgt, sie befürchtet auch soziale Unruhen, denn wenn Autorität einmal erschüttert ist, wird das auch für die Gesellschaft Folgen haben.

Galilei widerruft nun tatsächlich, sein Leben, seine Behaglichkeit scheinen ihm wichtiger als das Beharren auf der Wahrheit. Er wird fernab der Stadt unter kirchliches Kuratel gestellt. Seine Schüler wenden sich enttäuscht von ihm ab. Nur der Lieblingsschüler besucht ihn und erhält eines Tages die wichtigsten Aussagen seines Lehrers von diesem heimlich zugesteckt. Sie sollen ins Ausland gebracht werden, zu Kollegen, die weiterhin forschen, er selber will nicht mehr arbeiten, denn, wie er sagt: »Ein Mensch, der das tut, was ich getan habe, kann in den Reihen der Wissenschaftler nicht geduldet werden.«

Es geht also um den Konflikt zwischen Wahrheitsanspruch und kirchlicher oder weltlicher Autorität, es geht um die Verantwortung des Wissenschaftlers, es geht um die Gewissensfrage: Auflehnung oder Anpassung. Brecht hat seine ursprüngliche Fassung von 1938 noch zwei Mal umgeschrieben. Die Erfindung der Atombombe ließ ihn »die Wissenschaft« und ihre Verantwortung noch einmal in einem neuen Lichte sehen. Der Sieg der Vernunft, also des wissenschaftlichen Denkens, hatte seine schreckliche Nachtseite gezeigt.

Die Aktualität dieser Fragen dauert bis heute an, auch das erklärt – neben der immensen Bühnenwirksamkeit – den durchgängigen Erfolg des Stücks. Die Fallhöhe der Figuren blieb erhalten, obwohl unsere Wissenschaftler längst sozial eingemeindet, also nicht mehr die Schicksalsgestalten jener Jahre sind, die Namen wie Albert Einstein, Edward Teller oder Werner Heisenberg trugen. An dem Gefühl jederzeit lauernder Bedrohung hat das wenig geändert.

Brecht war Dichter, war Essayist, war Prosaschriftsteller, war aber am glücklichsten wohl in seiner Rolle als Theatermann. Er liebte den Betrieb. Es liegt auf der Hand, dass die Produktionsbedingungen für erfolgreiche Theaterarbeit ganz andere Voraussetzungen, ganz andere Allianzen nötig machen als, sagen wir, das Verfassen eines Romans. Es müssen Häuser, Intendanten, Kulturbeamte für die eigenen Projekte gewonnen werden. Das verlangte in Zeiten der radikalen politischen Umbrüche nach gesellschaftlicher Positionierung. Für Brecht stand seit Mitte der 20er Jahre fest, dass sein »Lager« nicht im Bürgertum, sondern erkennbar »links« davon angesiedelt sein musste.

Naturgemäß war das keine pragmatische Entscheidung, hier schlug das Herz des Dichters. War er Marxist? Sicher nicht in einem klassischen, orthodoxen Sinne. Er selber hat da wohl ein wenig geflunkert, als er sich auf sein intensives Studium der Marx'schen Schriften berief. Das meiste, was er zu diesem Thema schrieb, wirkt eher unbeholfen, bemüht und ist zudem in einer eigenartigen Spekulatiussprache abgefasst, die nun ganz und gar nicht zu dem Meister des gestochenen Ausdrucks passt. Er, der nie Mitglied einer kommunistischen Partei war, verfasste leider auch Stellungnahmen zu den Stalin'schen Schauprozessen, die unsereiner nur mit größtem Unbehagen nachliest. Verhielt er sich in solchen Momenten wie der furchtsame und bequeme Galilei, der einer direkten Auseinandersetzung mit der Macht lieber aus dem Weg geht? Das gelegentliche Wegducken wird er jedenfalls nicht als Verrat, sondern als List empfunden haben.

Und List war nötig. Im amerikanischen Exil stellten ihm schon früh die Kommunistenjäger nach, die sich später unter Senator McCarthy einen unrühmlichen Namen machten. List war genauso unabdingbar, als Brecht mit der DDR ein künstlerisch-politisches Auskommen suchte, das es ihm erlaubte, mit einem eigenen Ensemble am Theater am Schiffbauerdamm sein eigenes Konzept zu realisieren. Auch hier waren Emigranten nicht hilfreich, gerade, wenn sie aus der UdSSR zurückgekehrt waren oder Walter Ulbricht hießen. Da half die Verleihung eines Friedenspreises aus Moskau, der im Namen Stalins vergeben wurde. Es belastete aber auch das Gewissen, wenn die Arbeiter auf die Straße gingen, wie im Juni 1953.

Brecht rettete sich und die Haut seiner Mitarbeiter, indem er zum Klassiker wurde, unangreifbar, weil sozusagen Weltniveau. Als er 1956 starb, verbat er sich, eine letzte List, alle offiziellen Ehrenbezeugungen. Der Stückschreiber zog selber den Vorhang.

## CAO XUEQIN

Es geht nun um den unstreitig bekanntesten Roman der chinesischen Literaturgeschichte, den ›Traum der roten Kammer‹, den ›Hong Lou Meng‹. Das ist ein sehr pralles Werk aus den 30er Jahren des 18. Jahrhunderts, ein Familienroman, der vom Aufstieg und Niedergang eines stolzen Geschlechts handelt – wie knapp zwei Jahrhunderte später in Deutschland die ›Buddenbrooks‹ von Thomas Mann, allerdings mit glücklicherem Ausgang. Man kann das Werk als Liebesroman, als Sittengemälde, als Zeitdokument oder als Einführung in die spirituelle Welt des Daoismus und des Buddhismus, die beiden chinesischen Volksreligionen, lesen. Selbstverständlich kann man es auch einfach als unterhaltende Geschichte runterschmökern. Allerdings entgeht dem Leser dabei die eine oder andere symbolische Anspielung.

Bevor ich auf die Struktur dieser großen Erzählung eingehe, möchte ich – beispielhaft und kurz – ein paar Worte nur zur Bedeutung der Farbe Rot in der chinesischen Symbolsprache sagen. Ein vielleicht umständlicher, doch nicht völlig ins Abseits führender Weg. Denn wir alle haben einmal mit chinesischen Filmtiteln wie ›Die Rote Laterne‹, mit Hymnen wie ›Der Osten ist rot‹ Bekanntschaft gemacht. Erinnerlich sind vielleicht auch noch die »Roten Garden« der chinesischen Kulturrevolution, auch dass die chinesische Nationalflagge in der Grundfarbe ein Rot trägt. Man hegt zu Recht den Verdacht, dass in China, wenn von der Farbe

Rot die Rede ist, mehr auf dem Spiel steht als eine Verbeugung vor fremden Modellen des Sozialismus.

Tatsächlich: Mit der Farbe Rot hatte es in China schon von alters her ein besonderes Bewenden. Auf der chinesischen Bühne ist der Mann mit der auffällig roten Schminke eine ganz markant hervorgehobene Person, oft ein Kriegsgott. Glück, einen hohen Posten und – damit gleichbedeutend – Reichtum verspricht der Glücksgott in dem roten Gewand und – jetzt kommen wir wieder zu unserem Roman: Die Nebenfrau darf erst dann Rot tragen, wenn sie zum ersten Mal zum Gemahl geschickt wird. Das Einkleiden obliegt, nebenher gesagt, der sogenannten Hauptfrau.

Wenn somit in China die Farbe Rot erwähnt wird, löst dieses Zeichen ein kleines Feuerwerk von Assoziationen aus. Und wenn ein Roman den Titel ›Traum der *roten* Kammer‹ trägt, darf der Autor damit rechnen, einer besonderen Aufmerksamkeit seines lesenden Publikums gewiss zu sein.

Ich möchte nicht pedantisch erscheinen, doch ich muss auch noch zwei, drei Sätze zu dem Wort »Kammer« sagen: Das Wort klingt heimelig, was allerdings im chinesischen Original gemeint ist, ist kein Stübchen, sondern der obere Teil eines einstöckigen Hauses. Damals, also um 1730, der Zeit, in der die Handlung spielt, hatten nur die wenigsten chinesischen Häuser ein Obergeschoss. Wir sprechen vom Norden, von Peking, dem Ort des Geschehens. Es wäre also hilfreich, wenn man sich statt einer kleinen Kammer gleich ein Stockwerk vorstellt, ein Stockwerk, in dem vornehme Damen wohnen. Im vorliegenden Fall: die vornehmen Damen der Familie Jia.

Der Name Jia ist bereits ein kleiner Schlüssel. In China spielt man gern mit gleich lautenden, doch verschieden geschriebenen Wörtern, und wenn man diesen Namen Jia etwas anders schreibt, bedeutet er »Erfindung«. Somit haben wir es schon gleich zu Anfang mit dem Hinweis auf eine Erfindung, vielleicht auch – siehe der Titel – einen Traum zu tun. Doch das soll erst einmal als philologischer Fingerzeig genügen.

Die Familie Jia gehört zu den bedeutendsten Sippen der Hauptstadt, wurde vor Generationen geadelt und ist, jedenfalls zu Beginn der Geschichte, unermesslich reich. Der Erbe, der Stammhalter heißt Baoyu, das bedeutet »wertvolle Jade«, eine Anspielung darauf, dass er mit einem hell schimmernden Jadestein auf der Zunge das Licht der Welt erblickte.

Dieser Baoyu ist ein wenig aus der Art geschlagen, er ist nämlich seinem Wesen nach eher ein den Künsten gegenüber aufgeschlossener junger Mann, intelligent, doch eigenwillig. Das Studium der konfuzianischen Klassiker findet er langweilig, sehr zum Verdruss seines Vaters, denn dieses Studium der sogenannten »Vier klassischen Bücher« war, wenn denn durch erfolgreiche Prüfungen nachgewiesen, damals die Voraussetzung für eine Karriere im Staatsdienst. Und andere respektable Karrieren gab es im kaiserlichen China nicht.

Wenn also der Stammhalter einer bedeutenden Familie seinem Vater signalisierte: »Konfuzius interessiert mich überhaupt nicht«, dann war das so, als hätte, sagen wir, ein Hohenzollernspross in jener Zeit zu seinem Vater gesagt: »Lieber Papa, tut mir leid, aber Militär ist nicht so mein Ding.«

Baoyu also liest lieber Romane, Erzählungen, das, was man im Chinesischen »kleines Gerede« nennt, und er verehrt die Klassiker des Taoismus. Die steifen Hofbeamten, die im Haus seiner Eltern verkehren, sind ihm ein Gräuel, ohnehin hält er Männer für phantasieloser, man kann auch sagen, spießiger als Frauen. »Frauen«, sagt er an einer Stelle, »sind klar wie Wasser, Männer so trübe wie Schlamm.« Auch deswegen hält sich Baoyu gern im Bereich der roten Gemächer auf, in jenen den Frauen zugewiesenen Teilen der Residenz.

Seine große Liebe gehört der Kusine Daiyu. »Dai« bedeutet »dunkel« und »yu«, wie schon bei Baoyu, »Jade«. Es verliebt sich also »Wertvolle Jade«, unser Held, in »Dunkle Jade«, seine Kusine, doch dieser Liebe ist kein Glück beschieden – kein Wunder, steht doch »Dunkle Jade« für den Traum von Kunst, von Wildheit, vom Durchbrechen aller Konventionen.

Heiraten muss er stattdessen eine andere Kusine, sie heißt mit Vornamen »Wertvolle Tugend« und verhält sich auch so: höflich, liebevoll zurückhaltend, den Erwartungen entsprechend, welche die feine Gesellschaft einer jungen Dame entgegenbringt, die in ein vornehmes Haus einheiratet.

Damit ist gleichsam das Feld der Spannungen beschrieben, die unseren Helden bewegen werden: die Anforderung der Gesellschaft, der Familie, der Tradition, die Lust zum Ausbruch, die Möglichkeit eines Kompromisses.

Doch es wäre zu einfach, die Figuren dieses Romans nur auf die gerade erwähnten drei Hauptgestalten zu beschränken. Denn der Autor führt uns mit einem für die Zeit beispiellosen Einfühlungs- und Ausdrucksvermögen ein gutes Dutzend unvergesslicher Frauen vor, die, jede auf ihre Art, eine Möglichkeit des Frauseins verkörpern: skeptisch und humorvoll, derb, listenreich und etwas antriebsschwach, versponnen und auch eine Spur selbstverliebt, aber – und das ist für diesen Roman so kennzeichnend – Porträt für Porträt mit unverkennbaren, mit individuellen Zügen ausgestattet und in einen Handlungszusammenhang gesetzt, der aus ihnen nicht Scherenschnitte, sondern lebendige Figuren macht. Sehr viel lebendiger jedenfalls, als es die eingebundenen Füße nahelegen, die uns zuerst in den Sinn kommen, wenn wir an Frauen aus dem damaligen China denken.

In diesem Roman wird wie bei einem Fächer das Bild einer Gesellschaft entfaltet und mal näher ans Auge gerückt, mal weiter vom Körper gehalten. In keinem anderen chinesischen Text, jedenfalls in keinem, der in einer deutschen Übersetzung vorliegt, wird man der noblen chinesischen Gesellschaft jener Zeit in ihren Gefühlen näher kommen. Historisch betrachtet ist es übrigens eine – sagen wir: vorläufige – Endzeit. Noch empfinden die Europäer jener Zeit Bewunderung für China, wollen die chinesischen Seelen durch Taufen vor dem Höllenfeuer retten, erfreuen sich an den Höfen ihrer Fürsten in Potsdam, Dresden oder Versailles an Chinoiserien. Doch lange wird es nicht mehr dauern, bis sich »der Westen« über das Land hermacht und der Tradition, wie sie in diesem Roman beschrieben wird, ein Ende bereitet.

Auch deshalb lege ich Ihnen die Lektüre des ›Traums der roten Kammer‹ so ans Herz.

Natürlich wollen Sie jetzt wissen, wie sie weitergeht, die Geschichte mit dem jungen Mann, den zwei Kusinen, dem störrischen Vater. Aber diesen Gefallen kann ich Ihnen schon deshalb nicht erweisen, weil ich ja will, dass Sie den Roman lesen. Ich möchte daher nur andeuten, dass es der Familie nicht gut gehen wird, weil die Patriarchin, die Großmutter, eher der Typus Stahlnagel, einem ziemlich zweifelhaften Geschäftspartner vertraut, der sich auf Korruptionsgeschäfte einlässt, das Vermögen der Familie aufs Spiel setzt – und nicht nur das Vermögen, sondern auch ihren Ruf und damit ihre alles entscheidende Position am kaiserlichen Hof. Dennoch: Unser Held kann sich diesem Schicksal entziehen, so viel sei hier verraten, und es ist kein Ausgang, der uns schwermütig stimmen muss.

Die Bedeutung der Farbe Rot in der chinesischen Kultur wurde bereits erwähnt. Seit dem großen Erfolg des Romans ist dieses Spektrum noch um eine weitere Facette bereichert worden: Es gibt einen akademischen Zweig in den Literaturwissenschaften, der sich »Rotforschung« nennt und sich der systematischen Erforschung der Entstehungs- und Ausbreitungsgeschichte des Werkes ›Traum der roten Kammer‹ widmet, obwohl im Ursprungstitel gar kein Rot vorkam.

Ein Werk, das, vorsichtig gezählt, 30 Hauptfiguren und – genauso vorsichtig gezählt – mehr als 400 Nebenfiguren kennt, zieht naturgemäß eine breite Schleppe philologischer Nachforschungen hinter sich her. Daher wissen wir heute, aus welchen verschiedenen Kompilationen die Romanvorlage bestand, als sie erstmalig in Druck ging. Die umfangreiche Forschung zur Geschichte des Romans hat zwar ergeben, dass vielleicht nur die ersten zwei Drittel des Textes von Herrn Cao stammen, doch das ist kein Grund, die Identität eines Autors auf dem Buchumschlag zu verschweigen, eines Autors, dessen poetischer Vorname immerhin mit »Schneesellerie« übersetzt werden kann.

## LEWIS CARROLL

Es geht unter anderem um ein kleines Mädchen und einen Hutmacher, um eine Katze, die ständig grinst, um eine Königin, eine Herzogin und einen Herzbuben. Um unerwartetes Verschwinden und genauso unerwartetes Wiederauftauchen.

Das Manuskript, das den Autor dieser Geschichte in die Position eines Fixsterns der Weltliteratur beförderte, ist unscheinbar in schwarzes Leder gebunden, der Band nicht viel größer als ein halber Briefbogen, nicht einmal 100 Seiten machen den Umfang aus. Die Bibliothekare des Britischen Museums, die das Werk als einen ihrer größten Schätze hüten, haben ihm die Nummer 46700 gegeben. Das mag ein Zahlenspiel sein, doch es ist noch nicht entschlüsselt.

Der Autor hat den Text von Hand in einer sorgfältigen Druckschrift geschrieben, die auch ein Kind ohne Mühe lesen kann. Und es handelt sich ganz offensichtlich auch um ein Buch für Kinder, allerdings für Kinder, die in einem wunderlichen Einvernehmen mit dem Autor zu stehen scheinen. Bisweilen tauchen im Manuskript Hasen auf oder Schildkröten, und alle zwei oder drei Seiten findet sich eine Zeichnung von einem zierlichen, langgestreckten Mädchen, dessen Kopf unmittelbar vor dem oberen und dessen Füße dicht am unteren Seitenrand enden. Sie mag neun, zehn oder elf Jahre alt sein, trägt lockiges, auf die Schultern fallendes Haar und einen Mittelscheitel, und sie sieht aus wie … Alice im Wunderland.

Ihr Schöpfer, Lewis Carroll, hieß mit bürgerlichem Namen Charles Lutwidge Dodgson. Aus dem »Lutwidge« wurde »Lewis«, aus dem »Charles« wurde über Carolus »Carroll«, dieser Autor liebte das Versteckspiel.

Lewis Carroll ist möglicherweise nicht der am meisten gelesene Autor der neuzeitlichen Literaturgeschichte, aber er sollte zu den Lieblingen gehören. Zu den einflussreichsten Schriftstellern zählt er allemal, denn er hat in seinen Büchern ein Maß von heiterer und von bestürzender Verwirrung geschaffen, das vieles von dem, was etwa Franz Kafka nur wenige Jahrzehnte später bewegte, in scheinbar spielerischer Form vorwegnahm. Allerdings ist der Schöpfer von ›Alice im Wunderland‹ nicht so schwermütig, so mit der Kompassnadel nach dem unbarmherzigen Zweifel an der Welt ausgerichtet wie Kafka – oder vielmehr, wie es viele Deuter von Franz Kafka gern in dessen Werk läsen. Auch Kafka, vergessen wir das nicht, wollte, dass man beim Lesen seiner Werke ins Lachen geriet.

Erinnert man sich aber an die eigene Lektüre von ›Alice im Wunderland‹, so erinnert man sich – bei aller Unheimlichkeit – an ein behagliches Staunen. Am Anfang der Geschichte begegnet uns ein junges Mädchen, das vom Lesen ihres Buches ein wenig müde geworden ist und an dem ein weißes Kaninchen vorbeiläuft, welches uns beiläufig mitteilt, dass es sich für die Einladung zum Tee mit der Königin verspätet hat. Dieses Kaninchen verschwindet in einem Loch und Alice folgt ihm in ein ganz besonderes Reich. Wenn sie dort aus einem Fläschchen trinkt, wird sie kleiner, wenn sie von einem Kuchen isst, wird sie größer, so etwas passiert nun einmal in geheimnisvollen Reichen, in denen unsere Konventionen nicht gelten, unsere Gesetze aufgehoben sind. Aufgehoben oder verschärft oder gar ins Gegenteil verkehrt, wie Alice erfahren muss, als ihr die Figuren Zwiddeldei und

Zwiddeldum begegnen, als Goggelmoggel, die strenge Raupe, der Schnapphase, die falsche Suppenschildkröte oder die Herzogin auftreten, deren Vers

> *Sprich roh mit deinem kleinen Sohn*
> *Und hau ihn, wenn er niest;*
> *Er tut es doch nur dir zum Hohn,*
> *Und weil er dich verdrießt, …*

dem Leser einen Schrecken jener Welt vermittelt, die nicht possierlich ist und deren furchterregende Protagonisten ständig präsent sind.

Diese Herzogin konnte, so verkündet sie, Zahlen noch nie ausstehen, klar, damit bezog der Autor, bezog Mr. Charles Dodgson alias Lewis Carroll eine eindeutige Position. Er selbst war nämlich im Hauptberuf Mathematiker. Am Christ Church College, einem der berühmtesten Colleges von Oxford, unterrichtete er Mathematik und Logik. Wenn man sich die Liste der Bücher vor Augen hält, die er veröffentlichte, nehmen die mathematischen Werke fast den gleichen Umfang ein wie die belletristischen. In ihm steckten offenbar zwei verschiedene Persönlichkeiten: der schnurrige Erzähler Lewis Carroll und der penible Mathematiker Charles Dodgson, der sehr ungehalten zu reagieren pflegte, wenn er auf der Straße als Lewis Carroll angesprochen wurde. War das Koketterie, war das Schüchternheit, war das die Lust am Rollenspiel?

Nachdem sein Welterfolg ›Alice in Wonderland‹ in den späten 60er Jahren des 19. Jahrhunderts erschienen war, bat eine entzückte Königin Victoria den Autor darum, ihr sein nächstes Werk zu widmen. Dodgson reagierte auf seine Art, und so geschah es, dass die grundbiedere mathematische Abhandlung ›An Elementary Treatise on Determinants‹, also eine zum Händefalten langweilige Einführung in die Theorie der Determinanten, ihrer königlichen Hoheit gewidmet wurde.

Es steckten vermutlich noch viel mehr Personen in der Seele dieses wunderlichen Mannes, der mal als körperlich eher gewinnend, doch äußerst schüchtern beschrieben wurde, mal als stocksteif, pedantisch – und dann wieder als brillanter Plauderer und nicht unbegabter Vortragender volkstümlicher Lieder.

Geboren wurde er Ende Januar 1832 in eine Familie, die im erweiterten Sinne zur Elite der britischen Gesellschaft zählte. Elite, das bedeutete zu jener Zeit Adel, zu dem die Familie allerdings *nicht* zählte, nachgeordnet der Klerus und der Militärstand. Aus beiden Kreisen konnte unser Autor bedeutende Vorfahren gleichsam in schönem Überfluss vorweisen. Die Familie war unbedingt glaubenstreu, wenn auch von unterschiedlicher religiöser Präferenz, theologisch mal mehr, mal weniger konservativ – und sie war, selbst für die Verhältnisse der Zeit, beeindruckend fruchtbar. Angeblich hatte Charles Dodgson, hatte Lewis Carroll noch zehn Geschwister, er war der älteste Sohn. Der Vater war Pfarrer einer Gemeinde, die es sich leisten konnte, die Familie mit recht üppigen Pfründen auszustatten. So kam der kleine, auffällig belesene Charles nach ein paar Jahren des Privatunterrichts auf ein vornehmes Internat, er kam nach Rugby.

Wenn man die Lebensläufe berühmter britischer Schriftsteller verfolgt, dann sticht ins Auge, wie wenige sich *nicht* mit Schrecken und Abscheu an ihre Schulzeit auf dem Internat erinnern. Dies scheint, zynisch gesagt, geradezu eine notwendige Bedingung für ihren späteren literarischen Erfolg gewesen zu sein. Lewis Carroll machte da keine Ausnahme. »Wenn man mich wenigstens nachts in Ruhe gelassen hätte«, schrieb er rückblickend sinngemäß, »dann hätte ich mich mit den Quälereien am Tage abfinden können.«

Dennoch wurde Charles Dodgson, vornehmlich durch seine Leistungen im Fach Mathematik, zu einem Vorzeigeschüler. Zu einem Vorzeigeschüler, der allerdings bisweilen stotterte – oder wie man damals im vornehmen Englisch sagte: der unter »Verzögerungen« litt. Wir werden darauf noch zu sprechen kommen.

Dieser Vorzeigeschüler landete mit 19 Jahren in Oxford, an jenem berühmten College, und er blieb dort mehr als ein Vierteljahrhundert. Eine »kometenhafte« Karriere machte er in seinem Fach nicht, angeblich war er, so behaupten seine Biografen, bei aller Höchstbegabung eben doch bisweilen auch sehr faul.

Das mag so gewesen sein, richtig und wichtig ist aber, dass dieser Mathematiker eben auch Lewis Carroll war, der Erfinder unheimlicher Geschichten und Balladen – und dazu noch ein Fotograf, der Umgang mit den bedeutenden Malern seiner Zeit suchte und fand. Die Freunde, die er gewann, zählten zur Schule der Präraffaeliten, einer Gruppe von Künstlern, die sich der Suche nach dem Reinen, dem von herkömmlichen künstlerischen Konventionen Unverstellten verschrieben hatten. Für Lewis Carroll lag dieses Reine, dieses Unverstellte oft in der Natur, oft aber auch in der Gestalt sehr junger Mädchen, die er mal nackt, mal in Phantasiekostümen ablichtete. Man kann diesen Vorgang »Fotografieren« nennen, doch klingt dies nach einem allzu hurtigen Prozess. Carroll bediente sich nämlich eines um die Mitte des 19. Jahrhunderts entwickelten Verfahrens, das man die »Nassplatten-Collodiumfotografie« nannte. Dazu mussten feuchte Glasplatten mit einer sensiblen Substanz beschichtet werden. Die Belichtung dauerte bis zu 30 Sekunden, so lang durfte sich das Modell nicht regen. Die sich anschließende Entwicklung des Bildes musste abgeschlossen werden, bevor die Platten trockneten – und natürlich war die ganze Zeit auf einen konstanten Lichteinfall zu achten. Wenn man sich heute ein Bild von dem künstlerischen Prozess machen will, so stellt man sich wohl am besten die Anlage eines Alchimisten vor, der mit viel Geduld und meist giftigen Zutaten unsterbliche Bilder zu schaffen anstrebt.

Ich habe Lewis Carroll als Fotografen auch deshalb so im technischen Detail vorgestellt, um eine weitere Facette von ihm vorzuführen: Wir haben den phantasievollen Erzähler, den nüchternen Mathematiker – und wir haben auch diesen wohl heftig erotisierten Bildmenschen, den Liebhaber, zumindest Bewunderer junger Mädchenkörper, der sein Verlangen aber in einer Mischung aus hochkomplizierten technischen und künstlerischen Aktionen stillte.

Zur Vollständigkeit des Bildes muss hier aber dringend noch angefügt werden, dass der Künstler sehr schnell zu einem der gefragtesten und angesehensten Porträtisten der englischen Gesellschaft heranreifte. Wir verdanken ihm die Abbilder einiger der berühmtesten Dichter seiner Zeit. Warum er allerdings 1880, er war damals 48, das Fotografieren »wie aus heiterem Himmel« ganz und gar aufgab, wird unter seinen Biografen genauso heftig debattiert wie die Frage, was auf den gut tausend Bildern zu sehen war, die der Künstler zerstörte. Wenn es uns denn überhaupt etwas angeht.

Jene Alice, der das Wunderland erzählt wurde, gehörte natürlich auch zu den Fotografierten. Sie war die Tochter eines Dekans an der Oxforder Universität, und sie scheint den komplizierten Umgang mit Lewis Carroll sehr viel unbefangener gemeistert zu haben als ihre Mutter, die sich erst angelockt zeigte und dann schockiert alle weiteren Verbindungen abbrach. Carroll war damals, wir reden hier über die späten 60er Jahre des 19. Jahrhunderts, ein Mann, der sich schon auf Grund seines finanziellen Erfolges eine gewisse Eigenbrötelei, eine von der Gesellschaft zugestandene Exzentrizität, leisten konnte. Dazu gehörte die Gewohnheit, sich seinem Publikum in verschiedenen Rollen vorzustellen oder zu entziehen. Ein großer Darsteller spielt eben mit seinen Zuschauern.

Nehmen wir einmal den Mathematiker Dodgson. Eines seiner berühmtesten Werke handelt vom Fünften Buch des Euklid. Es geht dort um Größenordnungen, genauer gesagt, um eine Erörterung der Proportionenlehre des legendären Eudoxus. Klar, jemand, der ein junges Mädchen mal größer, mal kleiner erscheinen lassen kann, der wird seinen Euklid, der wird seinen Eudoxus gelesen haben.

Aber: Gab es die beiden eigentlich? Gab es tatsächlich die Herren Euklid oder Eudoxus? Oder waren das nicht einfach nur Namen für Manuskripte? So wie Carroll eine Erfindung von Dodgson war? Die Wissenschaftsgeschichte ist sich da nicht sicher. Und Carroll wäre auch noch zuzutrauen, dass er Dodgson erfindet.

Und dieses Stottern, dieses »Verzögern« von Lewis Carroll? Sicher, die Aufrechten sagen: Er hat NIE gestottert, wenn er mit Kindern sprach. Da fühlte er sich sicher und rein. Typisch für einen schon in der Kindheit Verhaltensgeschädigten. Doch es erinnern sich auch wenige Erwachsene an eine Sprachbehinderung des Autors. Im Übrigen gehört es im Dialekt von Oxford und Cambridge nachgerade zum guten Ton, so viele »Ähs« und »Öhs« einzufügen wie möglich, am besten in Synkopen.

Und noch ein Letztes: Lewis Carroll hat oft erzählt, wie ›Alice in Wonderland‹ entstand. Man ruderte also auf diesem kleinen Fluss, ein heiterer Sommernachmittag, das Mädchen ein wenig erschöpft, dann, ganz leise, setzt der Erzähler ein.

Gut, man kann diesen Sommernachmittag historisch-meteorologisch dokumentieren, die Akten geben heute noch Auskunft. Von wegen heiterer Sommernachmittag. Es war ein Gewittertag mit heftigem Regen. Schon wieder so ein Rätsel.

## JOSEPH CONRAD

Wir wollen ein Zeichen setzen, das die Welt erschüttert, ein Zeichen, das sie aus den Angeln hebt. Ein politisches Zeichen, eine Bombe selbstverständlich, denn wir sind Anarchisten. Wir begeben uns daher in das Zentrum der Macht dieser Welt: Das liegt Ende des 19. Jahrhunderts in London.

Unser Zeichen soll aber nur ein symbolisches, kein blutiges sein. Also lassen wir die Bombe in einem Park hochgehen. In einem sorgfältig ausgesuchten Park, einem Park, auf den die Welt blickt, blicken muss. Der liegt in Greenwich, vor den Toren Londons. Hier liegt der uns allen vertraute Null-Meridian, jener vom Nord- zum Südpol verlaufende Halbkreis, mit dem Geografen des Kolonialismus die Erde aufteilen. Im Park vor dem Königlichen Observatorium ist eine Platte aus Bronze eingelassen, die den Meridian anzeigt. Diese Platte werden wir sprengen. Die Welt wird die Botschaft verstehen.

Das ist der Plot eines der finstersten Romane der Weltliteratur. Sein Autor wurde 1857 in Berdyczów geboren. Das Städtchen liegt heute in der Ukraine, gehörte damals zu Russland und davor zu Polen. Polnische Adelige waren die Vorfahren dieses Autors, der sich seit 1886 Joseph Conrad nannte. Er gilt als einer der größten Romanschriftsteller nicht nur der englischen Sprache. Und schon sein Lebensweg ist eine eigene, wilde Erzählung.

Conrads Vater, Apollo Korzeniowski, war Literat und polnischer Patriot, Übersetzer unter anderem von Shakespeare, Charles Dickens, Victor Hugo, Autor von politischen Dramen und auch politischer Drahtzieher. Die zaristischen Behörden verhafteten ihn wegen seiner Beteiligung an einem Aufstand in Warschau 1863, dem berühmten Januaraufstand. Er wurde ins Exil nördlich von Moskau verbannt, seine Frau und sein vierjähriger Sohn konnten ihn dorthin begleiten, doch bald erkrankte seine Frau. Die Familie durfte wieder in die Heimat zurückkehren, wo schließlich Josephs Mutter starb und der Vater wenige Jahre später.

Mit elf war Conrad Vollwaise, er lebte bei einem Onkel in Krakau. Langfristig drohte ihm die Einberufung in das russische Militär, als Sohn eines Strafgefangenen hätte ihn das bis zu zwanzig Jahre Dienstzeit kosten können.

So machte er sich mit 16 Jahren auf nach Marseille und wurde Matrose auf verschiedenen französischen Schiffen. Die Reisen brachten ihn in die Karibik und an die Küste von Venezuela, er soll sich dort an Waffengeschäften beteiligt haben, allerdings ohne nennenswerten ökonomischen Erfolg. Ohne Erfolg suchte er dort auch die Liebe einer Frau. Eine erste seelische Krise führte 1878 in Marseille zu einem Selbstmordversuch. Kaum erholt, heuerte er auf einem britischen Schiff an, das war der Anfang von 16 abenteuerlichen Jahren in den Diensten der Handelsmarine, von denen er später in zahlreichen Romanen und Kurzgeschichten Zeugnis ablegte. Ich nenne hier aus dem großen Erzählwerk nur die bekanntesten Titel ›Der Nigger von der Narzissus‹, ›Nostromo‹, ›Taifun‹, ›Jugend‹ und jene Novelle, die die meisten Leser mit seinem Namen verbinden: ›Das Herz der Finsternis‹.

›Das Herz der Finsternis‹, literarische Vorlage für den Film ›Apocalypse Now‹ von Francis Ford Coppola, gilt heute als das anspruchsvollste, auch als das ehrgeizigste Buch von Joseph Conrad. Und es hat sich in den letzten Jahren ein gewaltiger Streit darüber entzündet, welche nun des Autors erzählerische Absicht gewesen sei.

Schauen wir uns den Fall aus der Nähe an: 1889 wurde Conrad Kapitän des Dampfschiffes »Roi des Belges«, das den Kongo stromaufwärts befuhr. Conrad hatte von einer solchen Reise immer geträumt. Das Gebiet, das er betrat, wurde seit 1885 »Unabhängiger Staat des Kongo« genannt – und man darf das Wort »unabhängig« getrost so verstehen, dass auf diesem Territorium keinerlei Gesetze gelten durften, die der gnadenlosen Ausplünderung der einheimischen Bevölkerung und der Bodenschätze des Landes durch die Gangster des belgischen Königs Leopold II. Einhalt geboten. Die Gangster nannten sich Handels-, manchmal auch Entwicklungsgesellschaften oder traten als christliche Missionare auf. Der europäische Gedanke des Herrenmenschentums, des unbeschränkten Privateigentums, das sich die Erde untertan macht, feierte hier einen ersten großen Triumph.

Joseph Conrad fährt mit seinem Schiff von Handelsstation zu Handelsstation und erlebt, Tag für Tag, das Grauen der nackten Gewalt der Kolonialherren. Zehn Jahre später, 1899, veröffentlicht er darüber jenen nur scheinbar fiktiven Bericht über eine Reise in ›Das Herz der Finsternis‹.

In dieser Novelle heißt der – noch junge – Kapitän des Schiffes Charles Marlow. Die zentrale Gestalt des Bösen, gleichsam die Verkörperung der moralischen Finsternis, ist ein Elfenbeinhändler, der Handelsagent Kurtz. Kurtz hat sich in der Wildnis ein kleines Imperium aufgebaut, keine Schandtat, kein Raub, kein Mord, keine Orgie ist ihm fremd.

Er ist, betrachtet mit den Augen seines Besuchers Marlow und daher mit den Augen von Joseph Conrad, der schreckliche Ausdruck all dessen, was ein Mensch verkörpern kann:

ein Abbild der Freiheit und ein Abbild der Wildnis. Kurtz ist eine Kreatur, die bald an ihrer eigenen Macht, an der ausgelebten Freiheit zu Grunde gehen wird. Natur, das müssen wir im Auge behalten, auch die Natur des Menschen, ist in diesem Verständnis nichts Versöhnliches, nichts Heilendes, sie ist, wie es bei Rudyard Kipling heißt, nur eine Chiffre für geschärfte Klauen und Blutlust.

Kapitän Marlow versucht, den todkranken Kurtz noch zu einer anderen Einsicht zu bewegen, womöglich gar zu einem Gefühl der Reue, und deutet die letzten Worte des Sterbenden, »Oh, Schrecken, Schrecken!«, als solche. Doch vielleicht ist das nur ein frommer Wunsch, ein Aufbäumen gegen das moralische Verzweifeln. Denn für Charles Marlow, mithin für Joseph Conrad steht fest, dass ein Teil von diesem Kurtz auch in ihm, in all seinen Figuren und in all seinen Lesern steckt.

Gestatten wir uns ein kleines, ein literaturgeschichtliches Blitzlichtgewitter. Wir befinden uns am Ende des 19. Jahrhunderts. Joseph Conrad, auf der Suche nach einem Kindheitstraum, schippert den Kongo flussaufwärts und wird mit dem Verbrechen schlechthin konfrontiert. Theodor Fontane wandert durch die Mark Brandenburg, doch literarisch plant er bereits eine Serie von Romanen über das Böse. Maupassant und Zola finden das Inhumane, die moralischen Abgründe in der vornehmen Pariser Gesellschaft. All dies vollzieht sich in einer und derselben kurzen Epoche, wird von Historikern als Zeit des Realismus zusammengefasst. All dies sind aber auch als Symptome gedeutete Zeichen einer Zeit, die wir als das fiebrige *fin de siècle* bezeichnen, eine Ansammlung jener finsteren Kräfte, die bald im Ersten Weltkrieg ihre, wie Karl Kraus schrieb, schreckliche Entladung finden sollten.

Joseph Conrad, ausgerechnet dieser schwer depressive, auch schwer von physischen Krankheiten gezeichnete Mensch, ist einer der wichtigsten Erzähler dieser moralischen Verwerfungen. Er beschreibt sie, wie man fünfzig Jahre später sagen würde, aus einer existenzialistischen Perspektive: Der Mensch ist ein dem Schicksal Ausgelieferter. Das ist der eine, sozusagen der lebensphilosophische Aspekt.

Diese Philosophie bleibt aber nie Behauptung. Sie wird – und damit kommen wir zum künstlerischen Aspekt – höchst stimmungsvoll aufgelöst durch Naturbeschreibung, nicht im billigen Sinne etwa eines Hagelsturms, der eine Auseinandersetzung der handelnden Personen ankündigt, des Regens, der ans Fenster schlägt, und all dieser schon damals weitgehend abgenutzten Regieeinfälle. Es taucht eben keine Schlange auf, die einfach nur sagt: »Hier bin ich«, weil wir uns in den Tropen befinden, keine Stromschnelle, um der Handlung eine Beschleunigung zu verpassen, kein Vollmond, um Frieden zu verbreiten. Nein, alles ist stimmig, fast ein wenig wie die Bilder, die wir aus der Traumdeutung der Psychoanalyse kennen. Joseph Conrad ist der Meister einer nur dem nach- oder mitdenkenden Leser entzifferbaren Metaphorik der äußeren wie der inneren Natur, des Deutlichen und des Stummen.

Ich greife das Wort »stumm« auf, um noch auf ein anderes Thema überzuleiten, das seit ein paar Jahren stets zur Sprache kommt, wenn von den Werken Conrads, ganz besonders von ›Das Herz der Finsternis‹ die Rede ist. Wie behandelt Conrad eigentlich die Opfer, lautet die gern gestellte Frage. Gibt er auch ihnen eine Stimme? Oder sind sie für ihn einfach nur Statisten? Ein prominenter Wortführer dieser Kritiker war der 2013 verstorbene nigerianische Autor Chinua Achebe, Träger des Friedenspreises des Deutschen Buchhandels im Jahre 2002.

Für Chinua Achebe war Joseph Conrad ein klassischer Rassist, der, gerade in ›Das Herz der Finsternis‹, die am Ufer des Kongo lebende afrikanische Bevölkerung »entpersonalisierte«, sie nur als eine diffuse Erscheinung von Gliedmaßen, schimmernden Augäpfeln und zuckenden Bewegungen wahrnahm.

Es ist wohl wahr, dass Conrad keinen Schwarzen als Helden herausgestellt hat. Das wäre allerdings auch nicht ganz einfach gewesen in einer Erzählung, deren Thema die Ausbeutung, die Unterdrückung, die Versklavung der einheimischen Bevölkerung ist. Und dass Conrad nicht über die einheimischen Sklavenhändler schrieb, die oft eine veritable Machtstellung erlangten, hätte ihm ganz gewiss auch Chinua Achebe nicht vorgeworfen.

Joseph Conrad war bis zu seinem Tod im Jahre 1924 ein Getriebener, getrieben von Finanz-, von Gesundheits-, von Versagensängsten. In der Sprache, in der er aufgewachsen war, wollte er sich nicht ausdrücken. Nachdem er 1894 die Seefahrt aufgegeben und sich für die Schriftstellerei entschieden hatte, musste er für seine Kunst noch zwischen dem Französischen und dem Englischen wählen. Er beherrschte beide Sprachen gleich gut, schon sein Vater hatte ja sowohl Shakespeare als auch Victor Hugo übersetzt.

Conrad entschied sich für das Englische, gilt heute und galt sehr früh schon als stilistisches Vorbild. Und deswegen möchte ich gerne mit einer Anekdote schließen, die wir dem wunderlichen, dem liebenswerten Schriftsteller Ford Madox Ford verdanken, der einmal Ford Hermann Hüffer hieß, weil seine Vorfahren aus dem westfälischen Münster stammten.

Madox Ford und Joseph Conrad waren befreundet, eine Zeitlang lebten sie Zimmerfenster gegenüber Zimmerfenster. Conrad hatte es sich zur Gewohnheit gemacht, statt ein Wörterbuch zu benutzen, das Fenster aufzustoßen und auf Französisch zu rufen: »Madox, wie sage ich ›Herzensangelegenheit‹ am besten auf Englisch?«

Madox Ford öffnete seinerseits das Fenster und gab die gewünschte Auskunft.

»Das ist keine Sprache, der ich eine Zukunft gebe«, antwortete Conrad und schloss wieder sein Fenster.

Wer über die Einsamkeit von Schriftstellern, gerade über die Einsamkeit von Joseph Conrad nachdenkt, sollte sich diese kleine Szene ins Gedächtnis rufen. Sie tröstet.

## FEDERICO GARCÍA LORCA

Der Dichter wurde am 19. August 1936 füsiliert, zwei Jahre, bevor er den vierzigsten Geburtstag hätte begehen können. Auch das machte Federico García Lorca, machte Federico del Sagrado Corazón de Jesus García Lorca zu einer Gestalt, in der sich die Träume und die Albträume seiner Landsleute bündelten wie in einem Hohlspiegel.

García Lorca hatte bis zu seinem Tod entscheidend dazu beigetragen, dass zumindest für zwei Jahrzehnte durch Spaniens Kultur derselbe Geist wehte, der bereits in Deutschland, Frankreich oder Italien gegen das Überkommene, das Erstarrte, die leere Konvention anblies. Wenn man das Adjektiv »modern« benutzen will, dann war die spanische Kultur durch das Wirken von García Lorca und einigen seiner engsten Freunde, nennen wir nur Salvador Dalí, Luis Buñuel und Manuel de Falla, in die Phase der Moderne eingetreten. Wohlgemerkt: die Kultur. Gesellschaftlich verharrte das Land noch immer in einer greisen Erstarrung, bigott katholisch, konservativ, argwöhnisch gegenüber den Nachbarn. Und die kurzen Jahre der Republik zwischen 1930 und 1936 konnten hier nur in Ansätzen erste Änderungen in Gang setzen, etwa die Macht des Staates von der der Kirche zu trennen.

General Franco beendete mit Hilfe der Faschisten und den Kräften der römischen Kirche die kurze Periode demokratischer Freiheiten. Im Juli 1936 eröffnete er den spanischen Bürgerkrieg, am 18. August wurde García Lorcas Schwager, der »linke«, also demokratische Bürgermeister von Granada, erschossen. Am Nachmittag desselben Tages verhafteten Kämpfer der Falange, der Truppen Francos, den Dichter. Tags darauf fielen die Schüsse des Exekutionskommandos.

Ganz unwidersprochen und beweisfest ist diese Darstellung nicht. Es fehlt die Leiche, es fehlen auch viele andere forensische Spuren. Ein mutiger spanischer Staatsanwalt hat vor ein paar Jahren damit angefangen, Licht in die Verbrechen des politischen Systems unter Franco zu bringen, doch Franco starb erst 1975. Das ist noch nicht so lange her. Hier waren und sind mächtige politische Kräfte heftig bestrebt, die Wunden des Bürgerkriegs einfach durch Vergessen heilen zu lassen. Das macht eine historische Aufklärung nicht gerade leichter.

Die Zeugnisse von García Lorcas privatem Leben – und gewiss wichtiger noch, von seinem literarischen Schaffen – sind lückenhaft. Das waltete einmal der Druck der Diktatur, dafür trug aber auch eine Gesellschaft die Verantwortung, die einen Homosexuellen zu so beständigem wie entwürdigendem Versteckspiel zwang. Hinzu kommt, dass García Lorca als Dichter und als Theaterkünstler ein unverbesserlicher Verbesserer seiner Werke war. Gut fünfhundert Gedichte sind von ihm erhalten. Blickt man auf die Manuskripte, dann fällt auf, wie unerbittlich streng dieser Autor immer wieder mit sich selbst ins Gericht ging, hier eine Zeile, dort ein Sprachbild oder einen Reim veränderte. Doch da sich bald Verleger der Sache annahmen, die erkannt hatten, um welchen Schatz es sich handelte, und da Verleger zudem bestrebt sind, Bücher schnell auf den Markt zu bringen, wurde auch hier manches Unheil angerichtet. Der Autor konnte sich nicht mehr wehren.

Wehren konnte sich García Lorca auch nicht gegen die Übersetzungen seiner Werke, deren Prägnanz und Texttreue weltweit zu heftigem Streit geführt haben. Oft genug gutgemeinte Nachschöpfungen beschwerten das Œuvre mit weiteren Rätseln. Und diesen kann man noch ein krönendes hinzufügen. Ich habe gerade von zwei Freunden García Lorcas gesprochen, dem Maler Salvador Dalí und dem Regisseur Luis Buñuel. Die beiden drehten 1928 den noch immer verstörenden Film ›Un Chien andalou‹, ›Ein andalusischer Hund‹, in dem gleich zu Beginn ein Rasiermesser durch ein Auge schneidet. García Lorca war fest davon überzeugt, dass dieser hemmungslos unzusammenhängende Film ihn darstelle, dieser Hund, das sei schließlich er selber – und Andalusien seine Heimat.

Hier bewegen wir uns nun endlich auf einem gesicherteren Feld: García Lorca wurde unbestreitbar in Andalusien, in einem Dorf westlich von Granada geboren, am 5. Juni 1898. Der Vater war Großgrundbesitzer und wurde reich durch die damals rapide auf dem Weltmarkt steigenden Zuckerpreise. Federicos Mutter, das klingt jetzt fast schon nach einer Buddenbrook'schen Konstellation, wird als eine begnadete Pianistin beschrieben. Ihrem Einfluss ist es somit zuzuschreiben, dass der Bub, bei aller Liebe zur Natur, sich weniger für Landwirtschaft und Zucker als für das Klavierspielen, für Komponisten wie Chopin und Beethoven erwärmte, ja sogar von einer Karriere als Konzertpianist träumte.

Die Familie García Lorca wohnte auf dem Land, besaß aber auch eine stattliche Villa in Granada, in die sie 1909 zog. Diese Stadt war damals kein Zentrum der künstlerischen Avantgarde, ökonomisch praktisch bedeutungslos, doch sie hatte eine Geschichte, die seit Jahrtausenden vielleicht von römischen Besatzern, auf jeden Fall von Vandalen, Westgoten, Arabern und christlichen Eroberern geprägt war. Hier hatten verschiedene Kulturen friedlich und unfriedlich miteinander gelebt, hier hatten gewaltige Judenverfolgungen und Bücherverbrennungen im Namen des christlichen Glaubens stattgefunden. Kurzum, wer die notwendige Neugier aufbrachte, konnte in Granada einem Mikrokosmos der europäischen Kulturgeschichte nachspüren. Und Neugier war eine der herausragenden Eigenschaften von Federico García Lorca. Das für ihn passende Denkmal müsste vor allen anderen Eigenschaften ein großes, wohldurchblutetes Ohr hervorheben.

Ein Ohr, das sich der Musik und den Geschichten der Zigeuner genauso zuwandte wie den Gitarrenklängen der Landarbeiter, die von ihrer Arbeit zurückkehrten. Ein Ohr, das den Moralpredigern auf ihren Kanzeln lauschte und den Erzählungen von Dienstmädchen, die auf dem Marktstand von ihrer Herrschaft berichteten. Ein Ohr mithin, das Pulsschläge registrierte und einen jungen, musik- und sprachbegabten Mann feinfühlig auf eine Umgebung einstimmte, die keineswegs zu seinem natürlichen sozialen Ambiente gehörte. Und wenn man Bilder des Knaben und des heranwachsenden Federico betrachtet, sieht man auch sofort, wie sorgfältig die Natur dieses Organ des Dichters gestaltet hat.

Der Vater, ein eher liberal gestimmter Mann, ließ seinen Sohn zunächst in Granada Philosophie und Literaturwissenschaften studieren, finanzierte ihm dann ab 1919, Federico war gerade 21, das Studium an einem noch sehr jungen Elitekolleg für den Nachwuchs des spanischen Bürgertums. Es handelte sich dabei um die Residencia de Estudiantes in Madrid, ein Kolleg, das sich sowohl den mönchischen wie den exklusiven Zuschnitt von Oxford und Cambridge und deren intensive Ausbildung ihrer Eleven zum Vorbild genommen hatte.

Die Residencia de Estudiantes war in den 1920er Jahren eine Art Sammelbecken für die künstlerische Avantgarde Spaniens. Was dabei als Avantgarde verstanden wurde, unterlag keiner festen Definition. Federico García Lorca tat sich zunächst mit einem Theaterstück hervor, das von der unglücklichen Liebe eines Schmetterlings und einer Kakerlake handelte. Das Publikum fühlte sich überfordert. Mehr Erfolg hatte García Lorca mit seinem Engagement für ein Projekt seines Freundes, des Komponisten Manuel de Falla, der im Juni 1922 den »Concurso de Cante Jondo«, einen Wettbewerb in der Kunst des Flamenco, organisierte.

Im Flamenco vereinigten sich musikalische und tänzerische Elemente aus Nordafrika, aus Indien, aus Byzanz. Händler, Seefahrer, Nomaden hatten sie nach Andalusien gebracht, wo sie zu einer einzigartigen Form zusammengeschmolzen wurden. Für García Lorca, für den das Schreiben von Gedichten mit dem Vortragen von Gedichten untrennbar verbunden war, lag in der Kunst des Flamenco eine ganz besondere Inspiration, führte sie doch, wie er einmal schrieb, »ganz eng an das Herz seines Volkes«. Seine Gedichtbände über den ›Cante Jondo‹, das »tiefgründige Lied«, und die ›Zigeunerballaden‹, die 1928 erschienen, machten ihn in kurzer Zeit in ganz Spanien als den Dichter Andalusiens bekannt.

Er hatte sein Studium inzwischen abgeschlossen, doch es war offensichtlich, dass sein ganzes Trachten der Dichtkunst und dem Theater galt. Die unglückselige Affäre zwischen dem Schmetterling und der Kakerlake bannte er schnell aus seinem Gedächtnis, sein nächstes, sein erstes Stück, das ihn berühmt machte, handelte von einer tragischen historischen Figur: Mariana Pineda, einer Heldin der republikanischen Opposition gegen Ferdinand VII. Die Hauptrolle übernahm eine der berühmtesten Schauspielerinnen des Landes, García Lorca selber führte Regie, sein Freund und damaliger Geliebter Salvador Dalí schuf das Bühnenbild. Schon nach der ersten Aufführung war klar: Dieser Federico García Lorca war nicht nur einer der führenden Dichter des Landes, er stand auch im Begriff, der führende Dramatiker zu werden.

»Ich glaube nämlich aus tiefem Herzen, dass Theater nichts ist und nichts sein kann wenn nicht Gefühl und Gedicht – in Worten, in der Handlung, in den Gesten.« So beschrieb García Lorca die eng ineinandergefügte Beziehung zwischen seinem Schaffen für die Bühne und seiner Poesie.

Und so wie der Flamenco fast ausschließlich von Tod, Verzweiflung und unerfüllter Liebe handelt, so geht es auch in den Dramen dieses Autors stets sehr düster, sehr schwerblütig zu. Ganz besonders deutlich wird das an jener Trilogie aus dem bäuerlichen Leben, die García Lorcas Theaterschaffen in die Nachwelt gerettet hat, den Stücken ›Bluthochzeit‹, ›Yerma‹ und ›Das Haus der Bernarda Alba‹. Der Zuschauer fühlt sich an die Unerbittlichkeit einer griechischen Tragödie erinnert, wenn – wie in ›Bluthochzeit‹ – der Gedanke der Rache nicht aus den Köpfen der Menschen, oder, wie García Lorca es formulierte, nicht aus dem Boden des Landes zu entfernen ist. In ›Yerma‹ ist das Thema die Verzweiflung einer Frau, eben jener Yerma, die unfruchtbar ist, sich vergeblich nach Liebe sehnt und am Ende ihren unverständigen Mann ersticht. Im ›Haus der Bernarda Alba‹ schließlich tritt das Schicksal in der Gestalt der strengen Mutter auf, die ihren fünf Töchtern nicht das Glück der Selbstentfaltung zugestehen will. Das durchgängige Leitmotiv dieser drei Stücke sind die vergeblichen Versuche, sich von den hermetischen Rollenverteilungen in der spanischen Gesellschaft zu befreien – und das galt naturgemäß nicht nur für die Frauen, das galt genauso für die Homosexuellen.

Hier muss aber noch ein anderer Faktor bedacht werden: García Lorca fühlte sich als Mitglied der künstlerischen Avantgarde, seine Mitstreiter und er wurden als die 27er Generation etikettiert. Und Avantgarde ist der Natur der Sache nach eine elitäre Veranstaltung, es gibt ja immer nur wenige, die sich trauen vorauszureiten.

García Lorca hingegen war durch und durch ein um Popularität bemühter Autor. Freilich, seine Gedichte enthielten Bilder, die »dem Volk« unverständlich, nicht begreifbar erscheinen mussten. Aber auch Träume und Märchen enthalten ja viele Sequenzen, die sich der Logik des Alltags entziehen. Und just an diese Tradition knüpfte García Lorca an. Wenn er sich dabei der alten Form der Balladen bediente, so ging es ihm dabei – neben künstlerischem Handwerk – auch um die Form der Vermittlung: Balladen, Lieder werden tradiert, gehen in das kollektive Gedächtnis ein. Und sie leben auch in einer Schicht weiter, in der nur die wenigsten lesen und schreiben können.

So wandte sich auch das Theater von García Lorca oft an ein Publikum, für das Lesen eine unerreichte Kunst war. Salonstücke waren ihm verhasst. In den frühen 30er Jahren reiste er im Auftrag der neuen republikanischen Regierung mit einer Theatertruppe durch die entlegensten Provinzen Spaniens, um gerade diejenigen zu erreichen, denen ein Sachverhalt, ein Problem *vorgespielt* werden musste, damit sie die Zusammenhänge begriffen.

Ich habe eingangs das Bild des Hohlspiegels verwendet, um zu beschreiben, dass in García Lorcas Schaffen die verschiedensten Anliegen zusammengeführt wurden: Sehnsüchte nach der Tradition, nach dem Rauschhaften und nach dem Ungebundenen, Liebe zur Natur, Aufklärung, Kunst als Existenzform. Dass ihn das Ausleben all dieser Sehnsüchte schließlich zum Märtyrer werden ließ, verklärt die widersprüchliche Figur dieses so unendlich kreativen Künstlers. Man sollte, man darf ihn nicht für nur eine Sache reklamieren, wie jene Verehrer, die seinem Standbild auf der Plaza de Santa Ana in Madrid jeden Morgen ein kleines rotes Pioniertüchlein umbinden. Und auch nicht wie jene, die diese Tüchlein gleich wieder entfernen. Schon dass die Statue einen Vogel in den Händen hält, der vielleicht eine Taube sein könnte, ist geschmacklos genug. Dieser Dichter stand über seinen Rollen.

## JOHANN WOLFGANG VON GOETHE

Blättert man in alten deutschen Wörterbüchern oder liest die klugen Kommentare des großen Germanisten Albrecht Schöne zum ›Faust‹, dann ist zu erfahren, dass unser Wort »Ereignis« ursprünglich mit dem Wort »Auge« zusammenhing. Ein Ereignis war etwas, das uns die Augen öffnete, vor die Augen trat, etwa, wenn Christus sich seinen Jüngern zu erkennen gab – oder eben, wenn ein Chor im Theater spricht: »Das Unzulängliche / Hier wird's Ereignis.« Genau das geschieht im Schlusschor des ›Faust‹. Worin dieses Unzulängliche liegt, darüber darf vorerst noch gerätselt werden.

Goethe war seit seiner Kindheit vom Theater besessen, seit er – vierjährig – als Zuschauer vor einer Puppenbühne saß beziehungsweise als Mitspieler hinter einer Puppenbühne agieren durfte. Er war noch keine zehn Jahre alt, da hatte er im Stil des französischen Rokoko ein erstes Stück verfasst. Und gerade mal zwanzig, als er kleine Komödien und Schäferspiele schrieb, die bezeichnende Titel trugen wie: ›Die Launen des Verliebten‹ oder ›Die Mitschuldigen‹. Satiren, die auf den Zeitgeist zielten, wie: ›Prolog zu den neuesten Offenbarungen Gottes‹ oder ›Götter, Helden und Wieland‹, ein Stück, das sich spöttisch mit dem Dichter, dem Dramatiker und Übersetzer Christoph Martin Wieland auseinandersetzte, dessen Verklärung der Natur er nicht teilen konnte. Sein Stück ›Hanswursts Hochzeit‹, auch aus jener Periode, gibt schon im Titel seinen Inhalt preis. Das war schalkhaftes Zeug von der eher seichten Art, und ich erwähne diese Stücke nur deshalb, weil sie zeigen, wie Goethe sich von Kindesbeinen an in praktisch jeder Form der Literatur, auch der des Theaters erprobte. Wie er versuchte, aus allen Genres das Besondere zu destillieren, es gleichsam als eine Art Treibsatz künstlerischer Ausdrucksmöglichkeiten aufzuheben. Und zu diesen Möglichkeiten zählten eben das französische Rokokodrama genauso wie die Commedia dell'Arte, das Marionettentheater und die Posse für den Marktplatz.

Christoph Martin Wieland, den Goethe später, als er schon Theaterleiter in Weimar war, sehr hofierte, dieser Wieland hatte sich große Verdienste um die Übertragung der Stücke Shakespeares ins Deutsche gemacht. Und William Shakespeare war auch Goethes Vorbild beim ersten seiner Dramen, mit denen er ab 1773 auf deutschen Bühnen für Furore sorgte: Das war der ›Götz von Berlichingen‹, jene außerordentlich frei bearbeitete Geschichte eines Ritters aus dem späten deutschen Mittelalter, der von den Reichen nahm und den Bauern half und der (auf der Bühne) mit den Worten starb: »Himmlische Luft, Freiheit, Freiheit!«

So etwas hörte man gerne, in jenen Jahren des Sturm und Drang, als gegen alle Autoritäten gelöckt wurde, man hörte es auch gern von einem jungen Autor, der sich ein Jahr später, also 1774, mit dem Briefroman ›Die Leiden des jungen Werthers‹ in die Herzen des deutschen Publikums schrieb und vielen Zeitgenossen als ein Glücksstern, ein verheißungsvoller Hoffnungsträger für den Gedanken des Freiheitlichen, des Unabhängigen, des Individuellen galt.

In diesem Schwung der Begeisterung scheint damals niemand so recht zur Kenntnis genommen zu haben, dass sich hier ein junger Mann noch im Stadium des Experimentierens befand, ein Schriftsteller, dem die Literatur viel wichtiger war als die Politik. Goethes Stück ›Lila‹ zum Beispiel,

1777 aufgeführt und danach lange in der Versenkung verschwunden, beschäftigt sich überhaupt nicht mit den Verlockungen der individuellen oder gar der bürgerlichen Freiheit, es ist vielmehr der – salopp ausgedrückt – Vorläufer einer psychotherapeutischen Inszenierung: Lila, eine junge Frau von Adel, wird von ihrem Wahnsinn, ihrem Seelenleid, dadurch kuriert, dass ihr ein Stück gezeigt wird, in dem alle ihre Ängste von Schauspielern vorgeführt werden. Viele Jahre später taufte man dieses Verfahren auf den Namen »paradoxe Intervention«. Nur ein Feuerwerk von Phantasie kann kranke Phantasie heilen, lautet die Botschaft dieses Stückes, das Theater ist nicht nur ein moralisches, es ist auch ein therapeutisches *Ereignis*, ein Augenöffner – wenn die Randbedingungen stimmen.

Als Stück zählt ›Lila‹ gewiss nicht zu den Werken, die der späte Goethe gerne mit seinem Namen verknüpft sah, er nannte es »eine Ausnahme«. Aber es legt doch beredtes Zeugnis davon ab, wie intensiv er in seinen frühen Jahren seiner dramatischen Neugier noch in die entlegensten Winkel zu folgen bereit war.

Theatergeschichtlich kann man übrigens auch deshalb von einer Ausnahme sprechen, weil im Original die Schauspieler zur Improvisation aufgerufen wurden. Das sollte später nicht wieder vorkommen, denn nach ›Lila‹ gestattete Goethe die Freiheit der Improvisation nur noch sich selber, die Mimen durften um keinen Hauch vom Text abweichen – sie entschuldigten sich denn auch schon für kleinere Versprecher demütig in klassischen Jamben. Wenn der Meister Regie führte, dann schuf er die zentralen Figuren nach seinem Ebenbild.

Als Schriftsteller war Goethe das, was die aufgeklärte Erziehungswissenschaft heute einen »Multitasker« nennt.

Während der Dichter die edle Lila auf der Bühne kurierte, schrieb er gleichzeitig an seinen Dramen ›Iphigenie auf Tauris‹, ›Egmont‹, ›Geschwister‹, ›Empfindsamkeit‹, ›Clavigo‹ – für letzteres Werk soll er nur knapp eine Woche gebraucht haben. Darüber hinaus entstand auch noch ›Stella‹, jenes höchst komplexe Beziehungsdrama, das in der ursprünglichen Fassung als eine ménage à quatre konzipiert war: die Beziehung zwischen einem Herrn und gleich drei Damen. Selbst für die toleranteren Gemüter jener Zeit war das ein etwas zu starker Tobak, die besonders delikaten Passagen hat er in späteren Versionen entschärft. Goethe war zeitlebens auch ein umsichtiger Redakteur des eigenen Werks.

Das Hauptaugenmerk galt naturgemäß dem ›Faust‹, jenem, wie es schon nach der ersten Veröffentlichung hieß, »Wunderwerk deutscher Geisteskraft«. In der einen oder anderen Form – vom ›Urfaust‹ bis zum ›Faust II‹ – beschäftigte Goethe dieser Stoff bis zu seinem Lebensende. Vielfältig sind auch die Anregungen, die er zur Gestaltung des Dramas aufgriff. Nennen wir nur den Fall der Kindermörderin Margaretha Brandt, das Schicksal des von Goethe so bewunderten Dichterkollegen Lord Byron oder die vielen Mythen aus der griechischen Antike.

Goethe ist eben auch ein begnadeter Meister des Aufhebens, des Zusammenfügens scheinbar sperriger Teile, im Inhaltlichen wie im Formalen. So wurde der ›Urfaust‹ für seinen ganz ungewöhnlich harten Sprachstil gelobt, hier bedient sich der Dichter fast nur der Prosa, die »Nachfolger« dieses Stückes (›Faust I‹, ›Faust II‹) lösten ähnliche Begeisterungsstürme aus – allerdings ob ihrer vollendet *poetischen* Verse. Die Begabungen, etwas zu suchen und zu finden, wurden über diesen Sprachmagier zweifelsohne aus gleich voll gefüllten Händen ausgeschüttet.

Im »Vorspiel« zum ›Faust‹ lässt Goethe einen Theaterdirektor auftreten, der sich mit einem Dichter und einer als »lustige Person« vorgestellten Gestalt darüber unterhält, was denn als ein gelungener Theaterabend zu bezeichnen wäre. Geht es in dieser Szene um Kunst, geht es um Kassenschlager, geht es um Zerstreuung? Und war das eine geniale Erfindung Goethes? Ja und nein. Er hatte nämlich wenige Jahre zuvor die Übersetzung eines indischen Theaterstückes gelesen, in dem just diese raffinierte Einführung gebraucht worden war. Sprachlich allerdings mit vergleichsweise plumpen Mitteln.

Wie sehr unser Dichter ein Mann der Bühne war, erschließt sich seinen Zuschauern auch aus den vielen Szenen im ›Faust‹, über deren strukturellen Sinn ihnen selbst die hochkompetente Faust-Forschung keine schlüssige Auskunft geben kann. Nehmen wir die berühmte Walpurgisnacht, jene Szene, in der Mephisto seinen Schützling Faust mit auf den Brocken nimmt, dorthin, wo Hexen wilde Feste in eindeutiger Absicht feiern. Wird der Zuschauer durch das Betrachten dieser Ausschweifungen näher an die Grundthematik eines um das Problem der Erkenntnis jenseits allen Schulwissens ringenden Gelehrten geleitet? Nebbich. Hier macht es dem Betrachter einfach sinnliche Freude, dem Treiben und den Trieben zuzuschauen. Wenn es denn den Kostümbildnern gelingt, Erotik einmal anders als durch eine Stalinorgel von grellfarbigen Büstenhaltern und Strapsen zu beschwören.

Oder denken wir an jene Szene, in der die Goldene Hochzeit von Oberon und Titania, den Herrschern über das Reich der Elfen, in einer theatralischen Intarsie gefeiert wird. In dieser Sequenz zeigt sich Goethe selbst dem Mephisto noch als überlegen, denn er ist so frech und frei, selbst die Gesetze von Raum und Zeit auf der Bühne für seine Demonstration außer Kraft zu setzen. Das war eine veritable Kampfansage an die geheiligte Orthodoxie des Theaters. Denn damals galt noch die eherne Regel der maßgeblichen französischen Autoren, ein Drama habe sich an drei unerschütterliche Grundprinzipien zu halten: Einheit des Raums, Einheit der Handlung *und* Einheit der Zeit. Diese geheiligten »drei Einheiten« gingen auf den Philosophen Aristoteles zurück, dessen Hochachtung vor, dessen unbeirrbarer Glaube an die Gültigkeit verbindlicher Normen auch vor dem Geschehen auf der Bühne nicht haltgemacht hatte. Die Einbildungskraft der Zuschauer, so Aristoteles, dürfe durch ein »leichtes Spiel« mit dem Davor und dem Danach eines Geschehens nicht überfordert werden, sonst brächen die Stücke schlicht auseinander.

Goethe, nebenbei bemerkt, nannte dieses Regelwerk »das dümmste Gesetz der drei Einheiten«. Es bleibt allerdings anzumerken, dass sein ›Faust‹ (in welcher Version auch immer) lange Zeit als vorlesbar, aber unspielbar galt. Die philosophischen Gesetze von Raum und Zeit mag ein Autor außer Kraft setzen können, auf einem ganz anderen Blatt stehen jedoch die berechtigten Forderungen von Bühnentechnikern, die das Aufheben von Naturgesetzen in die Praxis umsetzen müssen. So wurde der Text zu des Meisters Lebzeiten meist auf jene Passagen zusammengestrichen, die von Gretchens Leid erzählen. Die Rolle des Gretchens, der weiland zum Tode verurteilten Margaretha Brandt, wurde damals übrigens von einer gewissen Minna Planer, einer nach Auskunft der Kritiker bezaubernden, überaus begabten Schauspielerin gegeben. In unseren Geschichtsbüchern taucht sie naturgemäß nicht als Darstellerin des ersten Gretchens von Johann Wolfgang von Goethe auf. Unsterblich jedoch ist sie als die erste Frau von Richard Wagner.

Der Mann, der in die Kutsche stieg, nannte sich Möller. Es war gegen drei Uhr, am Morgen des 3. September 1786. Tags zuvor hatte man den Geburtstag des Großherzogs gefeiert. Der Reisende war der einzige Passagier des Kutschers, und er führte kaum Gepäck mit sich. Das Ziel seiner Reise lag im Süden.

Der Mann, der lange Zeit streng darauf achtete, dass sein Pseudonym nicht gelüftet würde, war gerade 37 Jahre alt geworden, trug den Titel »Geheimrat«, hieß Johann Wolfgang von Goethe, und er wollte nach Italien.

Elf Jahre zuvor, im Herbst 1775, war das Land jenseits der Alpen schon einmal sein Ziel gewesen. Der Vater hatte ihm, dem jungen, so überaus erfolgreichen und populären Dichter der ›Leiden des jungen Werthers‹, die Reise empfohlen. Der Aufenthalt in der Fremde sollte wieder etwas Fasson in das Leben seines Sohnes bringen. Goethe verließ also Frankfurt, kam bis nach Heidelberg, das war immerhin fast eine Tagesreise, da erreichte ihn dort ein Brief des Weimarer Erbprinzen Karl August mit der dringenden Einladung, an seinen Hof als, sagen wir, Ministerialrat zu kommen. Und wie es Brauch unter Erbprinzen mit Stilgefühl war, schickte Karl August nicht nur jenes Schreiben, er schickte auch gleich noch ein Dienstfahrzeug, eine äußerst vornehm ausgekleidete Kutsche aus dem herzoglichen Fuhrpark. Zwei, vielleicht drei Tage später sehen wir Goethe am Hof von Weimar.

Verglichen mit dem Leben vieler anderer Schriftsteller ist der Werdegang unseres Dichterfürsten kein Geheimnis, es ist vielmehr nahezu im forensischen Detail durchleuchtet, ja, durchschüttelt worden – von peniblen und von einfallsreichen Germanisten, von nachgeborenen Schriftstellern wie etwa Thomas Mann oder Martin Walser, die sich in seine oder die Lebensumstände seiner Figuren hineinversetzen wollten. Unser deutsches Wort »Industrie« beruft sich auf das Wort Geschäftigkeit, diese Geschäftigkeit, auf Johann Wolfgang von Goethe bezogen, hat zu einer mittlerweile weltweit betriebenen Produktion von »Goetheana« geführt. Wir wissen, übertrieben gesagt, von jedem Anlass, zu dem Goethe: »aha«, vielleicht auch nur: »nun ja!« gesagt oder bedeutend rätselhaft den Kopf geschüttelt haben soll.

Das ist gewiss erhellend für das Gesamtwerk, und ich hebe den Tatbestand in diesem Zusammenhang nur deshalb hervor, weil in der Fachwelt ziemliche Klarheit darüber zu bestehen scheint, warum Goethe dem Ruf nach Weimar folgte, es mir aber seit jeher ein wenig schleierhaft ist, warum jener Erbprinz auf den Gedanken kam, ausgerechnet Johann Wolfgang Goethe, diesen wilden Dichterling, dessen Reputation sich ja, recht betrachtet, erst auf ein einziges Werk bezog, warum also dieser Goethe ausersehen wurde, wichtige Staatsgeschäfte des Fürstentums zu führen.

Wie gesagt: Es scheint hinlänglich geklärt, warum Goethe den Posten annahm: Er war durch den Erfolg des ›Werthers‹ zu einer Art Markenname geworden, der ihn festlegte: Sturm *und* Drang, und alles, was dafür stand. Bruch mit den stockkonservativen Konventionen der Zeit. Gefühlvollste Liebesblicke bis zur Erschöpfung der Wimpern. Schmachten, Sehnsucht, Verlust – und das alles in einer Sprache, die sein Publikum in eine mehr als nur literarische Ekstase versetzte. Goethe war in gewisser Weise ein Popstar, wenn auch, natürlich, auf allerhöchstem künstlerischen Niveau.

Ein Genie wie Goethe merkte in diesem Moment seines Lebens: So kann das nicht weitergehen, jetzt brauche ich Beschränkung, brauche ich Disziplin, der Genius in mir verlangt nach geregelten Verhältnissen, nach einer neuen, einer strengen Ordnung, um durch sie diese meine ungestüme, geballte Energie in neue Kraft- und Wirkungsfelder zu führen. Also: Ich werde Ministerialrat. So oder so ähnlich wird es sich gewiss zugetragen haben.

Aber wenden wir den Fall einmal auf seine politische

Kehrseite: Da beruft ein junger, gerade nicht mehr minderjähriger Regent ausgerechnet einen jungen Dichter in ein hohes Staatsamt. Man stelle sich einmal vor, König Ludwig II. von Bayern hätte den Komponisten Richard Wagner nicht nur finanziell großherzigst aus der Staatsschatulle unterstützt, er hätte ihm sogar einen Platz in seinem Finanzministerium verschafft. In Bayern, das wissen wir, ist vieles denkbar, doch so weit reicht nicht einmal unsere Phantasie. Bayern ist nicht Weimar.

Denn dieser junge Goethe hatte, betrachten wir nur seine berufliche Qualifikation, ziemlich schlechte Karten für die neue Position am Hof in Weimar. Klar, er hatte auf Drängen des Herrn Vater, des in Frankfurt am Main erfolgreich umtriebigen Geschäftsmannes und Kaiserlichen Rates Johann Caspar Goethe, ein Studium der Rechte an der Universität Leipzig begonnen und später in Straßburg abgeschlossen.

*Abgeschlossen!* Mit einem halbwegs passablen, den Vater keineswegs zu Begeisterungsstürmen hinreißenden Examen. Doch immerhin taugte es zum Referendar, hätte es zu den niederen Fußsprossen einer Karriereleiter gereicht, doch, wir sagen das in aller Verehrung vor der Profession der Rechtslehrer: Ein wirklich vielversprechender Verwaltungsjurist kann Johann Wolfgang Goethe nicht gewesen sein, als ihm ein Staatsamt in Weimar angeboten wurde.

Selbstverständlich beriefen Karl August und die kunstsinnige Anna Amalia nicht den Juristen, sondern den Dichter Goethe an ihren Hof. Aber dieser Dichter kehrte gleichsam die negativen Vorzeichen seiner Juristenkarriere um und verwandelte sich in chamäleonhafter Geschwindigkeit in einen nahezu vorbildlichen Ministerialbeamten. Das Herzogtum hatte nicht viele natürliche Reichtümer, recht besehen nur den Bergbau und junge Männer, die als Soldaten zu verwenden waren. Um beide Ressorts kümmerte sich Goethe mit großer Effizienz – und um das Transportwesen, mithin um die Bedingungen der Möglichkeit von Import und Export.

Es gibt namhafte Interpreten, die dieses Engagement als eine Art psychologische Botschaft an den Herrn Papa auslegten: Der Sohn will dem Vater zeigen, dass auch etwas Ordentliches in ihm steckte, nicht nur der Dichter mit seinen sattsam bekannten Liebesaffären. So lässt sich diese Interpretation grob zusammenfassen. Daran mag einiges, kann aber nicht alles stimmen. Denn Goethe hört in diesen Jahren natürlich nicht auf, Dichter zu sein. Über allen Gipfeln ist keineswegs Ruh', wie er anlässlich einer Wanderung im Harz gedichtet hatte, er bleibt Sänger, er bleibt, wie er es in seinem Gedicht über den Rattenfänger ausdrückte, der lyrische Verführer:

*Dann ist der gutgelaunte Sänger*
*Mitunter auch ein Kinderfänger,*
*Der selbst die wildesten bezwingt,*
*Wenn er die goldnen Märchen singt.*
*Und wären Knaben noch so trutzig,*
*Und wären Mädchen noch so stutzig,*
*In meine Saiten greif' ich ein,*
*Sie müssen alle hinterdrein.*

Es geschieht vielleicht aus diesem Gefühl heraus, wieder Sänger, wieder Verführer sein zu wollen, dass er nach einigen Jahren beschließt, den so unerträglich verzopften Verhältnissen in Weimar den Rücken zu kehren und sich in Italien ein neues Paradies zu suchen. Nein, nicht als der Dichter Goethe, sondern als der Maler Möller. In dieser romantischen Gestalt tritt er seine Reise an, die ihn zunächst über Regensburg und Innsbruck an den Gardasee, dann nach Verona und damit in den Norden seines, wie er selber sagt, Arkadiens führt.

Der Bericht über dieses Abenteuer ist uns in einem zweibändigen Werk enthalten, das ganz schmucklos den Titel ›Italienische Reise‹ trägt. Goetheforscher behandeln diese zwei Bände mit besonderem Respekt, weil sie, neben ›Dichtung und Wahrheit‹, neben ›Kampagnen in Frankreich‹ und vielleicht auch neben dem sehr späten Bändchen ›Novelle‹ zu den autobiografischen Schriften des Dichters zählen: Hier schreibt Goethe direkt über Goethe.

Es stellt sich hier übrigens ein kleines editorisches Problem. Geschrieben hat Goethe den größten Teil seines Werkes relativ zeitnah – und zwar in der Form von Reisetagebüchern. Dem werten Publikum aufbereitet wurden die Erinnerungen aber erst ein Vierteljahrhundert später, zwischen 1813 und 1817, als Goethe schon wieder sehr viel mehr Goethe war als jener Maler Möller, in dessen Rolle er geschlüpft war. Klar, bei einer so späten Edition wird manches weggezupft, sauber geharkt, was ursprünglich nach unverstellter Natur ausgesehen haben muss. Man kann auch schwer leugnen, dass Goethe, wie andere Reiseschriftsteller vor und nach ihm, bisweilen die veraltete Wiedergabe eines Reiseführers der eigenen, vielleicht an diesem Tag doch zu mühsamen Erkundung vorzog. Deutlicher gesagt: Bisweilen war Abschreiben bequemer als Nachforschen. Doch solche Trouvaillen sind Triumphe nur für sehr kleine Geister des germanistischen Nachvollzugs.

Um Goethe zu verstehen, sollte man die ›Italienische Reise‹ vielmehr aus ganz anderen Perspektiven betrachten: Da ist einmal die Präsentation der eigenen Person als eines Wesens, auf das neue Erfahrungen wirken. Im Anfang sind das noch gleichsam verlässliche Erfahrungen: Goethe schreibt über Wissenschaftliches aus der Botanik, der Geologie, oder er notiert meteorologische Besonderheiten. Dann mischen sich kleinere Signale des Abenteuerlichen in den Text: In Malcesine wird er für einen österreichischen Spion gehalten, vor Capri erleidet er fast Schiffbruch; er trifft auf wunderliche Reisegenossen, verliebt sich über beide Ohren, merkt aber gerade noch rechtzeitig, dass die neue Flamme die Braut eines anderen ist.

Dann drängt sich die neue Dimension, die Malerei, in den Vordergrund. Der Dichter hatte sich ja Maler Möller nicht nur deswegen genannt, um eine andere Identität anzunehmen, um nicht mehr der gefeierte Autor des ›Werthers‹ oder des ›Götz von Berlichingen‹ zu sein. Nein, Goethe hatte tatsächlich vor, die Malerei als seine wahre Berufung zu sehen. Und er kämpfte lange und mühevoll gegen die Einsicht, dass ihm dazu wohl doch das Talent fehlte.

Es kann ihm nicht mehr als ein mittelschwacher Trost gewesen sein, dass er immerhin in der Beschreibung von Kunst brillieren konnte. Triumphal war das auch nicht, ein Dichterkollege sprach einmal den Wunsch aus, Goethe möge sich doch häufiger an seine eigene Maxime halten, über Kunst nur dann zu reden, wenn sie gerade in den Raum getreten sei. Und als 1817 die ›Italienische Reise‹ erschienen war und seine alten Malerfreunde in Rom die ersten Exemplare in die Finger bekamen, brach ein großes Hohngeschrei aus: Was hat denn dieser Herr Goethe, alias Möller alles *nicht* gesehen und warum hat er gerade *meine* Werke nicht erwähnt, und erinnert ihr euch noch, der Kerl hielt sich ja selber für einen Künstler ... Keine freundlichen Worte.

Nun werden aufmerksame Leser bei der Lektüre der ›Italienischen Reise‹ leicht feststellen, dass der Dichter tatsächlich ein paar Objekte übersehen hat. Was für ein dürftiger, was für ein törichter Vorwurf. Denn dieses Tagebuch handelt schließlich zwar *auch* von Italien, von Kunstschätzen, vom Zauber der Landschaft, in erster Linie jedoch handelt es von einem Menschen, der uns etwas von sich selbst preisgibt, der uns bewegt, weil er so anrührend unbeholfen mit Steinen anfängt oder mit meteorologischen Beobachtungen, der schrecklich angibt, wenn er sich als Verführer beschreibt. Ein Mensch aber auch, der die Erfahrung gemacht hat, nicht jener Maler Möller geworden zu sein, als den er sich ausgab, als er, ein Erfolgsautor, ein *powerbroker* am Hof seines Herzogs, in die Kutsche nach Süden stieg. Für die Malerei war das kein Verlust, und für Goethe war das ein großer Gewinn. Eine Lehrstunde in Demut und dem Umgang mit zerborstenen Hoffnungen.

Kam er mit leerem Gepäck zurück nach Weimar? Keineswegs. Denn da gab es ja noch die Literatur, mit der er Zweifel an seiner Kreativität vertreiben konnte. In jenen beiden »italienischen« Jahren wurde aus der ursprünglich in Prosaform verfassten ›Iphigenie auf Tauris‹ ein Versdrama, die Stücke ›Tasso‹ und ›Egmont‹ brachte Goethe zur Bühnenreife. Eine verlorene Zeit sieht anders aus.

## JACOB UND WILHELM GRIMM

Und ders erzählt hat, wollte, er wäre auch dabei gewesen …« So schließt der Märchenerzähler, der liebeskranke Königssohn feiert nämlich Hochzeit. Zuvor hat er die widerspenstige Braut und – was noch schwieriger war – ihre Mutter bezwungen. Gut, nicht alleine, seine sechs Diener haben ihm dabei geholfen, haben Meere ausgetrunken, Hunderte von Ochsen vertilgt, Felswände gesprengt und was man sonst noch alles anstellt, damit Königskinder zusammenkommen.

Unverkennbar, wir sind im Märchen, wir sind bei den Brüdern Grimm, besonders bei dem um ein Jahr jüngeren Bruder Wilhelm, der die uns allen bekannten ›Kinder- und Hausmärchen‹ herausgab – und in eine einheitliche Form brachte. Ab 1812, da war Wilhelm Grimm 27 Jahre alt, sahen sie dann das Licht nicht nur der literarischen Welt: der Froschkönig und das Lumpengesindel, Hänsel und Gretel und Rotkäppchen, die Bremer Stadtmusikanten und Frau Holle, König Drosselbart und Herr Korbes, Eisenhans, Schneewittchen, Rapunzel, der gestiefelte Kater sowie der Fischer und seine Frau, und, und, und … Nach der 6. Auflage, da schrieb man bereits das Jahr 1850, waren es über 200 Märchen – und sie waren in aller Kinder Munde und Ohren.

Sie haben uns alle geprägt, in der Hoffnung auf Glück, in der Furcht vor dem finsteren Wald, im Glauben an das Unmögliche. Die Stoffe tasten ja alle Höhen und Tiefen der menschlichen, beileibe nicht nur der kindlichen Phantasie aus. Und unter uns gesagt: Wenn sich zwei Menschen näher kennenlernen wollen, dann täten sie nicht schlecht daran, den jeweils anderen nach seinem Lieblingsmärchen zu befragen. Persönlich hielte ich das auch bei Einstellungsgesprächen für ein viel sinnvolleres Verfahren als alle mir bekannten Testbögen mit Kästchen und Kreuzchen.

Es hat sich in den letzten Jahren der unschöne Brauch eingeschlichen, frühere Berichte über die Edition, die Geschichte der Herausgabe der Märchen, selbst wieder als Märchen »zu entlarven« – als ob Märchen überhaupt irgendetwas »entlarven« könnten. So erfahren wir, zum Beispiel, dass das Bild von der fleißigen und weisen Märchenerzählerin aus Kassel, die den Brüdern Grimm so viele Stoffe lieferte, geschönt sei. Keineswegs habe es sich um eine einfache Frau aus dem Volke, gar eine alte Bäuerin gehandelt, nein, die Frau sei eine hoch gebildete Dame gewesen, habe praktisch einen Salon geführt und die Brüder hätten sie nur aus Verkaufsgründen zu einer weisen Frau aus dem Volke gemacht. Das habe eben damals besser ins Bild gepasst.

Wie auch immer: Diese Frau, Dorothea Viehmann, stammte aus einer Hugenottenfamilie, also aus einer Familie von protestantischen Flüchtlingen aus Frankreich, war die Tochter eines Gastwirts (aber man kann eine Schenke natürlich auch als Salon bezeichnen) und verkaufte nach dem Tod ihres Vaters, was der Garten so hergab. Das machte sie nun, je nach Auslegung, zur Bäuerin oder zu einer Dame »von Stande«, die auf dem Markt Gemüse verkauft. Aber lassen wir den Streit und richten unsere Aufmerksamkeit stattdessen auf einen anderen Punkt. Dass Dorothea Viehmann französischer Abstammung war, ist für uns deshalb von Bedeutung, weil hierdurch auch französische Motive in unsere Märchenwelt eindrangen.

Denn Märchen entstehen ja überall auf der Welt, und Märchen wandern. Sie sind, so war man im 18. Jahrhundert der Meinung, künstlerische Überbleibsel des mythischen Denkens. Unsere Kultur bewahrt sie nicht mehr, weil sie an diese Stoffe glaubt, sondern weil sie so schön sind. Das mag, muss aber nicht stimmen, wäre aber auf jeden Fall ein tröstlicher Gedanke: Dinge überleben in unserer Welt, weil sie schön sind.

Auch das Sammeln von Märchen ist eine Tradition, die weit über die Brüder Grimm hinausweist. Das fängt in der Neuzeit bei den Venezianern an, mit einer Sammlung aus dem 16. Jahrhundert, die schon im Titel ›Tredici piacevoli notti‹ (›Dreizehn angenehme Nächte‹) auf einen künftigen Import aus Arabien hinweist: die Märchen aus ›Tausendundeiner Nacht‹, die Anfang des 18. Jahrhunderts in Paris für den europäischen Leser erschlossen wurden.

Diese Literaturgattung fand ihre Liebhaber bald auch in Irland, in England und in Skandinavien. Und überall lag etwas Aufmüpfiges in der Beschäftigung mit diesen ja nur vermeintlich für Kinder geschriebenen Märchen. Denn zum einen war eine Kultur des Volkes so weit als nur möglich von der höfischen Kultur entfernt, zum anderen wurden hier holterdiepolter alle Regeln außer Kraft gesetzt, die die Mächte des Diesseits und des Jenseits, ganz zu schweigen von den Geboten der Logik, aufgestellt hatten:

»Und dann war keine Gnade, sie mussten sich niederknien, und dann war der Kopf des Königs ab.«

Das Wort »aufmüpfig« führt zurück zu den Brüdern Grimm, den für die deutschen Märchen bedeutendsten Sammlern. Denn die Brüder waren nicht nur Gelehrte, Professoren, sie zeigten auch ein politisches Verantwortungsgefühl, das gerade unter deutschen Akademikern nicht oft angetroffen wurde.

Der Name, der hier fallen muss, lautet: Ernst August II. von Hannover. Dieser Sohn von Georg III. war kein besonders glanzvolles Beispiel: Als er 1837 den Thron bestieg, setzte er zunächst einmal die Verfassung des Landes außer Kraft, denn sein Denken war absolutistisch geprägt. Gegen diesen Akt der Willkür protestierten sieben Göttinger Professoren, und zu ihnen gehörten Wilhelm und Jacob Grimm. Sieben Gerechte, sieben Aufrechte, wenn man so will. Selbstverständlich wurden sie sofort entlassen. »Und dann war keine Gnade, sie mussten sich niederknien«, hätte es im Märchen geheißen. Immerhin waren die Herren Grimm da schon Anfang 50.

Es war eine sonderbare politische Gemengelage, in der die beiden Brüder sich bewegten. Sie waren Romantiker und Monarchisten, dennoch drängte es Jacob nach Frankfurt, zum Parlament in der Paulskirche (wo er es allerdings nicht lange aushielt).

Die wahre Heimat der Brüder blieb das Feld der Forschung, ganz besonders das der Germanistik, die 1846 erstmals in eine organisatorische Form gebracht wurde. Doch schon in den Jahrzehnten zuvor strebte die Germanistik als »deutsche Wissenschaft« – historisierend, vergleichend, aufspürend – eine deutsche kulturelle Identität an, die gleichsam aus der Vergangenheit ein Kräftefeld für die Zukunft aufbauen sollte. Das war beileibe nicht die nationalselige Deutschtumsverklärung, die wir aus dem Wilhelminismus und viel ärger noch aus dem Dritten Reich kennen. Es ging vielmehr um den Versuch, der angestrebten politischen und kulturellen Einheit Deutschlands eine Art geistiges Fundament zu verschaffen. Das Besondere und das Bedeutende eben auch der deutschen Tradition herauszuarbeiten. Wobei, um noch einmal auf die politische, die umstürzlerische Seite des Forschens zu sprechen zu kommen, auch die alten

Rechtstraditionen in die Untersuchungen durchaus mit einbezogen wurden.

Hilft das beim Lesen, beim Genießen der Märchen? Ich fürchte, eher weniger. Die dürfen wir nämlich nehmen, wie sie kommen. Obwohl: »wie sie kommen«, sagt sich da etwas einfach. Denn naturgemäß wurde an den Märchen gefeilt, wurden sie oft zu Opfern dessen, was der Schriftsteller Sten Nadolny einmal die »grässlich wohlmeinende Erzieherdämlichkeit« nannte. Da durften eindeutige Bezüge auf das Geschlechtsleben nicht mehr erwähnt werden, manche böse Mutter wurde flugs zur bösen Stiefmutter, damit auf das heilige Familienleben kein Schatten fiel – und selbstverständlich packten Generationen von Erziehern bei ihren Nacherzählungen die Stoffe voll mit moralschwerem Blei.

Nehmen wir eines meiner Lieblingsmärchen, nehmen wir ›Frau Holle‹, also die Geschichte von der Goldmarie und der Pechmarie. Die von der Stiefmutter geschundene Goldmarie muss in einen Brunnen springen, um eine verloren gegangene Spindel wiederzubeschaffen. Sie landet dabei in einer Gegenwelt, muss dort einen Obstbaum schütteln, ein Brot aus dem Ofen ziehen, schließlich die Betten der Frau Holle ausschütteln, es schneit, wofür sie, mit Gold überschüttet, in ihre alte Welt zurückkehren darf. Ihre faule Stiefschwester, die Pechmarie, tut ihr nach und steigt auch in den Brunnen. Doch sie stellt sich bockig an, löst keine der Aufgaben zufriedenstellend, wird also folglich, jawohl, mit Pech überschüttet.

Da lacht das Herz des einfältigen Pädagogen, klar, Fleiß wird belohnt, Faulheit dagegen bestraft.

Man kann aber auch deuten: Frau Holle, die man nur durch einen tiefen Brunnen erreichen kann, ist die Mutter Erde selber, die uns Glück und Verzweiflung schenkt. Oder: Die Stiefmutter ist die Verkörperung des alten, des sündigen

Menschen, wohingegen der neue Mensch die Lichtgestalt ist.

Man kann auch viel über die Bedeutung des Namens »Holle« spekulieren. Für Richard Wagner, der bei diesen Deutungen keine Furcht kannte, ist Frau Holle in der Oper ›Tannhäuser‹ die Bewohnerin des Venusbergs, im ›Ring‹ ist sie als »Hella« eine Göttin im Reich der Toten.

Noch eine andere, erst in jüngerer Zeit vorgeschlagene Lesart sieht in Frau Holle Frau Hulde, Frau Gnade, die Verkörperung einer Zugeneigtheit des Schicksals. Das Brot ist eben gerade fertig, als die Goldmarie es aus dem Ofen ziehen soll, die Früchte sind reif im Obstbaum, den sie schütteln muss, und Frau Holle, deren Betten als Nächstes dran sind, ist gerade erst aufgestanden. Bei der Pechmarie läuft dagegen alles gegen den Strich. Es gibt eben keine Gerechtigkeit, nur den richtigen Moment. Oder den falschen. Nämlich dann, wenn es heißt: »Und dann war keine Gnade, sie mussten niederknien.«

Ich erwähne diese zwei Zeilen nun schon zum dritten Mal, weil sie nämlich einen weiteren Aspekt des Zaubers »Märchen« verdeutlichen:

Märchen sind Geniestreiche der Abkürzungen. Alles geschieht ratzfatz. Wenn man, sagen wir, als Romanautor noch lange seine Finger knetet und sich fragt: Wie kriege ich diese Figur jetzt wieder aus dieser Szene?, ist das im Märchen der Gebrüder Grimm schon längst geschehen. Kinder halten so etwas nicht nur aus, Kinder lieben es grell und schnell.

›Die Sieben Schwaben‹ oder doch ›Die zertanzten Schuhe‹? ›Der Hase und der Igel‹ oder vielleicht doch ›Die Sterntaler‹? Klar, mit dem ›Gläsernen Sarg‹ ginge es auch.

Ich meine damit natürlich, mit welchem Märchen man das Wiederlesen, besser noch das Wiedererzählen beginnen sollte. Oder das Erinnern daran, für was für ein Kind man wohl damals gehalten wurde, als einem die Kunde nicht zugemutet werden sollte, dass es böse Mütter, dicke Könige und geile Schwestern gab. Jetzt dürfen wir uns das alles zumuten. Am besten in der Originalversion. So lange, bis wir wieder das Gras wachsen hören und mit unseren Blicken Felsen sprengen.

## GERHART HAUPTMANN

Der Dramatiker war Anfang dreißig, als er von einem Reporter nach jenem seiner Stücke gefragt wurde, das er selbst für sein gelungenstes halte. Gut, antwortete Gerhart Hauptmann, selbstverständlich unterhalte man zu allen seinen Werken sehr enge Beziehungen, doch vielleicht, in diesem Moment, erschiene ihm das Drama ›Einsame Menschen‹ als das trefflichste.

›Einsame Menschen‹ ist ein in mancher Hinsicht ziemlich beklemmendes Stück. Es wurde 1891 in Berlin uraufgeführt und traf, wie man so salopp sagt, den Geist der Zeit, etwas präziser ausgedrückt, den Geist der Männer jener Zeit.

Ein junger Gelehrter brütet über einer akademischen Arbeit, einem philosophischen Problem, dessen genauen Inhalt wir nicht kennenlernen, von dem wir aber erfahren, dass allein die Fußnoten der Lösung mehr als ein halbes Dutzend Seiten füllen werden.

Dieser junge Mann, er heißt Johannes Vockerat, kommt also mit der Arbeit nicht recht voran und schiebt die Schuld an den nur schleppenden Fortschritten seiner Frau zu, die unlängst erst das gemeinsame Kind zur Welt gebracht hat.

Käthe, seine Frau, sei ihm geistig nicht gewachsen, findet der junge Gelehrte, ihre Dumpfheit behindere seinen geistigen Adlerflug. Als Hausfrau, als Mutter gäbe es nichts an ihr auszusetzen, doch für die Tiefe seines Denkens habe Käthe nun einmal überhaupt kein Begriffsvermögen.

Käthe glaubt das übrigens auch. Sie hat den Vorwurf

schließlich häufig genug gehört, sie weiß, dass Philosophie nicht ihre Stärke ist. Und sie schämt sich dafür.

Die Lage spitzt sich zu, als die junge russische Studentin Anna Mahr eher zufällig die Szene betritt. Von dieser klugen Frau fühlt sich Johannes verstanden, mit ihr kann er reden. Kann er auch mit ihr leben? Wohl nicht, es gibt für die beiden keine gemeinsame Zukunft. Johannes begeht Selbstmord im Müggelsee.

Für manche Zeitgenossen galt das Drama als eine Art Schlüsselstück. Frank Wedekind etwa glaubte, sich auf der Bühne wiederzuerkennen, er hatte Hauptmann einmal etwas von seinen Eheproblemen erzählt. Auch Hauptmanns Bruder Carl fand sich getroffen, schließlich hatte er erst unlängst, nein, nicht mit einer Russin, aber mit einer Polin eine Art Erweckung erlebt. Theodor Fontane, der als Theaterkritiker ebenfalls dieser Uraufführung beiwohnte, fand Vertrautes aus dem eigenen Milieu und stand damit ganz gewiss nicht allein. In jenen Jahren kursierte in Berlin, kursierte in ganz Deutschland ein Schlagwort, das dem Titel eines Pamphlets entnommen war und »Die Ehelüge« lautete.

»Die Ehelüge«, das stand für die Unvereinbarkeit von Ehe mit Selbstentfaltung, von Eros und Häuslichkeit, stand, wie es ein Wortführer ausdrückte: für die Kastration des Mannes. Gerhart Hauptmann drückte sich in seinem Tagebuch literarisch eindeutiger aus, er schrieb: »Das Weib von heute sitzt, sitzt, kann und will nur sitzen: der Mann schreitet.«

Ob auch viele Frauen ihre Lebensgeschichte in diesem Theaterstück wiederfanden, ist nicht verbürgt. Immerhin eine dürfte sich erkannt haben: Das war Marie, die Gattin des Dramatikers. Und sie erkannte sich natürlich nicht in der Rolle der klugen russischen Studentin, sondern im Part der bornierten Käthe. Sie war nicht die Einzige, der die Ähnlichkeit auffiel.

Diese Marie Hauptmann, geborene Thienemann, war die Tochter eines reichen Kaufmanns aus Radebeul. Hauptmann lernte sie 1882 bei der Hochzeit seines Bruders Carl kennen, der ihre ältere Schwester geheiratet hatte. Es kam zu einer heimlichen Verlobung, so waren zumindest die finanziellen Sorgen aus dem Leben des Dichters gebannt.

Dieses Leben war bislang eher richtungslos verlaufen. Hauptmann war allenfalls ein mittelmäßiger Schüler gewesen, woran auch seine Anfälligkeit für Krankheiten eine Mitschuld trug. Für die Landwirtschaft, in die es ihn drängte, war er nicht kräftig, für die Bildhauerklasse in Breslau, in der er Kurse belegte, weder fleißig noch begabt genug.

Mit Marie kam das Glück, jetzt konnte er Philosophie und Literatur studieren, doch das taugte ihm nur kurz. Unverdrossen finanzierte seine Verlobte – geheiratet wurde erst drei Jahre später – auch eine Bildungsreise ans Mittelmeer und einen Rom-Aufenthalt, wo Hauptmann sich erneut – und erneut erfolglos – der Bildhauerei zuwandte. Nicht erfolgreicher waren seine Versuche als Zeichner und als Historiker. Aber: Er war und blieb ein hervorragender Erzähler.

So kam er zum Schreiben, so kam er zum Theater, so kam er zu der Erfahrung, dass der wahre Künstler zwar unterhalten, doch nie eingeschränkt werden darf. Drei Kinder und acht Jahre später ging die Ehe zu Bruch.

Da war Hauptmann aber schon auf dem Weg, einer der erfolgreichsten Dramatiker Deutschlands zu werden. Diesen Erfolg verdankte er einem Stück, das den Aufstand der schlesischen Weber im Jahre 1848 thematisierte, die in einem so erbitterten wie erfolglosen Kampf für eine Verbesserung ihrer erbärmlichen Lebensumstände stritten. Die preußische Armee hatte dem aufrührerischen Treiben bald ein blutiges Ende gesetzt, doch im Bewusstsein weiter Kreise des Volkes war hier ein erstes Signal für den Kampf um soziale Gerechtigkeit gesetzt worden. Schon Heinrich Heine hatte den Aufständischen durch sein ›Weberlied‹ mit dem eingängigen Refrain »Wir weben, wir weben« seinen Respekt erwiesen.

Mit Hauptmanns Stück, ursprünglich hieß es auf Schlesisch ›De Waber‹, kam nun erstmalig ein Drama im großen Stil auf die Bühne, in dem es weniger um einzelne Helden als vielmehr um einen ganzen Stand ging. Und der Autor zeigte die Vertreter dieses Standes – und ihre Gegner – nicht in einer idealisierten Form, sondern als durch und durch nach der Wirklichkeit gezeichnete Geschöpfe. In der Literaturgeschichte spricht man deshalb vom ersten großen Erfolg des deutschen Naturalismus. Übersetzt man den Begriff »Naturalismus« durch »sozialen Realismus«, wird die Zielrichtung deutlich. Hauptmann galt, wie Thomas Mann das durchaus lobend ausdrückte, als »der mitleidige Dichter«, als »der Dichter der Armen«. Und er galt auch als der mächtige Erneuerer des Theaters.

Diese Kennzeichnung brachte Hauptmann viel Zustimmung von Kollegen, akademische Ehrungen, Theaterpreise ein – und als Krönung 1912 den Nobelpreis für Literatur.

Weniger begeistert war sein Kaiser, war Wilhelm II. Seine Majestät hatte aus Protest gegen die Uraufführung der ›Weber‹ seine Loge im Deutschen Theater kündigen lassen. Er misstraute dem Schriftsteller auch noch, als der sich bereits vom naturalistischen Theater ab- und mythischen Stoffen zugewandt hatte, mit ›Hanneles Himmelfahrt‹ etwa oder mit ›Und Pippa tanzt‹. Für die Hohenzollern, ganz besonders für Wilhelm II., blieb Gerhart Hauptmann ein tief in der Wolle gefärbter Sozialdemokrat, einer jener berüchtigten vaterlandslosen Gesellen, denen nicht über den Weg zu trauen war. Enthielt nicht auch sein Beitrag zur Hundertjahrfeier der Befreiungskriege im Jahre 1913 Passagen, die verdächtig nach Pazifismus rochen? Dass Hauptmann zuvor vor der »gefährlichen Mittelmäßigkeit der Sozialdemokraten« gewarnt hatte, die »die Menschen in falsche Bahnen zu lenken drohte«, war dem Kaiser nicht hinterbracht worden.

Wilhelm II. dürfte daher angenehm überrascht gewesen sein, als er nach Ausbruch des Ersten Weltkriegs ausgerechnet jenen »suspekten« Gerhart Hauptmann als Kampfgenossen für die Sache des Deutschen Reiches an seiner Seite fand. Der Dichter unterzeichnete nicht nur den berühmten »Aufruf der 93«, ein Manifest berühmter deutscher Künstler, Philosophen und Naturforscher, die den deutschen Kaiser als »Friedenskaiser« feierten und die kulturelle Mission Deutschlands priesen. Hauptmann beteiligte sich sogar als Propagandist – zu seiner Ehre muss angefügt werden, dass er diese Verse später wieder aus seinem Gesamtwerk strich.

Hat ihn dieser Einsatz für seinen Kaiser mit Majestät versöhnt? Nur wenig. Wenn es um Dichtung und Naturalismus ging, zog Wilhelm II. allemal Ludwig Ganghofer vor.

Wir machen jetzt einen deutlichen historischen Schnitt und springen in den Herbst des Jahres 1930. Die Wahlen zum Reichstag sind gerade abgehalten worden, die NSDAP wurde sensationell zur zweitstärksten Kraft im Parlament. Im »jüdischen« Kaufhaus Wertheim haben SA-Trupps die Fensterscheiben eingeschlagen.

Die Brüder Heinrich und Thomas Mann treffen sich in einem Kaffeehaus und überlegen, was man dem finsteren Treiben entgegensetzen kann. Vielleicht ein Manifest, eine Erklärung, einen Aufruf? Unterzeichnet von den großen, den berühmtesten Köpfen der Republik: Einstein, Remarque, Piscator und – natürlich Hauptmann.

Hauptmann war im Jahr zuvor, 1929, nach langem Zögern der Preußischen Akademie der Künste beigetreten. Als

Schriftsteller war er nach wie vor unendlich produktiv, legte fast Jahr für Jahr neue Versdramen, Tragödien, Fortsetzungsromane vor. Zudem war er nachhaltig mit der Verwaltung seines Ruhmes beschäftigt. Zwar hatte auch Thomas Mann 1929 den Nobelpreis für Literatur erhalten, doch es konnte weder in Deutschland noch im Ausland ein Zweifel daran bestehen, dass Gerhart Hauptmann *der* deutsche Schriftsteller schlechthin war.

Das führte er trotz seiner häufig erklärten Liebe zur Abgeschiedenheit auch nach außen vor, er repräsentierte. Und die Mittel dazu kamen in dieser Zeit mehr und mehr aus einem neuen Medium, dem Film. Kein deutscher Schriftsteller von Bedeutung hat sich so früh dieser neuen Kunstform verschrieben, hat die eigenen Stoffe, wie ›Die Ratten‹ oder ›Hanneles Himmelfahrt‹, durch jenes Medium Film einer neuen Öffentlichkeit erschlossen, kurzum: Hauptmann war und blieb, wie wir heute sagen würden, ein Medienereignis.

Und damit zurück zu den Brüdern Mann in ihrem Kaffeehaus. Heinrich hat den Aufruf formuliert, Thomas übernimmt es, in fast devoten Worten Gerhart Hauptmann um eine Unterschrift zu bitten.

Die Antwort lässt nicht lange auf sich warten. Hauptmann zeigt sich »äußerst verwundert« über das Ansinnen, einen Aufruf ausgerechnet gegen die Nationalsozialisten zu unterzeichnen, und lehnt brüsk ab. Thomas Mann bittet um Verzeihung, fast klingt er erleichtert. Das Projekt hat sich erledigt.

Doch es kam noch übler. Gerhart Hauptmann führte gleich im März 1933 die Deutsche Akademie der Dichtung den Nazis zu, beantragte im selben Jahr die Mitgliedschaft in der Partei, ließ sich von einigen besonders ekelhaften Würdenträgern des Dritten Reichs hofieren.

Hatte das Einfluss auf sein schriftstellerisches Werk?

Überraschend wenig. Wichtiger war wohl die moralische Erschütterung, die von seiner Komplizenschaft ausging. Er galt immerhin, wir haben das vorhin von Thomas Mann gehört, als der »mitleidige Dichter«, als der Dramatiker mit dem so überaus sensiblen Ohr für die echten und die falschen Töne. Er stand zudem auch in der Tradition schlesischer Mystiker, Lichtjahre entfernt von dem Runengedönse brauner Ideologen.

Wohin diese Ideologie führte, musste Hauptmann noch miterleben: Er wurde Zeuge, wie die Stadt Dresden in Schutt und Asche bombardiert wurde und fremde Truppen sein Haus in Schlesien in Besitz nahmen. Fraglich, ob dieser große Schriftsteller am Ende seines Lebens über Ursachen und Wirkungen nachgrübelte.

## HEINRICH HEINE

Viel, sehr viel hängt davon ab, in welcher Stadt der Reisende die Grenze in das andere Land überschreitet. Wenn man aus Frankreich kommt, sollte es nicht Aachen sein. Jedenfalls nicht im späten Herbst 1843, jedenfalls nicht, wenn man Heinrich Heine heißt und seit vielen Jahren keinen Fuß mehr auf deutschen Boden gesetzt hat:

*Noch immer das hölzern pedantische Volk,*
*Noch immer ein rechter Winkel*
*In jeder Bewegung, und im Gesicht*
*Der eingefrorene Dünkel.*

Und natürlich gibt es die hoch- und spürnäsigen Aufpasser des Preußischen Zollvereins, die misstrauischen Douaniers. Sie sind neu und sie:

*Beschnüffelten Alles, kramten herum*
*In Hemden, Hosen, Schnupftüchern;*
*Sie suchten nach Spitzen, nach Bijouterien,*
*Auch nach verbotenen Büchern.*

Und kommen, Tölpel, die sie sind, nicht selbstverständlich darauf, dass alles Verbotene, alles Sicherheit und Ordnung Bedrohende, mithin alles dringlich zu Konfiszierende sich allein in des Dichters Kopf, in seinem, wie er sagt, »zwitschernden Vogelnest« befindet.

Wir schreiben den Monat November, und Deutschland ist eben, wie schon im Titel eines der berühmtesten Gedichte von Heinrich Heine festgehalten: ein Wintermärchen. Jedenfalls für einen, der wie unser Dichter Jahre zuvor gezwungen wurde, dieses Land zu verlassen.

Aber gibt es inzwischen vielleicht auch Bewegung, Erwärmung, Fortschritt im alten Deutschen Reich? Heines nächste Station führt ihn nach Köln. Für einen geborenen Düsseldorfer ist das bekanntlich keine ganz unproblematische Stadt. Dennoch, in Köln gibt es Hoffnung – wenn auch der zynischen Art. Immerhin ruht der Bau des dortigen Doms. Stillstand seit dem späten Mittelalter, das gefällt dem Dichter, der in der Kathedrale das Symbol einer nationalen Einheit aller aufrechten, zopfgestärkten Deutschtümler sieht. Die hatten zu jener Zeit – wir reden hier von den frühen 1840er Jahren – den Dom zu Köln zu einer mythisch-mystischen Verklärung des Reichsgedankens in seiner mittelalterlichen Form erhoben. Spenden für den Dom, Geld, Holz oder Steine, waren Spenden für die Idee eines konservativen Kaisertums, das sich trotzig und glücklich abhob von dieser aufmüpfigen, republikanisch-bürgerlichen Gleichmacherei im benachbarten Frankreich. Und so dichtet Heine auf die Bastille des freien deutschen Geistes:

*Denn eben die Nichtvollendung*
*macht ihn zum Denkmal von Deutschlands Kraft …*

Natürlich ist das nicht nur ein einfacher, es ist gleich ein mehrfacher Spott, den Heinrich Heine hier in seine Verse kippt: Vordergründig kühlt er ein freches Mütchen an der Nachbarstadt. Doch aus den umliegenden Zeilen wird überdeutlich, dass ihn weitaus nachdrücklicher ein anderer Gedanke umtreibt:

Er ist religiöser, doch mehr als nur religiöser Natur. Denn recht betrachtet ist es Luther, ist es die Reformation, die den Bau dieses katholischen Gotteshauses aufgehalten hat – und wie wir Heine kennen, geht es nicht allein um sie, es geht um Auflehnung, auch um den Kampf der Unterdrückten, der Bauern, selbst wenn Luther zu denen ein zwiespältiges Verhältnis unterhalten haben mochte:

*Es wächst hienieden Brot genug*
*Für alle Menschenkinder,*
*Auch Rosen und Myrten, Schönheit und Lust,*
*Und Zuckererbsen nicht minder.*

*Ja, Zuckererbsen für jedermann,*
*Sobald die Schoten platzen!*
*Den Himmel überlassen wir*
*Den Engeln und den Spatzen.*

Der Reisende Heinrich Heine, der Dichter von ›Deutschland. Ein Wintermärchen‹ hat diese Verssatire geschrieben, als er wieder nach Frankreich, nach Paris zurückgekehrt war. Bei jenem Besuch in Deutschland war er 47 Jahre alt und seit mehr als einem Dutzend Jahren nicht mehr in der Heimat gewesen. Und so hatte er Heimweh gehabt nach diesem Land des hoffnungsvollen Stillstands, hatte die Reise trotz der holprigen Wege und des allgegenwärtigen Kots auf den Straßen genossen. Denn da gab es ja auch noch andere Erinnerungen:

*Der Tisch war gedeckt. Hier fand ich ganz*
*Die altgermanische Küche.*
*Sei mir gegrüßt, mein Sauerkraut,*
*Holdselig sind deine Gerüche!*

*Gestovte Kastanien im grünen Kohl!*
*So aß ich sie einst bei der Mutter!*
*Ihr heimischen Stockfische, seid mir gegrüßt!*
*Wie schwimmt ihr klug in der Butter!*

So herzbewegend leicht, berührend und einsichtsvoll hat zuvor und danach niemand mehr über Deutschland Verse gezaubert. Und wer so spielerisch eindringlich Wahrheiten auch über politische Verhältnisse ausdrücken kann, der wird auch bald der Obrigkeit auffallen. Selbstverständlich nachhaltig und negativ.

Denn Deutschland, wenn wir das Konstrukt aus Fürstentümern und anderen ständischen Verwaltungseinheiten unter diesem Begriff zusammenfassen dürfen, dieses Deutschland stand seit Jahrzehnten im Zeichen der noch von Fürst Metternich geprägten Restauration und Reaktion. Ein bösartig kleinmütiges, autoritär geducktes, billig romantisierendes oder schlicht bigottes Heimatland war das politische Gespinst, das Heine verlassen hatte, verlassen hatte müssen.

Der Dichter war nämlich einer der führenden Köpfe des »Jungen Deutschland«, einer von ihren Feinden als »politische literarische Bewegung« verfolgten Gemeinschaft, die in Wirklichkeit nie als Organisation in irgendeinem verbandsähnlichen Sinne existierte. Neben Heine gehörte der Schriftsteller, Publizist und Dramatiker Karl Gutzkow dazu, ein Schüler, manche sagen: ein Lieblingsschüler des Philosophen Hegel. Gutzkow förderte wiederum Georg Büchner, den Trotzkopf, der zeit seines Lebens heftig ablehnte, etwas mit dem Jungen Deutschland zu tun gehabt zu haben. Und schließlich wäre da noch Ludwig Börne zu nennen, der dieser Gemeinschaft dem Herzen nach gewiss angehörte, den aber seine Verfolger in der politischen Justiz aus irgendwelcher Schlampigkeit nie in ihre Protokolle, heute würde man sagen: nie auf den Schirm bekamen.

Das Junge Deutschland war eine Bewegung, die ihre stärkste politische Inspiration aus der französischen Julirevolution des Jahres 1830 bezog.

Der französische König Karl X., ein Reaktionär wie Gott ihn schuf, wurde durch einen Volksaufstand, durch eine Koalition von Handwerkern, Arbeitern, Intellektuellen und Studenten ins Exil nach England gejagt. Man denke nur an das im selben Jahr 1830 entstandene berühmte Gemälde des Eugène Delacroix: ›Die Freiheit führt das Volk‹, das Bild mit der Trikolore, der schönen jungen Frau mit dem packenden, dem entschlossenen Ausschnitt. Es begann die goldene Zeit des Bürgertums in Frankreich.

Dieser Erfolg blieb nicht ungehört in Europa, überall gab es Bestrebungen, dem französischen Beispiel nachzueifern, es zündelte und kokelte und zischte und dampfte in Norditalien und in Böhmen, selbst in Skandinavien und im fernen Russland. In den Ländern des Deutschen Bundes waren es vornehmlich die Dichter und Denker, die die französische Glut nach Deutschland zu überführen suchten. Den Idealismus klassischer oder romantischer Provenienz, den die für sie ohnehin überalterten Helden Goethe und Schiller vertraten, lehnten sie mit der Entschiedenheit ihrer Jugend und ihres neuen Verständnisses der Zeit ab. Heinrich Heine dabei allen anderen voran. Dafür zahlte er einen hohen Preis: ein Leben in beständiger Unruhe, wobei allerdings diese Unruhe – wie jede Unruhe – ein notwendiger Antrieb war.

Begonnen hatte dieses Leben nicht mit dem bekannten, dem silbernen Löffel zwischen den Lippen. Im Gegenteil, die Eltern waren Juden und untüchtige Geschäftsleute dazu, gerade in Düsseldorf eine ungünstige Kombination. Glücklicherweise gab es da einen wohlhabenden Onkel, der die vielfältige Begabung des Neffen erkannte, ihm ermöglichte, bei den Größen der Zunft Rechtswissenschaften zu studieren und sich in diesem Fach auch promovieren zu lassen. Den Hut vor der Gesellschaft ziehend konvertiert Heine zum protestantischem Glauben, nebenher verkehrt er mit allen bedeutenden Persönlichkeiten des damaligen deutschen Geisteslebens, Schlegel, Savigny, Hegel, hofft, törichterweise, auf eine Berufung an die Münchener Universität, doch diese Alma Mater pflegt schon damals eine bald unverbrüchliche Tradition, die interessantesten Denker von ihren Lehrstühlen fernzuhalten.

Das war 1825, und Heine war immer noch Jurist und Aufklärer, doch dazu – und darüber hinaus – immer mehr Dichter. Darin bestärkten ihn sein erster monumentaler Erfolg, die Gedichtsammlung ›Buch der Lieder‹, ein Werk, das noch zu seinen Lebzeiten dreizehn Auflagen erreichte, und heftiger noch seine ›Reisebilder‹, die zwischen 1826 und 1831 erschienen und dem deutschen Lesepublikum eine nun völlig ungewohnte Kost vorsetzten: eine Mischung aus Naturschilderung, Essay, Selbstbetrachtung und Dichtung. So virtuos hatte vor ihm noch niemand die Gattung »Reiseliteratur« interpretiert.

Die ›Reisebilder‹ waren auch ein wirtschaftlicher Erfolg. Das hat in der Sekundärliteratur oft zu der wunderlichen Aussage geführt, Heinrich Heine sei der erste deutsche Schriftsteller gewesen, der sich – anders als Goethe und Schiller – nicht unter den Schutz von Herren hätte begeben müssen, sondern gleichsam als freier Schriftsteller habe leben können.

Das ist, mit Verlaub, neoliberales Geschwätz. Es gab immer einen Onkel, es gab immer einen Freund, es gab auch immer einen tapferen Verleger, in diesem Fall den rühmlichen Julius Campe, der aushalf, wenn Not am Mann, wenn

Schmalhans Küchen- oder Kellermeister war. Gab es diese Helfer nicht, wurden sie schmerzlich vermisst, etwa in den letzten schrecklichen Jahren Heines in Paris, in der ›Matratzengruft‹, wo er 1856 starb.

Es kann eben auch der leichtfüßigste, der empfindsamste, unbequemste, der dabei neugierigste, mutigste, sich selbst am prächtigsten bemitleidende Dichter nicht in Frieden, sprich: mit einigermaßen verlässlicher wirtschaftlicher Absicherung seinem Handwerk nachgehen, wenn eine engstirnige, eine kaltschwitzende Zensur bestimmt, was erscheinen darf und was nicht.

›Deutschland. Ein Wintermärchen‹ ist dafür ein Fallbeispiel. Der Text wurde 1844 in Preußen verboten, im Namen Wilhelms IV. ein Haftbefehl gegen Heine erwirkt. Das war beileibe nicht der Auftakt der Verfolgung, schließlich waren andere Schriften Heines bereits 1835 verboten worden.

»Die geistige Einheit gibt uns die Zensur, / Die wahrhaft ideelle«, schrieb der Dichter dazu. Da befand er sich wieder auf sicherem Boden und ahnte wohl schon, dass er seinem Vaterland mit dem ›Wintermärchen‹ ein Denkmal gesetzt hatte, das über all die Jahre Bestand haben würde. Ihm selbst dagegen blieb hierzulande lange ein Denkmal aus Stein oder Metall verwehrt. Unsere verehrte Kaiserin Sissi hatte diese Größe, allerdings nur in ihrem Schloss auf Korfu.

## ERNEST HEMINGWAY

Will man sich *heutzutage* in einem von der Literatur noch nicht gänzlich verlassenen Kreis Freunde machen, tut man gut daran, bei der Erwähnung von Ernest Hemingway, des Nobelpreisträgers für Literatur im Jahre 1954, Distanz, also zumindest hüstelnde Abwehr zu markieren. Hemingway! Ausgerechnet Hemingway. Dieser Macho. Dieser aufbrausende Suffkopf. Dieser Angeber. Dieser uns von amerikanischen Bildungsoffizieren nach dem Zweiten Weltkrieg in die Schulbücher gedrückte Autoren*darsteller*. Mussten wir Schüler nicht alle unser Interpretationsgeschick an dem ›Alten Mann und das Meer‹ beweisen? Einem Roman, von dem der Autor selbst sagte, da sei nichts zu interpretieren? Ernest Hemingway, der Salonlöwe, der Weiberheld, also bitte! Man schaue sich nur die Fotos an, auf denen er mit toten Löwen, mit seiner Jagdbüchse, ja, selbst mit seiner Schreibmaschine posiert. Oder mit dem protzigen Füllfederhalter. Ein Autor, über den mehr Bücher geschrieben wurden, als er selbst je produziert hat.

An dieser Stelle könnte man, eine gewisse Ich-Stärke vorausgesetzt, einwenden, dass auch die Literatur zu Dante Alighieri, zu Shakespeare, zu Goethe bei weitem die Seiten übertrifft, die jene Autoren selber zu Papier gebracht haben. Das wird einem in der Diskussion aber nicht so recht helfen, denn die so automatisch wie höhnisch vorgebrachte Gegenfrage: Sie wollen doch nicht etwa im Ernst Hemingway vergleichen mit …, diese Gegenfrage kommt wie aus jener Jagdbüchse geschossen, von der gerade die Rede war. Es scheint sich also um einen Fall mit unüblich robusten Widerborsten zu handeln, einen Fall, der näheres Hinschauen verlangt.

Ernest Hemingway wurde im Juli 1899 in Oak Park, Illinois, der heutigen Vorstadt von Chicago, als Kind einer gutbürgerlichen Familie geboren. Der Vater war Arzt, die hochbegabte Mutter unterrichtete Musik und gab auch Konzerte. Für den kleinen Ernest, *sehr* klein scheint er übrigens nie gewesen zu sein, kam natürlich nur das Spiel auf dem Cello in Frage. Dieses Spiel reichte immerhin für einen Platz im Schulorchester.

Eine bürgerliche Familie, das bedeutete im Chicago jener Jahre aber nicht nur Hausmusik, das bedeutete auch ein Sommerhaus im einsamen nördlichen Michigan, wo es in der Natur noch wild zuging, wo man unter freiem Himmel schlief, mit der Familie und mit Freunden ausgedehnte Jagdausflüge unternahm, um Fischen, Vögeln oder anderen jagd- oder verzehrbaren Tieren zu zeigen, wer der wahre Held dieser Wildnis ist, Erbe jener amerikanischen Kolonisatoren, die Gott der Allmächtige selbst für diesen großen Flecken Erde auserwählt hatte.

In der Schule zeichnete sich Hemingway in keinem Fach besonders aus, gut, für Englisch (und Sport) zeigte er eine deutliche Begabung, das führte in den Journalismus, das wies, von heute aus betrachtet, in die Richtung der großen Kollegen Mark Twain oder Sinclair Lewis. Viele der berühmt gewordenen amerikanischen Autoren des 19. und des 20. Jahrhunderts bekannten sich später gleichsam inbrünstig zu den bisweilen obskuren Lokalredaktionen, in denen sie ihre erste stilistische Prägung erhielten. Das ist ein schöner Beweis für abgetragene Dankesschuld. Allerdings muss an dieser Stelle darauf hingewiesen werden, dass es auch heute noch mehr Lokalredaktionen als bedeutende Autoren gibt. Ich warne daher alle jungen Schriftsteller vor einem allzu blinden Vertrauen in diesen Mythos.

Zu den Verlockungen des Reporterberufs zählt die Möglichkeit, *dabei* zu sein, Glanz von anderem Glanz auf die eigene Person zu übertragen. Für Hemingway trifft das in mehrfacher Hinsicht zu: Im Krieg, doch auch im sogenannten zivilen Leben drängte es ihn stets an die Front – und genauso in der Literatur. Blickt man auf die Namen der literarischen Freunde und Kollegen, mit denen er engen Umgang pflegte, dann finden sich auf dieser Liste fast nur Vertreter der künstlerischen Avantgarde: Gertrude Stein etwa oder Ezra Pound, James Joyce, John Dos Passos, Francis Scott Fitzgerald und viele andere Autoren, deren Werk heute noch Maßstäbe dafür setzt, was für lesenswert erachtet wird und was nicht. Dasselbe gilt auch für des Schriftstellers Malerfreunde: Auch hier suchte er die Nähe zu den Neuerern, zu Picasso, zu dem dichtenden Maler Picabia oder zu Juan Gris, um jetzt nur die berühmtesten zu nennen. So viel zu einer flinken ersten Korrektur am populären Klischeebild des bramarbasierenden Großwildjägers.

Ernest Hemingway lebte von 1899 bis 1961, das war eine Zeit, die nicht nur durch zwei Weltkriege geprägt war, es fehlte auch nicht an kleineren, selten weniger blutigen Scharmützeln um koloniale Eroberungen, und es herrschte literarisch kein Mangel an der Verklärung des Kriegers, des militärischen Helden.

Wenn wir uns nun Hemingways erstem bedeutenden Roman zuwenden, auf Englisch erschien er 1929 als ›A Farewell to Arms‹, auf Deutsch ein Jahr später mit dem weitaus weniger deutlichen, fast idyllischen Titel ›In einem andern Land‹, dann trifft das gerade beschworene Klischee eine weitere Erschütterung: ›In einem andern Land‹ gehört nämlich in jene Kategorie von Kriegsbeschreibungen, für die bei uns exemplarisch der Name des nur um wenige Jahre jüngeren Erich Maria Remarque und dessen Buch ›Im Westen nichts Neues‹ steht. Remarque und Hemingway sind sich, da waren sie beide schon älter und weltberühmt, einmal begegnet. Remarque, der nicht in erster Linie als Liebhaber anderer erfolgreicher Autoren bekannt war, bewunderte den amerikanischen Kollegen und machte daraus keinen Hehl.

Ihre Romane, ›Im Westen nichts Neues‹ und ›In einem andern Land‹, hatten schon vorher miteinander Bekanntschaft gemacht. Bei der öffentlichen Bücherverbrennung der Nationalsozialisten im Mai 1933 in Berlin flogen sie, gleichsam Rücken an Rücken, ins Feuer. Remarque und Hemingway standen eben weder auf der patriotischen Seite der frisch-fromm-dümmlichen Ganghofers, die den Krieg bejubelten, noch im elitären Lager der existenzialistischen Zyniker wie Ernst Jünger, die das Treiben auf den Schlachtfeldern zu einem rauschhaft poetischen Reiz der Sinne hochstilisierten.

Der deutsche Titel des Romans ›In einem andern Land‹ spielt auf den Umstand an, dass die Vereinigten Staaten erst 1917 in den Ersten Weltkrieg eingriffen. Wer vor diesem Zeitpunkt als Amerikaner für die Mächte der Entente, also für Großbritannien, Frankreich, Italien und deren Verbündete ins Feld ziehen wollte, musste sich einer »anderen« Streitmacht, einem »andern Land« verpflichten. Raymond Chandler, der spätere Mitbegründer des »schwarzen« Kriminalromans, schloss sich den Kanadiern, damit den Briten an, Ernest Hemingway meldete sich als Sanitäter bei den Italienern.

Genau das tut auch der Held des Romans, Frederic Henry, ein junger Amerikaner, der in Rom Architektur studiert. Er meldet sich als Freiwilliger zu den Sanitätern, kommt an die Front am Isonzo, im östlichen Italien, erlebt bei einer Granatenattacke, was es bedeutet, sein Leben für andere zu riskieren, und was es bedeutet, selber verletzt abtransportiert zu werden, ungewiss, ob denn das durchschossene Bein beim nächsten Aufwachen bereits amputiert ist.

Frederic Henry hat Glück, sein von vielen Kugeln durchsiebtes Bein wird nicht amputiert. Er hat sogar mehrfaches Glück: Eine Krankenschwester, in die er sich am Isonzo verliebt hat, wird ausgerechnet in jenes Lazarett in Mailand versetzt, in das der Held verlegt wurde. Die beiden werden ein Paar, ein Kind ist auf dem Weg, dann gerät Frederic Henry wieder an die Front, verliert in einem desaströsen Gefecht den Kontakt zu seiner Truppe, wird folglich bald als Deserteur verfolgt.

Die Geschichte scheint dennoch halbwegs gut auszugehen, dem Paar gelingt eine abenteuerliche Flucht in die Schweiz. Doch ein Happy End ist es nicht: Der Säugling, ein Bub, wird tot geboren, seine Mutter, die schottische Krankenschwester, stirbt an inneren Blutungen.

Das ist, klar, ganz großes Kino – und wurde in kurzer Zeit auch gleich zwei Mal verfilmt. Gary Cooper und Rock Hudson interpretierten die Rolle des Helden, dennoch ist das Entscheidende an dieser Geschichte, dass sie nicht Helden verklärt, sondern Opfer beschreibt. Auch das Opfer Ernest Hemingway, den freiwilligen Sanitäter, der selbst mit einer Beinverletzung im Spital von Mailand den Spruch der Ärzte abwarten musste, ob es denn zu einer Amputation kommen werde.

Opfertum, Heldentum, Romantik, das sind so die literaturkritischen Wanderbaustellen, wenn heutzutage von Ernest Hemingway die Rede ist. Dabei wird leicht ein anderes Motiv übersehen, das mir nicht weniger wichtig erscheint: die realistische Würdigung der Helden gegenüber ihrem Schicksal und in einer Gesellschaft, die ihr Gesicht längst in der Masse verloren hat. Gut, in aller Regel geht es um die Würde der *männlichen* Helden, mit Frauen tat sich der vielfach verheiratete Hemingway schwer, im Leben wie auf dem Papier.

Werfen wir einen kurzen Blick auf die Novelle, für die er 1954, sieben Jahre vor seinem Selbstmord, den Nobelpreis erhielt. Bei diesem Selbstmord spielt übrigens jene Jagdbüchse wieder eine Rolle, deren Bild hier zum letzten Mal heraufbeschworen sei. ›Der alte Mann und das Meer‹ ist die Erzählung von einem alten Fischer, der einen riesigen Marlin fängt, seine Beute aber wieder verliert, weil sich Haie über den Fang hermachen. Als das Werk erschien, jubelte die Kritik, verglich Hemingway mit Faulkner und Melville. Klar: Fisch zu Fisch! Aber Hemingway mochte ›Moby Dick‹ ganz und gar nicht, gerade wegen der dort enthaltenen Anspielungen auf die Bibel. Ihm ging es, wie er schrieb, einfach um eine starke Geschichte. Wenn die stimmt, wenn sie überzeugend aufgebaut ist, so glaubte er, hält sie auch leicht die tollkühnsten Interpretationen aus.

Aber je älter, anfälliger und je mehr dem eigenen Ruhm Tribut zollend Hemingway wurde, umso mehr neigte er auch zu poetologischen Deutungsmustern des eigenen Werks, die selbst tapfere Liebhaber seiner Prosa bisweilen verstimmen konnten. Am bekanntesten ist seine Theorie von der Erzählung als einem Eisberg: Der Autor beschreibe immer nur den *sichtbaren* Teil eines Phänomens, die untergründige Bewegung, die Spannung erfolge aber durch all die Teile, die dem Auge des Lesers verborgen blieben. Das *kann*, das *muss* man aber nicht für gescheit halten. Künstler sind selten begnadete Entzauberer ihrer eigenen Tricks, Hemingway macht da leider keine Ausnahme. Aber durch solche Anfechtungen müssen seine Liebhaber durch. Sie sind schließlich einem Helden verpflichtet.

## KAWABATA YASUNARI

Wir begeben uns nach Japan, nach Tokio und in den Nordwesten der Insel. Und wir machen die Bekanntschaft eines außergewöhnlichen Schriftstellers, der uns dieses Land nahebringt. Kawabata Yasunari, der erste Japaner, dem der Nobelpreis für Literatur zuerkannt wurde, entstammte einer Akademikerfamilie aus der japanischen Handelsmetropole Osaka. Dort kam er 1899 auf die Welt, in einer Periode des radikalen gesellschaftlichen Umbruchs, die so recht dramatisch drei Jahrzehnte vor seiner Geburt begonnen hatte.

Es ist hier nicht der Platz für mehr als ein paar historische Andeutungen, aber zum Verständnis für das Schaffen des späteren Nobelpreisträgers müssen wir wissen, dass die traditionelle geistige und soziale Ordnung Japans seit – grob – 1860 der Herausforderung durch westliche Schlachtschiffe und anderes Kriegsgerät nicht mehr gewachsen war. Das Reich konnte weder seine kulturelle noch seine politische Unabhängigkeit behaupten. Als das Land neu geordnet wurde, verloren nicht nur die sperrigen Samurai ihre Rolle, es knirschte und schwankte auch im ideologischen Überbau.

Die Bevölkerung empfand den Niedergang selbstverständlich als beschämend, als einen Gesichtsverlust. Aber manche Intellektuelle sahen hier auch die Chance eines Weges, der Teile des Alten mit dem Neuen, dem »Westlichen«, verband. Für diese Position der Mittler steht (auch) der Name Kawabata, den manche Schriftstellerkollegen den »Wanderer« nannten. Kulturelle Umbrüche darf man sich auch in Japan wie Schlachten vorstellen, es gibt Sieger und Besiegte, es gibt die Triumphierenden und jene anderen, die sich verletzt zurückziehen und eine Haltung einnehmen, die wir im Westen mit den Begriffen der Entfremdung, der Vereinzelung, des Ausgeschlossenseins bezeichnen.

Für Kawabata Yasunari trifft dieses Gefühl der Isolation in einem persönlich tragischen Sinn zu: Er wurde nämlich bald nach seiner Geburt zum Vollwaisen. Nach mehreren Stationen bei immer entfernteren Verwandten landete er 1909 schließlich in einem Internat. Und dort können wir uns den Jungen erstmals als den künftigen Dichter vorstellen: ein scheuer, ein hochbegabter Einzelgänger, der schon früh beginnt, ein Tagebuch zu führen, in dem er festhält, dass er, wie unsere deutschen Romantiker sagten, der Welt abhandengekommen, aus dem Nest gefallen ist.

Das mag wie eine poetische Attitüde erscheinen, die uns bei Schriftstellern häufiger begegnet. Man zeige uns einen Dichter der Weltliteratur, der sich früher oder später *nicht* als Außenseiter, als Ausgestoßenen präsentierte. Ausgestoßen von der Familie, zurückgewiesen von der Frau, dem Mann, die oder den er erfolglos begehrte, einsam in einer Runde von Fremden, vielleicht sogar von Freunden. Isolation, die Rolle der Randfigur, ist eine zentrale Geschäftsbedingung dieses Gewerbes.

Kawabata Yasunari ist aber schon deswegen eine berührende Ausnahmeerscheinung, weil seine Haltung frei ist von jeder Pose, erst recht von jeder Weinerlichkeit. Kawabata begriff sehr früh, dass es in der Philosophie wie in der Kunst und der Religion intellektuelle Berührungszonen zwischen westlichen und östlichen Erfahrungen der Vereinsamung, der Entfremdung gab. Zonen, in denen »moderne« Begriffe des westlichen Denkens Positionen bezogen, die ganz nahe an klassischen fernöstlichen Überlegungen lagerten.

So eignete sich der spätere Nobelpreisträger bereits in einigen seiner ersten Schriften den buddhistischen Begriff der Leere, des noch nicht Bezeichneten, des idealerweise ohnehin nicht Darstellbaren, als einen Teil seines schriftstellerischen Programms an. In der von Kawabata vertretenen Deutung des Zen-Buddhismus herrscht ein Bilderverbot, das uns an den Islam erinnern könnte. Nur geht es im buddhistischen Fall nicht um Strafen und Sanktionen, es geht vielmehr um die Kunst des Weglassens, des Zulassens der Leere, der Stille, des fast spurlosen Verschwindens eines Objektes. In der Malerei ist das genauso wichtig wie in der Dichtkunst oder in der Musik: Eine Fläche wird nicht bemalt, eine Saite nur angeschlagen, eine Geschichte nicht zu Ende erzählt. Der Verzicht wird zum Stilmittel.

Bevor wir allzu flink ins Abstrakte abgleiten, will ich versuchen, den Gedanken an ein paar Beispielen aus dem Werk von Kawabata Yasunari fassbar zu machen. In Werken wie ›Schneeland‹, ›Tausend Kraniche‹ und ›Ein Kirschbaum im Winter‹ fällt zunächst die wiederkehrende Heraufbeschwörung der Farbe Weiß ins Auge. Weiß wie der Schnee, wie die Federn des Kranichs, weiß ein wenig auch wie die Blüten des Kirschbaums, die allerdings schon ins Rosa spielen. Im Japanischen, in einem buddhistischen Kontext, deutet Weiß auf Trauer, auf Verzicht und Vergänglichkeit, auf Tod hin – und damit aber auch auf die Möglichkeit der Wiedergeburt, des Überwindens. Weiß führt an den Rand der Existenz.

Kawabata erzählt in seinem Roman ›Schneeland‹ die Geschichte eines nicht unvermögenden Mannes aus Tokio, der seinen Winterurlaub im Norden des Landes verbringt, in einer Landschaft, die vollständig von Schnee bedeckt ist. Zu einem Winterurlaub im Schnee gehört – in Japan wie bei uns – auch die heimliche oder manifeste Erwartung eines erotischen Erlebnisses: Schnee stimuliert, reizt die Sinne. Unser Held findet seinen Traum gleich doppelt erfüllt, einmal durch das junge Mädchen Yoko, zum anderen durch seine Begegnung, genauer, seine Wiederbegegnung mit der Geisha Komako.

Diese Frau liebt unseren Helden mit einer Inbrunst, die, wenn ich das so zynisch sagen darf, für ihren Berufsstand nicht vorgesehen ist. Sie verzehrt sich im Wortsinn vor Liebe. Verzehrt sich wie ein Feuer. Am Ende des Romans lodern dann auch tatsächlich sehr dramatisch Flammen aus dem oberen Stockwerk eines Gebäudes.

Bei diesem das Leben bedrohenden Feuer geht es nun um die Farbe Rot, die Farbe des Lebens und der Leidenschaft, die dem Weiß diametral entgegengesetzt wird. Wem das zu sehr nach Scherenschnitt, nach sorgsam ausgetüfteltem Bühnenbild, nach symbolischem Arrangement klingt, der möge bedenken, dass ich hier nur krude zusammenfasse.

Im ersten Satz des Werks begegnen wir dem Helden am Ende einer Zugreise, nach Durchquerung eines Tunnels in einer Schneelandschaft angelangt, gleichsam aus der Welt befördert. Das erinnert an einen uns sehr viel vertrauteren Autor, an Thomas Mann, dessen ›Zauberberg‹ in Davos, in den Schweizer Alpen, uns ja ein vergleichbares Ambiente vermittelt. Und auch Thomas Mann spielt sehr nachdrücklich mit den erotischen Konnotationen, die ein solches Naturerlebnis heraufbeschwört.

Der weitere Vergleich zeigt, dass bei Kawabata Yasunari und Thomas Mann gleichsam zwei gegensätzliche Erzählformen in Reinkultur vorliegen: Mann, der in der Tradition der westlichen, selbstverständlich auch der russischen Prosa steht, erzählt seine Geschichten minutiös aus. Jedes Detail wird mit Liebe und Sachverstand gewürdigt, und wenn dieser Autor einen Knoten macht, dann darf der Leser erwarten, dass die Verwicklung im Fortlauf der Geschichte auch wieder entwirrt wird.

Dem Japaner Kawabata dagegen geht es darum, die Verwicklungen, die Widersprüche, die Knoten gerade *nicht* zu lösen, er belässt sie in ihrer bedrohlichen Rätselhaftigkeit. Und wo Thomas Mann einen Roman von der ersten bis zur letzten Zeile streng durchkomponiert, bricht der Erzähler Kawabata seinen Vortrag schlicht ab, beginnt ihn wieder an einer anderen Stelle, verhält sich, wenn man so will, multiperspektivisch und nicht zentralperspektivisch. Es sei ein vielleicht überpointiertes Bild gestattet: Thomas Mann nimmt in seinen Werken die Rolle des Gastgebers ein, Kawabata ist der Gast, der auf verschiedenen Plätzen sitzt.

Und so können wir Leser immer nur vermuten, wie sich denn jene Geschichte im ›Schneeland‹ *wirklich* abspielte. Handelt es sich nun bei jener Szene am Ende des Romans, in der das Mädchen Yoko aus dem brennenden Haus springt und in den Armen der Geisha landet, um einen realen Vorgang oder doch um einen grauenvollen Traum, um eine Vision? Der Verzicht auf das deutlich Ausgesprochene wird zum Stilmittel. Das Nichterzählte weckt die Neugier auf die Möglichkeit des vielleicht ganz anders zu Erzählenden, das Ende ist offen, es liegt in der Phantasie der Leser.

Das bedeutet keineswegs, dass der Autor nicht erkennbar wäre. Selbstverständlich setzt Kawabata, der verborgene Zauberer, die entscheidenden Akzente. Erzählt uns in immer neuen Einstellungen von einem reichen Mann, dessen Herz sich in einer Schneelandschaft nicht erwärmen kann, einem Mann, der erlebt, ohne berührt werden zu können. Einem Mann, dessen Lebensweg am Leben vorbeiführt.

Handelt es sich bei dem Werk überhaupt um einen Text, den wir nach den Kategorien der westlichen Literaturgeschichte einordnen können? Der deutsche Verleger von Kawabatas ›Schneelandschaft‹ löste die Frage, indem er einfach die Gattungsbezeichnung »Roman« auf die Titelseite drucken ließ.

Das war nicht direkt irreführend, doch es lässt außen vor, dass der japanische Schriftsteller seit den 20er Jahren des vergangenen Jahrhunderts bis fast zu seinem Tod im Jahre 1972 einer von ihm selbst entwickelten literarischen Form der Prosa treu blieb, der er den Namen »Handtellergeschichten« gab. Handtellergeschichten! Erzählungen auf kleinstem Raum, durchzogen von Linien, die das Schicksal ausmachen und – wenn man so will – die auf zwei Seiten von Daumen und Fingern geschützt sind. Die Blätter der Lotusblume werden im Japanischen gern mit Handtellern verglichen, und so kann man sich einen Roman auch als einen Teich vorstellen, auf dem, zusammenhängend und doch getrennt, kleine Welten nebeneinander existieren, einander anstoßend, aufeinander zutreibend. Manchmal tragen sie eine Blüte, manchmal eben nicht. Auch so können wir uns ein Leben erzählen lassen, ganz anders, zurückhaltend in der Aufklärung, doch keinesfalls unzugänglich.

## HEINRICH VON KLEIST

Es muss ein schöner Spätherbsttag gewesen sein, als der 34-jährige Mann mit seiner Freundin Kaffee und Rum in einer Gaststätte am Kleinen Wannsee bei Berlin bestellte. Die beiden lassen sich einen Tisch an den See tragen und laufen fröhlich zum Wasser. Die Frau trägt ein kleines Körbchen, das von einer Serviette bedeckt wird. Das Paar tollt ein wenig kindisch am Ufer herum, dann greift der Mann in das Körbchen. Heinrich von Kleist holt unter der Serviette eine Pistole hervor und erschießt zuerst seine todkranke Freundin Henriette, dann sich selbst.

Ein radikaler Schlusspunkt nach einem Leben voller radikaler Wendungen. Heinrich von Kleist war ein Mann der extremen Brüche, und man muss seinem österreichischen Schriftstellerkollegen Grillparzer recht geben, wenn er über Kleists Erzählungen urteilt, das Werk vermittle den Eindruck von einer »Selbstzerstörung des Verfassers«.

Kleist stammte aus dem preußischen Adel. Das klingt vielleicht fein, erweckt aber den falschen Eindruck, wenn es das Bild satt-glücklicher Verhältnisse vorspiegelt. Die von Kleists waren weder reich noch standen sie im Adelsregister an vorderer Stelle. Aber dem Stil der Lebensführung ihres Standes mussten sie selbstverständlich genügen: Ein Jahr vor seinem Selbstmord scheitert Kleists Plan, wieder in die Armee einzutreten, schlicht auch daran, dass er sich die Uniform nicht leisten kann.

Diese Armee bestimmt einen großen Teil seines Lebens,

auch der früh verstorbene Vater war Offizier. Der junge Heinrich rückt 1792, da ist er 15 Jahre alt, in ein Bataillon des Garderegiments in Potsdam ein. Er nimmt am Rheinfeldzug gegen Frankreich teil und beteiligt sich an der Belagerung der ersten bürgerlichen Republik auf deutschem Boden in Mainz. Dass er dabei auf der Seite der Unterdrücker – später würde man sagen: der Reaktion – kämpft, scheint ihn, den späteren Helden eines Kampfes für die Selbstbestimmung, damals noch nicht sonderlich besorgt zu haben. 1795 wird er zum Fähnrich und 1797 zum Leutnant befördert, zwei Jahre später nimmt er seinen Abschied.

Kleist ist jetzt 21 Jahre alt und weiß nicht recht, wohin mit seinem Leben. Studiert Mathematik, Philosophie und Verwaltungswissenschaften, Fächer, die einer Laufbahn in einem preußischen Ministerium entgegenkommen. Was vielleicht auch sein dringender Wunsch ist: ein Wunsch nach Ordnung in einer hitzigen Suche der Selbstfindung.

Nach nur drei Semestern bricht er das Studium ab. Die Lektüre von Immanuel Kants ›Kritik der Urteilskraft‹ soll das ihre dazu beigetragen haben. Nicht auszuschließen, dass auch seine chaotische Beziehung zu Wilhelmine von Zenge, der Tochter eines in die Universitätsstadt versetzten Regimentschefs, den Ausschlag gab. Chaotisch? Sie gesteht ihm ihre Liebe, er weist sie zurück, lockt sie, verstößt sie. Das, was man zu besitzen glaubt, kann nicht wertvoll sein.

Die Psyche folgt einem Muster, und wenn das Muster überdeutlich wird, rufen die Freunde nach dem Nervenarzt. Und der Nervenarzt empfiehlt, nachdem er sich vergewissert hat, dass es nicht zum Schlimmsten steht, zu reisen. So landet Kleist in der Schweiz, liest Rousseau und beschließt, sich hier als einfacher Landmann niederzulassen. Wilhelmine, die Verlobte, soll gefälligst nachkommen und einfache Landfrau werden. Wilhelmine, Tochter eines Regimentskommandeurs, will aber keine einfache Landfrau in der Schweiz werden. So zerbirst eine Männerphantasie.

Kein Außenstehender, vermutlich nicht einmal Eingeweihte können damit rechnen, dass der Wirrkopf Kleist in dieser Phase seines Lebens dichterische, dramatische und erzählerische Motive in seinem Kopf wälzt, die ihn – allen Selbstzerstörungsversuchen zuwider – unsterblich machen.

Natürlich will er zum *größten* deutschen Dichter werden, will Goethe und Schiller vom Thron stoßen – geringere Ansprüche hat er nicht. So schreibt er auf einer Insel bei Thun in der Schweiz zunächst das Trauerspiel ›Familie Schroffenstein‹, beginnt dann mit dem ›Zerbrochnen Krug‹. Und hinterlässt uns damit eine der besten und bösesten Komödien der deutschen Literatur, das erste Theaterstück über ein Gerichtsverfahren in unserer Sprache überhaupt und bis in die Gegenwart unübertroffen.

Es geht um Gerichtswillkür, um Ungerechtigkeit und um Unterdrückung. Dorfrichter Adam sitzt einem vermeintlich ganz einfachen Fall vor: Ein Krug, Eigentum der Frau Marthe, ist zu Bruch gegangen, als ein Verehrer sich am Fenster ihrer Tochter, der schönen Eve, zu schaffen machte. Zumindest das steht fest. Nun muss sich Dorfrichter Adam mit dem Fall befassen.

Für die Wahrheitsfindung braucht der Richter seine Perücke, doch die ist unauffindbar. Also sitzt Adam glatzköpfig zu Gericht, was nicht nur komisch anzusehen ist, sondern schon einen Teil des Hergangs verrät: Der Mann muss sich demaskieren, denn er selbst ist der Missetäter. Natürlich versucht er, die Sache zu vertuschen, erfindet Geschichten, legt falsche Fährten, redet sich um Kopf und Kragen und treibt sich dabei wie einen Angeklagten in die Enge. Als er mit dem Rücken zur Wand steht, verurteilt er kurzerhand den Geliebten von Eve für die Tat. Nun will, nun kann Eve nicht mehr schweigen und enttarnt den Richter als den wahren Übeltäter.

So führt Heinrich von Kleist den Richter als Täter vor. Die Kraft und Paradoxie der Komödie liegt in ihrem Tempo. Da der Richter die Zeugen unmöglich zu Wort kommen lassen darf, unterbricht er sie ständig und treibt mit seinem eigenen Gerede das Geschehen immer stärker in die Atemlosigkeit. Das Sprechen wird schneller und schneller, die Sätze überschlagen sich, denn: »falsche Worte führen zu echten Handlungen«, und das verleiht der Komödie nicht nur ihren starken Schwung, sondern auch ihre Abgründigkeit. Es geht um Schuld, das hat die deutsche Klassik von den Griechen übernommen. Doch das Verhängnis ist nicht durch Götter ausgelöst, sondern durch einen liebestollen Dorfrichter.

Eine Figur, deren Name zum Inbegriff für Gerechtigkeitswahn geworden ist, hat Heinrich von Kleist mit der 1810 erschienenen Novelle ›Michael Kohlhaas‹ geschaffen. Ihr Titelheld wird mit seinem unnachgiebigen Wunsch nach Gerechtigkeit zum Brandschatzer und Mörder. Kohlhaas ist eine extreme Figur in einer Zeit, in der Willkür – und auch das Achselzucken über staatliche Willkür – zum gesellschaftlichen Standard gehört. Das war übrigens eine Erfahrung, die auch Kleist nicht fremd war: 1807 saß er ein halbes Jahr als vermeintlicher Spion in Haft.

Zu Beginn der Novelle sehen wir Michael Kohlhaas als wohlhabenden Pferdehändler, der einige seiner Tiere zum Markt nach Dresden bringen möchte. An der Grenze zum Land eines Junkers wird er von Posten aufgefordert, seinen Pass vorzuzeigen. Da er keinen Pass hat, übergibt er den Grenzposten zwei seiner Pferde als Pfand. In Dresden erfährt Kohlhaas, dass die Passkontrolle keinerlei Berechtigung für ihr Vorgehen hatte. Nun will er seine beiden Pferde wiederhaben, muss jedoch feststellen, dass sie mittlerweile nur noch elendige Klepper sind. Die herrlichen Rappen wurden zur Feldarbeit missbraucht.

Kohlhaas will das nicht hinnehmen, er beginnt einen erbitterten Kampf um sein Recht – und verliert dabei jedes Maß. Seine Klage vor Gericht wird abgewiesen. Nun schickt er seine Frau mit einer Bittschrift zum Kurfürsten, doch sie wird von einer Wache getötet. Mit sieben Knechten stürmt Kohlhaas die Burg des Junkers, dessen Schergen den ursprünglichen Schaden angerichtet haben. Er tötet jeden, der sich dort findet, auch Frauen und Kinder. Anschließend legt er Feuer. Weil sich der Junker nach Wittenberg abgesetzt hat, steht bald auch Wittenberg in Flammen. Der Reformator Martin Luther bemüht sich um eine Begnadigung für Kohlhaas und für eine Klärung des Rechtsstreits um die Pferde. Und wirklich kommt es zu einem Prozess, doch Kohlhaas ist in eine Falle geraten. Mit geschickten juristischen Winkelzügen wird die Begnadigung aufgehoben und Kohlhaas zum Tode verurteilt. Kurz bevor man ihm den Kopf von den Schultern schlägt, wird dem Unnachgiebigen mitgeteilt: bezüglich der Pferde, ja, da werde ihm nun rechtgegeben.

Auch in diesem Stück ist etwas von dem Furor, von der Unerbittlichkeit, von der Steigerung ins Unermessliche einer griechischen Tragödie spürbar. Aber wenn in Griechenland noch ein Gattenmord oder die Verweigerung einer Beerdigung der Auslöser waren, reichen Kleist – fast im Vorgriff auf Kafka – die blinden Mechanismen einer willkürlichen Rechtsetzung.

Für ›Michael Kohlhaas‹ hat Kleist übrigens zwei verschiedene Schlussszenen geschrieben. Die Fassung, die ihm nicht mehr gefiel – Germanisten sprechen von der »Variante« –, wollte er verschwinden lassen. Verschwinden lassen, wie er es mit seinem Stück ›Guiscard‹ anstellte. Vielleicht, wir wissen es nicht, ein Hauptstück, gleichrangig mit dem ›Prinzen von Homburg‹. Es zählte eben zu den Eigenarten dieses sich dem Genialischen verpflichtet fühlenden Menschen, den Akt des Schaffens und den Akt des Zerstörens als aus einer und derselben Wurzel hervorgegangen zu begreifen. In der Literatur wie in den Belangen der Liebe.

Wessen Neugier jetzt geweckt wurde, der sollte sich unbedingt auch weitere Erzählungen von Kleist auf den Büchertisch packen. Die Novellen ›Das Erdbeben in Chili‹ etwa, gewiss auch ›Die Marquise von O.‹, ganz zu schweigen von ›Die Verlobung in St. Domingo‹.

Dabei sollte man unbedingt auf die sprachlichen Unterschiede zwischen seinen Novellen und Dramen achten. Um es höflich auszudrücken: In den Novellen schreibt Kleist ausgewählt umständlich. Um es unhöflich auszudrücken: Seine Schachtel- und Bandwurmsätze, etwa im ›Michael Kohlhaas‹, drehen und winden sich teilweise bis zur Schwerverständlichkeit. (Thomas Mann zollte dem Dichter Respekt, aber er hielt den Verleger dieser Novelle Kleists auch für mutig. Mann hatte ein Gespür dafür, wie man ein populärer Autor wurde, eine Selbstsicherheit, die Kleist fehlte, die Gelassenheit des Erfolgreichen.)

›Der zerbrochne Krug‹ wurde zunächst übrigens nicht deshalb bekannt, weil es sich um eine großartige Komödie handelt, sondern weil die Inszenierung 1808 an der Weimarer Hofbühne ein fürchterlicher Reinfall wurde. Das Stück erhielt vernichtende Urteile. Schuld daran war der Regisseur, der meinte, es fehle der Komödie an Tempo (ausgerechnet) und an Form. Er zwängte das Werk aus 13 Auftritten in das starre Gerüst eines Dreiakters und ließ die Schauspieler deklamieren, statt dynamisch sprechen. Kleist war verzweifelt. Der Name des Regisseurs ist bekannt: Es war Johann Wolfgang von Goethe.

# SELMA LAGERLÖF

Die Wörter »Wicht« und »Wichtelmann« sind verwandt mit den Verben »weichen« oder »entweichen«. Ein Wichtelmann, daher stammt seine Verbindung zum Kobold, ist ein Wesen, dem das Gute entwichen ist, daher auch der Name Bösewicht.

Nils Holgersson ist gewiss der berühmteste Wichtelmann der Weltliteratur. Seine Schöpferin, Selma Ottilia Lovisa Lagerlöf, setzte ihn 1906 in unsere Welt, genauer gesagt: Sie verwandelte ein böses Kind, eben Nils, in einen zunächst genauso unerfreulichen Wichtelmann, und als er sich moralisch geläutert hatte, wurde er wieder zu einem – prachtvollen – Kind.

Diese Geschichte ist allein auf Deutsch in mehreren Dutzend Auflagen erschienen, sie ist verfilmt und für den Hörfunk bearbeitet worden. Ich muss sie nicht im Detail nacherzählen. Aber ich darf dennoch auf ein paar Punkte aufmerksam machen.

Das Buch entstand als Auftragsarbeit für den schwedischen Lehrerverband und sollte in den Schulen für eine pädagogische Vorform des Faches »Landeskunde« verwendet werden, sollte jungen Schweden ihre Heimat vorstellen. Nun war Selma Lagerlöf tatsächlich zehn Jahr lang Volksschullehrerin im Südwesten des Landes gewesen: 1885, mit 27 Jahren, trat sie in den Schuldienst ein.

Bleiben wir zunächst bei dem Wicht, bei Nils Holgersson und seiner Erkundung von Schweden. Nils ist in einen

Wichtelmann verwandelt worden, weil er einem anderen Wichtelmann übel mitspielen wollte. Die Eltern Holgersson waren mit ihren Versuchen, den vierzehnjährigen Buben zu erziehen, gescheitert. »Ach, wenn Gott ihm ein anderes Herz geben würde«, klagt die Mutter, die die Grenzen pädagogischer Bemühungen erkennen muss.

Kurze Zeit später, Nils ist bereits geschrumpft und sucht auf dem Hof vergeblich Rache, berichten uns auch die Tiere, die Kühe, die Gänse, die Katze, wie stark sie stets die moralischen Verfehlungen des Knaben gerade gegen seine Mutter verabscheuten. Es herrscht hier, hochtrabend gesagt, ein ethisches Einverständnis zwischen Mensch und Tier, ganz gleich, wer herrscht und wer beherrscht wird, ein Einverständnis, an das sich sogar die Gänse halten, die irgendwann auf dem Markt und im Kochtopf landen.

Selma Lagerlöf spielt mit diesen moralischen Perspektiven. Im Laufe seiner Läuterung wird Nils zum Beschützer der Tiere. Auch der Tiere untereinander, denn die verhalten sich schließlich nicht anders als die Menschen, sind eitel, faul, gerissen, hochmütig, aber auch dankbar, anhänglich und hilfsbereit. Und oft bitter enttäuscht, wie der Adler, der so gerne eine Wildgans wäre.

Hier wird die Tierwelt nicht verniedlicht, hier deutet sich vielmehr der frühe Gedanke einer Versöhnung mit unseren nicht sprechenden Freunden an. Als Selma Lagerlöf zur Welt kam, hatte Charles Darwin mit Veröffentlichungen begonnen, die das Regelwerk der Natur völlig neu erklärten. Damals machte unter Biologen das Wort von den »blutigen Tatzen der Natur« seine Runde, das Wilde war das Bedrohliche, weil es sich eben keinen Regeln des Anstands unterwarf. Und da machte sich Selma Lagerlöf in einer sehr feinen, sehr schlichten Sprache und einem Stil, der zum Anspruchsvollsten gehört, das ein Literat zuwegebringen kann, daran, Natur, Moral und menschliche Phantasie in einer neuen Einheit zusammenzufügen. Selbstredend geht es dazu noch spannend und humorvoll zu.

Sie war Lehrerin. Das war für sie auch ein Brotberuf, denn das väterliche Gut, auf dem sie 1858 geboren wurde, befand sich bald auf dem scheinbar unaufhaltsamen Abstieg in den finanziellen Ruin. Der Vater, Leutnant Erik Gustav Lagerlöf, liebte seine Kinder, doch er liebte auch den Alkohol und ein Wirtschaften, das sich in Zeiten der Krise nicht bewährte.

Selma wuchs mit vier Geschwistern auf, zwei Brüdern und zwei Schwestern. Anna, die jüngere, starb, wie damals viele Kinder, sehr früh an Tuberkulose. Auch Selma blieb nicht von Krankheiten verschont, in ihrer Biografie erwähnt sie ein Hüftleiden, das sie zum leichten Nachziehen eines Beines zwang. Literaturhistoriker haben sich mit psychologischen Erklärungen an eine Interpretation dieses Leidens gemacht. Übertrieb sie die Behinderung, um auf sich aufmerksam zu machen? Wollte sie Stärke durch demonstrative Schwäche gewinnen, sich gar als an den Rand einer Gesellschaft gedrängt präsentieren? Eine frühe Vorwegnahme ihres Eintretens für die Belange des schwachen Geschlechts?

Es haben derlei Erkundungen gewiss ihren akademischen Reiz und ihre wissenschaftliche Berechtigung. Ob sie dem Verständnis des Werkes so recht dienen, scheint mir nur selten erwiesen. Denn ob Selma Lagerlöf nun tatsächlich behindert war oder die Symptome übertrieb, wurde spätestens dann bedeutungslos, als sie mit ihrem ersten Roman ›Gösta Berling‹ einen so großen Erfolg feiern konnte, dass irgendwelche Gestensprachen demgegenüber nicht mehr ins Gewicht fielen. Erste Teile wurden im Jahr 1890 veröffentlicht, ein Jahr später lag das Werk vollständig vor.

Es gibt Romane der Weltliteratur, die leichter zusammenzufassen sind – gelinde gesagt. Die Hauptfigur ist ein aufsässiger Pfarrer, eben jener Gösta Berling, der sein Amt wegen Trunksucht verloren hat, der bald auch sein Hab und Gut verliert, sich aber wieder in die Position eines Gutsherrn zurückkämpft und schließlich zum Beschützer der Entrechteten wird.

Das wäre der Rahmen einer wilden Geschichte, die teilweise auf historischen Figuren beruht, teilweise auf im Volk kursierende Anekdoten, Teufelsmärchen und andere Bestandteile der Folklore zurückgreift. Die Autorin hat ihren Stoff bei einem Gesamtumfang von fast 400 Seiten in 36 Kapitel gegliedert. Der schnelle Szenenwechsel hat hier Methode.

Zum sozialen und historischen Hintergrund sollte man noch wissen, dass die Zeit, in der die Handlung spielt, die 20er Jahre des 19. Jahrhunderts, in Schweden auch dadurch geprägt war, dass das Reich durch tölpelhaftes Agieren gegen Napoleon I. große Teile verloren hatte und nach diversen Friedensschlüssen über mehr Offiziere verfügte, als für seine gesellschaftliche Stabilität gut war. Andererseits blieb die innere Ordnung streng hierarchisch, Adel, Geistlichkeit und eben das Militär waren immer noch die dominierenden Kräfte. Die beschäftigungslosen Offiziere trafen sich auf bestimmten Gütern und trieben das, was man als beschäftigungsloser Offizier so treibt: Saufen, Glücksspiel, Schürzenjagen und Streiche spielen, eine Art Kult des Überdrusses.

Der zentrale Ort des Geschehens ist das Gut Ekeby, gleichsam das Hauptquartier der Offiziere. Die Herrin des Gutes, Majorin Margareta, rettet Gösta Berling vor dem Selbstmord. Die Majorin hat einen faustischen Pakt mit einem Bergwerksbesitzer aus der Nachbarschaft geschlossen, in dem es um Seelen geht. Jawohl, der Verweis auf Goethe erfolgt mit Absicht. Margareta selbst trägt wegen einer Liebschaft und einer Tätlichkeit gegen ihre Mutter schwere Schuld. Als ihre Verfehlung ruchbar wird – die Offiziere plaudern die Affäre aus –, weist ihr Gatte Margareta aus dem Haus.

So könnte man die Geschichte jetzt weitererzählen, die verschiedenen Liebesaffären verfolgen, in die Gösta sich stürzt, seine Begegnung mit der Gräfin Elisabet beschreiben und deren Rolle bei der Läuterung des Helden. Doch damit würde ich nur immer neue blutige Episoden eines Ritterromans vortragen und darüber einen wesentlichen Teil des Werkes unterschlagen.

Man muss nämlich auch darauf gefasst sein, dass plötzlich der Leibhaftige eingeführt, dass für die Bärenjagd auf die bewährte Praxis der Zauberkugel zurückgegriffen wird oder dass eine Waldfrau einem adligen Uhrmacher die Verfertigung der wunderlichsten Apparaturen beibringt. Salopp gesagt: Die Geschichte von Gösta Berling, seinen Kumpanen, seinen Widersachern und seinen Liebsten verlässt immer wieder den Boden der Realität.

Selbstverständlich folgt diese Form der Darstellung einem sehr sorgfältigen Plan. Selma Lagerlöf bekannte sich zu einer Literaturform, die ein Zeichen gegen die damals vorherrschende Form des Realismus setzen wollte – und damit nach anfänglichen Schwierigkeiten auch sehr erfolgreich war.

Wenn man die Werke der Lagerlöf gegen die ihres Landsmannes und Zeitgenossen August Strindberg hält, dann tritt der Unterschied besonders prägnant hervor. Strindberg insistierte auf einer Methode des kühlen Tranchierens, seine Stücke lassen für eine gegebene Situation immer nur ein mögliches Ende zu – und das ist ein fatales.

Die sehr viel versöhnlichere Selma Lagerlöf spielt hingegen beständig mit der Möglichkeit der Aufhebung eines Konfliktes, sei es durch das, was wir altmodisch Gnade nennen, sei es durch ein Wunder oder durch eine märchenhafte

Wendung. Der gute Ausgang einer Geschichte, Versöhnung, Vergebung von Schuld ist stets möglich, so könnte eine ihrer Botschaften lauten. Natürlich muss man dafür an sich arbeiten, dafür braucht man auch die entsprechenden Freunde. Aber dass Wunder selbst zu einem protestantischen Alltag gehören, dessen Ethos gemeinhin nur vom Gebot der Arbeit bestimmt ist, das ist eine Gewissheit, die wir ebenso benötigen. Vielleicht sogar *gerade* dort, weil sie hier am wenigsten erwartet werden.

Die literarische Form, die Selma Lagerlöf für ›Gösta Berling‹ gewählt hatte, die Verbindung zwischen Volksmärchen, historischem Stoff und Splittern von Ritterromanen, gefiel der schwedischen Literaturkritik anfangs nur mäßig. Das waren doch »Weibermärchen«, so könnte man die böswillige Kritik zusammenfassen, die auch darauf abzielte, dass sich Selma Lagerlöf mehr und mehr der Bewegung des schwedischen Frauenverbandes zugewandt hatte. Frauen hatten damals auch in Schweden kein Recht auf eigenen Besitz. Man muss nicht übersensibel gestimmt sein, wenn man aus der Kritik am Werk der Lagerlöf auch einen starken antifeministischen Ton heraushört. Diese Frau, so hieß es hinter nur kaum vorgehaltener Hand, umgibt sich auch nur mit Frauen, da kann sie, anders als Strindberg, die Realitäten der Welt nicht verstehen.

August Strindberg, das war der Gegenpol. Seine Furcht vor der gesetzlichen Gleichstellung der Frau trug schon fast groteske Züge. Als eine russische Mathematikerin an die Universität von Stockholm berufen wurde, schrieb er erbost, »eine weibliche Mathematikprofessorin ist eine gefährliche und unerfreuliche Erscheinung«, und verlangte deren Entfernung.

Man kann sich leicht vorstellen, was in Strindberg, der immer verbitterter darüber wurde, den Nobelpreis für Literatur nicht erhalten zu haben, vorging, wenn er daran erinnert wurde, dass ausgerechnet seine Landsmännin Selma Lagerlöf im Dezember 1909 die begehrte Auszeichnung erhielt. Als erste Frau, das schmerzte besonders.

Nobelpreisträgerin hin oder her, an den Wahlen zum schwedischen Parlament durfte Selma Lagerlöf trotzdem nicht teilnehmen. Darauf wies sie in einer auch heute noch viel beachteten Rede auf dem Internationalen Frauenkongress von 1911 hin. Sie war jetzt zu einer unangreifbaren Instanz geworden und literarisch bis wenige Jahre vor ihrem Tod 1940 sehr kreativ.

Lag Gottes Segen auf allen ihren Werken? Nicht immer. 1907 flatterte ihr ein Findelkind ins Haus, das nun tatsächlich auch noch Nils Holgersson hieß. Der Bub sollte die beste Ausbildung erhalten und einmal ihr Erbe antreten, doch da er sich nicht in einen Däumling verwandeln ließ, wurde aus ihm kein Intellektueller, sondern ein Arbeiter, der später verzweifelt sein Glück in Amerika suchte. Er soll dort am Bau von Wolkenkratzern beteiligt gewesen sein. Wolkenkratzer: Dieses Bild hätte Selma Lagerlöf wiederum gefallen.

# LU XUN

Mit Schriftstellern verhält es sich nicht anders als mit neuen Freunden. Man findet heraus, wen oder was der Mensch, der einem unlängst begegnet ist, besonders schätzt, schon weiß man, ach, so ganz verquer kann der, kann die nicht sein. Vorausgesetzt, er oder sie schätzt – nur zum Beispiel – den Roman ›Die toten Seelen‹ des russischen Schriftstellers Nikolai Gogol. Hat ihn vielleicht sogar übersetzt. Gut, übersetzen ist nicht unbedingt notwendig. Doch so schlicht und nachvollziehbar beginnen belastbare Seelenfreundschaften.

Der Autor, dessen Werk mir wichtig ist wie ein guter Freund, war einer der bedeutendsten, vielleicht sogar *der* bedeutendste Schriftsteller Chinas im 20. Jahrhundert, Dichter, Essayist, Verfasser von Kurzgeschichten. Und sein Ruhm gründete sich selbstverständlich auf weitaus mehr als die kongeniale Übersetzung jener ›Toten Seelen‹, von denen anfangs die Rede war.

Sein bürgerlicher Name war Zhou Shuren, aber bekannt, weltberühmt wurde er unter seinem Schriftstellernamen Lu Xun. Lu mit Nachnamen, den die Chinesen stets voranstellen, und Xun mit Vornamen, was man mit »der Flinke« übersetzen kann: Herr Lu, der Flinke.

Geboren wurde Lu Xun 1881 in Shaoxing, einer, damals noch, kleineren Stadt im Südosten Chinas, deren Bewohner angehalten waren, ihre Nase stolz und selbstbewusst hoch zu tragen – hoch, aber möglichst unauffällig. Der Ort war nämlich schon einmal Königssitz gewesen, allerdings vor bereits gut zweitausend Jahren. Seither sagte man, die Stadt strahle wie das Licht einer Perle. Viele Gelehrte hatten sich hier angesiedelt, die klassische Kunst der Kalligraphie wurde besonders gepflegt – und auch das Zubereiten äußerst schmackhafter Enten, von anderen Genüssen ganz zu schweigen. Das Stadtbild war geprägt von zahllosen Kanälen und Brücken, ein kleines Idyll, der Tradition verpflichtet, das Klima galt als milde. Gab es auch Bettler? Natürlich, es gab viele Bettler.

Aber: Dieses Shaoxing lag (und liegt) auch nicht weit entfernt von Shanghai – und das bedeutete zu jener Zeit, Ende des 19. Jahrhunderts, nahe dem zentralen Einfallstor, das sich der westliche Imperialismus geschaffen hatte. Als Lu Xun zur Welt kam, hatten sich hier neben westlichen Firmenvertretern auch schon die ersten christlichen Missionare niedergelassen, unter den Gelehrten fanden sich vorsichtige Anhänger einer politischen Reformbewegung, in den Geheimgesellschaften erbitterte Gegner der eigenen Regierung, die für ihren Geschmack den Ausländern nicht heftig genug Widerstand entgegensetzte.

Diese Umstände vermitteln ein wenig auch von der intellektuellen Zerrissenheit, die den späteren Dichter Lu Xun prägte: Man stand in der klassischen kulturellen Tradition, beschäftigte sich mit den strengen Lehrtexten des Konfuzianismus. Konfuzianer musste man schon sein, um Beamter werden zu können, mithin um an der politischen Macht teilzuhaben. Das war die eine Seite.

Gleichzeitig erfuhren junge Leute wie Lu Xun, dass diese alte Ordnung, so perfekt sie früher einmal gewesen sein mochte, nicht in der Lage war, dem Neuen, dem mächtigen Westen die Stirn zu bieten. Und vielleicht war das ja auch gar nicht alles Teufelszeug, was da aus dem Westen kam, vielleicht ließ sich das eine oder andere ja auch zur Stärkung der eigenen Kultur benutzen. Das war die andere Seite.

Lu Xuns Großvater war ein höchst angesehener Gelehrter, Mitglied der kaiserlichen Hanlin-, also der »Pinselwald«-Akademie, einer Behörde, die nicht nur über literarische Korrektheit, sondern die auch über Beförderungen entschied. Das wurde ihm zum Verhängnis, denn ein politischer Gegner konnte ihm nachweisen, dass er in einen Bestechungsfall verwickelt war, der ausgerechnet seinem Sohn zu einem höheren Posten verhelfen sollte. Den Großvater kostete das seine Karriere und fast das Leben, seither lag auf der Familie der Schatten der Kriminalität. Seither – und das ist genauso wichtig – war bei dem jungen Lu Xun aber auch der Glaube an die moralische Kraft des Konfuzianismus perdu.

Erzogen hat den späteren Dichter nach dem frühen Tod des Vaters und der Mutter ein Hausdiener. Dessen Lieblingsbuch war ein Werk, bei dem schon der Titel – ›Klassiker der Berge und der Meere‹ – anzeigt, dass es sich um einen furiosen Mythenstoff handelt, in dem, zum Beispiel, neunschwänzige Hunde noch zu den am wenigsten überraschenden Handlungsträgern gehören.

Das war der Stoff für die Phantasie des künftigen Schriftstellers. Für die eher formalen Aspekte der Erziehung wurde Lu Xun auf eine jener sogenannten »modernen« Schulen geschickt, die die chinesische Regierung um militärische Einrichtungen und Rüstungskonzerne angelegt hatte. Hier wurden Fremdsprachen, hier wurde auch die »westliche Wissenschaft« unterrichtet, es handelte sich gleichsam um kaiserliche Kaderschmieden einer neuen Art. Nur stand das chinesische Kaiserreich bereits kurz vor seinem Ende.

Lu Xun wollte Arzt werden. Kein Praktiker der traditionellen chinesischen Heilkunst, die schon seinem Vater nicht hatte helfen können, sondern ein nach den modernsten Methoden der Wissenschaft ausgebildeter Mediziner. Dafür gab es, den Umständen der Zeit entsprechend, nur einen Weg und der führte an eine Universität in Japan.

Für chinesische Studenten waren in den zwei Jahrzehnten vor dem Sturz des chinesischen Kaiserreiches 1911 die japanischen Universitäten und die sie umlagernden intellektuellen Zirkel die Treibhäuser des geistigen Aufbruchs. In Tokio, in Yokohama, selbst in Kyoto lernte man alles kennen, was aufregend neu, zukunftweisend, kurzum »modern« war: Anarchismus und Frauenbewegung, Atomtheorie und Expressionismus, Volkssouveränität und Esperanto.

Japan war ein Vorbild. Ein nicht besonders geliebtes Vorbild, aber eines, das einen Teil der fortschrittlichen Gedanken schon aufgenommen und in bestimmten Bereichen sogar in die Praxis umgesetzt hatte. Das galt für die Medizin, das galt für die Physik, das galt auch für das Rüstungswesen. Immerhin hatten es japanische Kriegsschiffe bereits geschafft, die russische Marine zu bezwingen.

Hier konnten chinesische Studenten alles lernen, was für sie Hoffnung bedeutete, Hoffnung auf ein China, das in der Lage war, sich den Kolonialisten aus England, Frankreich, Amerika, Deutschland, klar, auch aus Japan zu widersetzen, kurz: Hoffnung auf ein neues Regime im eigenen Lande.

Lu Xun, der damals Mitte, Ende zwanzig war, zog aus den neuen Botschaften die Lehre, dass es nicht genügte, sich als Arzt wenigen einzelnen Menschen zu widmen, er beschloss, grandios gesagt, Schriftsteller zu werden, um die Wunden der chinesischen Gesellschaft nicht nur zu diagnostizieren, sondern auch zu ihrer Heilung beizutragen.

Derartige Entschlüsse, seinem Volk helfen zu wollen, stehen unter einem völlig berechtigten Generalverdacht. Solche Vorhaben kennen und fürchten wir. Doch bei Lu Xun erwies sich der Verdacht als unbegründet, denn er wurde nicht Politiker, sondern blieb bei der Literatur. Ihm war es gegeben, eine Verbindung zwischen der Hochsprache und jener Sprache herzustellen, die man entdeckt, wenn man nicht nur den Gelehrten aufs Maul schaut. Er war dabei nicht der Erste, doch er war der Geschickteste und, um noch einmal an seinen Nachnamen zu erinnern, der geistig Flinkste: ein Mann in ständiger Bewegung, bitter und scharf, kaum festzulegen, ein Meister des literarischen Holzschnitts.

Nehmen wir nur eine seiner berühmtesten Erzählungen: ›Die wahre Geschichte des Ah Q‹. Der Tagelöhner Herr Ah Q – der Name ist übrigens im Chinesischen noch ungewöhnlicher als in irgendeiner anderen Sprache – ist ein Guck-in-die Luft, der, kurz vor dem Sturz des Kaiserreiches, davon träumt, der Partei der Revolution anzugehören. Natürlich erst dann, wenn die Partei zu den Siegern der Geschichte erklärt wurde.

Jener Herr Ah Q hat die Technik des Sich-in-das-eigene-Los-Findens nicht nur zu seiner Überlebensstrategie erklärt, er beherrscht die Umdeutung der eigenen Niederlage zum Sieg in Perfektion, ist ein Redenschwinger, Buckler, Träumer. Für seinen literarischen Schöpfer, für Lu Xun, ist Ah Q die Verkörperung eines Chinesen, der sich beständig demütigen lässt, weil er selbst die Demütigung noch als Auszeichnung empfindet.

In der Erzählung wird er für ein Verbrechen, das er nicht begangen hat, zum Tode verurteilt, doch noch aus dem Ritual der Hinrichtung schöpft er Trost: Schließlich verhilft ihm die öffentliche Exekution zu einer gewissen Bedeutung. Allerdings wird er nicht geköpft, sondern nur erschossen, was das Publikum mit einer gewissen Enttäuschung registriert. Man hatte sich mehr von dem Spektakel erwartet, eine Enthauptung macht mehr her.

Lesen wir hier Nikolai Gogol? Den Autor der absurden Träume, den Lu Xun so geistesverwandt übersetzte? Aber selbstverständlich! Lesen wir hier Kafka? Na klar! Lesen wir …? Ja, wir lesen hier ständig Weltliteratur.

Diesmal lesen wir sie aus der Feder eines chinesischen Autors, der sich bis zu seinem Tod von keiner politischen Partei vereinnahmen ließ. Vereinnahmen ließ er sich von den Göttern der Aufklärung, der Selbstironie, der sprachlichen Eleganz, der Treue zu den besten Werten seiner chinesischen Herkunft, dem Mitgefühl für die Zu-kurz-Gekommenen in der chinesischen Gesellschaft. Gerade ihnen fühlte er sich verpflichtet, und gerade dann, wenn sie sich besonders töricht benahmen.

Die wesentliche Frage der berühmten Mao-Fibel, des »kleinen roten Büchleins«, lautete: »Wer sind unsere Feinde, wer sind unsere Freunde?« Mao Zedong hielt große Stücke auf Lu Xun, allerdings war der Schriftsteller da bereits verschieden, er starb 1936, mehr als zwanzig Jahre vor der Gründung der Volksrepublik China. Was Mao mit einem so aufmerksamen Kritiker politischer Veränderungen veranstaltet hätte, wollen wir uns erst gar nicht vorstellen. Vor wenigen Jahren beschloss eine Schulbuchkommission der Kommunistischen Partei, die Novelle ›Die wahre Geschichte des Ah Q‹ aus den Schulbüchern zu entfernen. Wir, verehrte Leser, wir halten zu unseren Freunden.

## ROBERT MUSIL

Den Schriftsteller Robert Musil kann man sich schwerlich als glücklichen Menschen vorstellen. Als er 1942 starb, deutlich gezeichnet durch einen Schlaganfall, den er sechs Jahre zuvor erlitten hatte, war sein Name nur noch wenigen Freunden und Kollegen bekannt. Mit seiner Frau lebte er seit dem »Anschluss« Österreichs im Schweizer Exil, finanziert nur durch ein mageres Stipendium für unverschuldet ins Unglück geratene Emigranten. Der Erlös aus seinen Büchern und den gelegentlichen Artikeln reichte nicht einmal zum Begleichen der monatlichen Miete, und die war niedrig genug.

Doch sehr viel mehr noch schmerzten ihn, den Träger der höchsten literarischen Auszeichnungen, die fehlende Anerkennung seiner Arbeiten und – denn er war ein sehr gewissenhafter Künstler – der fehlende Abschluss jenes Werkes, das ihm nach seinem Tod den Ruf und den Ruhm eines Jahrhundertschriftstellers einbrachte: des Romans ›Der Mann ohne Eigenschaften‹.

Man möge mir ein etwas abgegriffenes Bild verzeihen: Der Dichter war aus einer Welt gefallen, die zu Beginn seines Lebens noch als unerschütterlich galt. Dieser Beginn trägt sich im kaiserlich-königlichen Österreich zu. Sein Vater ist Ingenieur, einer der gefragtesten seines Landes. Robert soll die gleiche Laufbahn einschlagen, allerdings bei der Armee. Das lässt sich auch gut an, die akademischen Noten sind hervorragend, doch mit 23 Jahren, 1903, löst sich der junge Musil aus diesem Lebensentwurf und beginnt ein Studium der Philosophie und der Psychologie in Berlin.

Zu diesem Zeitpunkt ist das Werk ›Traumdeutung‹ seines Landsmanns Sigmund Freud bereits erschienen, der Begriff und das Programm der Psychoanalyse haben, zwar nicht unumstritten, längst ihren intellektuellen Siegeszug angetreten. Die neue Lehre ist zu einer Art wissenschaftlicher Schwesterdisziplin der zeitgenössischen Literatur geworden, Arthur Schnitzler oder Henrik Ibsen sind begeisterte Schüler. Die Erkundung der Seele ist eine der Königsdisziplinen des um die Aufklärung seiner eigenen Triebkräfte bemühten Zeitgeistes. So wird also aufgeklärt, doch es wird auch viel geraunt, symbolisch verkleidet und, jawohl, mystifiziert. Man denke nur an all die verklemmten Theorien, die in jenen Jahren über das Mysterium des Weibes verbreitet wurden.

Robert Musil – auch das macht ihn zu einer erfreulichen Ausnahmegestalt – kommt vom Ingenieurswesen zur Seelenkunde und fragt scheinbar naiv: Wie funktioniert das eigentlich? Wie kommen Eindrücke zustande? Er deutet nicht, er konstruiert einen Apparat, den Musil'schen Farbkreisel, mit dem er wahrnehmungspsychologische Experimente durchführt, das Ineinanderübergehen von Farben untersucht. Und er wird Schüler eines allem Mystischen abholden Professors, der in die Geschichte eingeht, weil er das Rätsel um den »klugen Hans«, ein scheinbar geniales Pferd, löst.

Es war aber kein Fachaufsatz, es war ein Roman, der den Autor 1906, also mit 26 Jahren, berühmt macht, ›Die Verwirrungen des Zöglings Törleß‹. Manche werden ihn gelesen haben, andere haben vielleicht die eindrucksvolle Verfilmung des Stoffes durch Volker Schlöndorff noch im Gedächtnis. Die Geschichte spielt in einem strengen, sehr renommierten Internat. Jener Törleß und zwei seiner Kameraden ertappen einen Mitschüler beim Stehlen. Statt ihn anzuzeigen, machen sie ihn zum Opfer eines sadistischen Programms der körperlichen und seelischen Peinigung. Törleß erfährt zunächst den Konflikt zwischen den Regeln seiner eigenen, seiner ganz privaten Welt und den Regeln einer mächtigen Institution, also des Internats. Das ist der erste Teil der Verwirrungen. Die Fortsetzung geschieht durch eine sexuelle Initiation. Törleß lässt sich von seinem Opfer verführen, lässt sich durch ihn in eine andere Form der Wahrnehmung, der möglichen Grenzverletzung befördern.

Am wenigsten spektakulär an dieser Geschichte ist der Umstand, dass sie autobiografische Züge trägt. Musil hat selbst in seinen Tagebüchern davon berichtet. Viel entscheidender scheint dagegen das Auftauchen eines Musters, dem wir in den späteren Arbeiten des Autors immer wieder begegnen: die Suche nach der Autonomie, der Selbstbestimmung einer Figur, und nach den Bedingungen, unter denen die Grenzen dieser Autonomie dahinschwinden. Es ist daher sicherlich nicht falsch, wenn wir – mehr als bei anderen Autoren – im zentralen Helden einer Geschichte von Musil immer auch deren Autor enthalten sehen, nie strahlend, stets sich selbst kritisch befragend.

Prägend für Musil war jene erste bestürzende pubertäre Erfahrung der Schwellenüberschreitung. Nicht weniger prägend war der nächste große Einschnitt, das Erlebnis des Ersten Weltkriegs.

Musil hatte in den Jahren davor verschiedene Möglichkeiten eines gesicherten Berufslebens ausgeschlagen, um sich ganz auf seine Schriftstellerei konzentrieren zu können. Zumindest vom materiellen Ertrag her betrachtet, war das jedoch eher kläglich ausgegangen. Das mag, das kann aber nicht zur Gänze erklären, warum dieser so sympathisch nüchterne, so klug beherrschte Mensch dem ohrenbetäubenden Tschingderassabum der allgemeinen Kriegsbegeisterung erlag. Gut, er reagierte damit wie die Mehrzahl seiner nicht weniger kriegsbegeisterten Kollegen, doch viele seiner Leser hätten sich mehr kritische Distanz erhofft. Arthur Schnitzler und Karl Kraus, um nur zwei Kollegen zu nennen, die *nicht* in die Jubelgesänge einstimmten, waren ihm schließlich lange Weggefährten gewesen.

Musil meldet sich zu einer Front, an der der Krieg besonders heftig tobt. Und als der erste Fieberschub des Patriotismus abgeebbt ist, beginnt er mit seinen Reflexionen über den Sog, den ein derartiges Ereignis auslöst: Wie beschreibt man den Krieg als Schicksal? Er kommt zu eher aphoristischen Einsichten, wie: »Man kann den Krieg auf die Formel bringen: man stirbt für seine Ideale, weil es sich nicht lohnt, für sie zu leben.« Das ist gleichsam Musils Versuch einer Abwehr der Faszination durch das Gehirn. Sehr viel anschaulicher wird der Schriftsteller, wenn er dieses Doppelspiel, das die Seele mit uns treibt, in seinen Erzählungen aufgreift, etwa in jenem kleinen Stück, das sich einer literaturwissenschaftlichen Klassifizierung entzieht – am ehesten könnte man es noch als einen Monolog bezeichnen – und das den Titel: ›Die Amsel‹ trägt.

Es berichtet uns darin ein Soldat, unter dem wir uns durchaus Musil vorstellen dürfen, von einem Kriegserlebnis an der italienischen Front. Man hat sich an das Schlachten bereits gewöhnt, nicht jede Bedrohung wird ernstgenommen, auch nicht jenes feindliche Flugzeug, das am blauen Himmel auftaucht, obwohl:

*Im Nu war der Himmel mit den weißen Schrapnellwölkchen der Batterien betupft wie von einer behänden Puderquaste.*

Obwohl also der Krieg durchaus als existenzielle Bedrohung wahrgenommen wird – immerhin hat der feindliche Pilot aus großer Höhe eine fast mittelalterliche Waffe, einen Fliegerpfeil, abgeworfen, ein zugespitztes Gerät aus Eisen –, ist das kein Grund zur Panik. Dennoch wird unserem Helden urplötzlich klar, dass nur er gemeint ist, dass aus dieser beliebigen Mechanik von kriegerischem Alltagsgeschehen eine ganz singuläre, ganz individuelle Tat ausgesondert wird. Der Pfeil wird nur ihn treffen, er hört deutlich dessen sirrenden Gesang, bewegt sich nicht von der Stelle und begreift diesen Moment als mystische Erfahrung eines Zusammenspiels von systematischem Geschehen und persönlichem Schicksal. Der Pfeil verfehlt ihn nur um Haaresbreite.

Es ist richtig, wenn man aus dem bisher Gesagten den Schluss zieht, dass Robert Musil seine literarischen Werke nicht für Leser schrieb, denen es in erster Linie ums Schmökern geht. Er möchte die Leser einladen, sich auch ein wenig der Strenge des Gedankens auszusetzen. Und seine große Kunst besteht darin, ihnen diese Gedanken zuweilen ganz unspektakulär und scheinbar beiläufig nahezubringen. Über die neue »Eroberung« seines Helden etwa schreibt er schlicht: »Und vierzehn Tage später war sie schon seit zwei Wochen seine Geliebte.«

Das war bereits ein kleiner Blick in den Roman ›Der Mann ohne Eigenschaften‹, um den es gleich gehen soll. Zuvor jedoch sei noch ganz kurz auf eine sehr ergreifende Kurzgeschichte verwiesen. Ihr Titel heißt nach der weiblichen Hauptfigur ›Tonka‹ – und wer sich ein Bild darüber verschaffen will, wie meisterlich ein Autor eine erste Liebesnacht beschreiben kann, in der alles ineinanderfließt: Verlangen und Unbeholfenheit, Scham und Lust, dem sei diese Geschichte ans Herz gelegt.

Musil zählt zu den Autoren, denen das vermeintlich Literarische nie zum Selbstzweck gerät, der nicht um des literarischen Effektes willen erzählt, sondern weil er in der Literatur das einzige angemessene Medium entdeckt hat, in dem gleichzeitig von Sinnlichem und Systematischem, von Konkretem und Theoretischem berichtet werden kann. Zum Glücksfall wird diese Erzählweise naturgemäß dadurch, dass Musil ein Meister der vornehm zurückgenommenen Ironie ist. Einer Ironie ohne Eitelkeit.

›Der Mann ohne Eigenschaften‹ bringt es in der ersten, 1960 nur halbwegs vollständig erschienenen Fassung auf mehr als anderthalbtausend sehr eng bedruckte Seiten. Er spielt in den letzten Jahren des österreichischen Kaiserreiches, hier Kakanien genannt, und er beschreibt – neben vielem, vielem anderen – ein Projekt, das diesem vom Untergang bedrohten Reich noch einmal, modisch gesagt, eine kulturelle Identität verschaffen soll.

Es gilt, ein Thronjubiläum zu feiern, jenes von Kaiser Franz Joseph, und für dieses Jubiläum einem bedeutungsvollen Gedanken zum Ausdruck zu verhelfen. Dieses Projekt soll nicht nur die Essenz einer bereits zur Geschichte gewordenen Idee verkörpern, sondern auch leuchtend in die Zukunft weisen. Dazu hat sich ein Komitee eingefunden, dem es obliegt, die verschiedensten Vorschläge für die »erkenntnisleitenden Ideen« zu sammeln, zu werten und zu befördern. Ulrich, der Held des Romans, wenn denn das Wort »Held« hier angemessen ist, fungiert als Sekretär dieses Komitees. Eine Aufgabe, an der er nur scheitern kann.

Es tauchen nun die wunderlichsten Einfälle, es treten die skurrilsten Personen auf, die alle wie eine Laterna magica die intellektuellen und die seelischen Befindlichkeiten jener Zeit noch einmal heraufbeschwören. Selbst dem Pferd »Der kluge Hans« begegnen wir wieder, diesmal in einer Reflexion über das Thema »Genialität«. Aber natürlich treffen wir hier nicht nur auf Ideen, sondern auch auf diejenigen, die diese Ideen zu ihrer Sache gemacht haben. Wir werden mit streng nachlässiger Hand in einen Kosmos geführt, über dessen Portal die Losung »Genauigkeit und Seele« geschrieben ist.

Übrigens kenne ich niemanden, der glaubhaft versichert, diesen Roman je von der ersten bis zur letzten Seite gelesen zu haben. Merkwürdig bei einem Werk dieses Ranges und dieses Ruhms. Eines Ruhms, der sich über Passagen erhebt.

## VLADIMIR NABOKOV

Ich möchte in diesem Kapitel einmal mit Schmetterlingen beginnen. Das alte griechische Wort für sie lautete »psyche«, verwies also auf die Seele, unser deutscher Ausdruck beschreibt dagegen den Ort, an dem sich die Tiere gerne niederließen, »Schmetten« oder »Schmand«, das war ein Wort für Rahm.

Die Geschlechtsorgane des Schmetterlings, auch das muss hier gesagt werden, liegen in dessen Hinterleib, im Abdomen, und sie sind sehr klein. Äußerst klein! Aber sie sind wichtig, einmal aus jenem trivialen Grund der Fortpflanzung, aus dem alle diese Organe wichtig sind, zum anderen aber, weil der Schmetterlingskundler, der Lepidopterologe, die zoologische Bestimmung, die Klassifikation dieser wunderschönen Tiere nach der Beschaffenheit der männlichen Reproduktionsorgane vornimmt. Jedenfalls dann, wenn er sich an die klassische Form der Artenbestimmung hält.

Der Mann, von dem hier die Rede sein soll, Nabokov, verdarb sich seine Augen bei dieser anstrengenden Tätigkeit. Eine Zeitlang soll er sieben Tage in der Woche sechs Stunden lang auf nichts anderes gestarrt haben als auf eben jene winzigen Organe. Es gibt viele Schriftsteller, die im Laufe ihres Schaffens ihre Sehkraft einbüßten, man denke nur an James Joyce oder an Jorge Luis Borges. Doch keiner konnte dieses Unglück darauf zurückführen, dass ihm als kleinem Bub einmal auf dem Dachboden des elterlichen Stadtpalais ein Bildband der Anna Maria Sibylla Merian in die Hände gefallen war. In diesem Werk aus dem frühen 18. Jahrhundert hielt die vielleicht größte deutsche Zeichnerin und Naturforscherin fest, was denn geschieht, wenn eine Raupe sich in einen Schmetterling verwandelt. Seither konnte man Schmetterlinge aus der Psyche von Vladimir Vladimirovitsch Nabokov nicht mehr herausdividieren. Als er das Buch schrieb, welches seinen Namen in die Weltliteratur eingravierte, den Roman ›Lolita‹, stellte er in allen möglichen Gegenden der Vereinigten Staaten Schmetterlingen nach. Und untersuchte ihre Genitalien.

Jener Dachboden eines Stadtpalais befand sich in der Polschaja Morskaja Ulica Nr. 47 in St. Petersburg. Hier lebte die Familie Nabokov, sehr wohlhabend, milde aristokratisch und beziehungsreichst verknüpft mit den Großen, den Klugen, den Phantasiebegabten des Zarenreiches. Vladimir Vladimirowitschs Großvater hatte seinem damaligen Zaren noch als Justizminister gedient, der Vater gehörte nach dem Zusammenbruch des Imperiums der Regierung der ersten Russischen Republik an. Wenn es in der Familie eine Religion gab, dann war es der Kosmopolitismus, der Glaube daran, dass verschiedene Kulturen sich nicht wechselseitig ausschließen, sondern befruchten, wenn man sich denn die Mühe macht, in diese Kulturen einzudringen. Für einen jungen Knaben aus einer begüterten Familie in St. Petersburg bedeutete das: Man spricht Russisch, Englisch und Französisch, bevor man sich den schwierigeren Problemen der Bildung hingibt. Im Fall des jungen Nabokov reifte die englische Sprache früher als die russische, was seinem Vater, der bei aller Liberalität eher konservativ nationalistisch geprägt war, nur bedingt gefiel.

Reichtum, Kosmopolitismus und die Verbindung zum Zarenhaus waren nicht die optimalen Voraussetzungen für ein glückliches Leben in einem Russland, das nach 1917 im Namen des Kommunismus auf das Kommando von Vladimir Iljitsch Uljanow, genannt Lenin, hörte – oder hören musste. Die Familie Nabokov jedenfalls begab sich ins Exil. Anfangs noch unsicher, ob dieser vermeintliche rote Spuk nicht bald vorübergehen würde, zog man zu Verwandten nach Jalta.

1919, als sich der Sieg der Kommunisten nicht mehr fortwünschen ließ, retteten sich die Nabokovs mit dem letzten Schiff aus Sewastopol in »den Westen«. Sie ließen sich erst in England nieder und landeten dann 1920 in Berlin, der größten Gemeinde für weißrussische Flüchtlinge in Europa.

Berlin gilt heute nicht unbedingt als ein Schulbuchbeispiel für die geglückte Integration von Ausländern. Das war vor 90 Jahren anders. In den Stadtteilen Charlottenburg und Wilmersdorf, so erinnert sich der Vetter von Vladimir Nabokov, der Komponist Nikolai Nabokov, war es in den 1920er Jahren egal, ob Russisch oder Deutsch gesprochen wurde, die Einheimischen hatten andere Sorgen, als sich über eine Vielfalt von Sprachen und fremden Gebräuchen aufzuregen.

Manche Russen lernten so gut Deutsch wie Vetter Nikolai, der damit den Dichter Rilke beeindruckte. Andere wahrten einen hoheitsvollen Abstand, wie Vladimir Nabokov, der seinen Kontakt mit der Landessprache auf das Notwendigste beschränkte. Wie er in seinen Memoiren ›Erinnerung, sprich‹ schrieb, habe ihm gerade das Berliner Idiom besonders widerwärtig im Ohr geklungen. So lebte er lieber in seiner eigenen Welt, schrieb auf Russisch Gedichte und Romane, die allerdings früh schon auch ins Deutsche übertragen wurden, und erlangte in seinem russischen Umfeld bald einen hervorragenden Ruf als Schriftsteller. Nicht nur als Schriftsteller übrigens, er war auch ein sehr begabter Schachspieler (und Rechthaber – in gut vierzig Ehejahren ließ er seine Frau nur ganz selten gewinnen), Erfinder des russischen Kreuzworträtsels und ein Tennisspieler von Format. Lauter Qualitäten, die auch die Damenwelt nicht unbeeindruckt ließen. 1925 heiratete Nabokov Vera Slonim, eine jüdische Emigrantin aus Russland, zu deren vielen eminenten Talenten dieses zählte, einen sehr eigenwilligen und sehr meinungsstarken Schriftsteller sanft steuern zu können.

»Sanft steuern« ist vielleicht eine Verharmlosung. Einmal, das war Anfang der 50er Jahre, riss sie ihrem Gemahl ein Manuskript, den Entwurf zu dem Roman ›Lolita‹, aus der Hand, das er gerade in das lodernde Kaminfeuer werfen wollte. Nabokov liebte dramatische Gesten.

Selbstverständlich haben Sie alle ›Lolita‹ gelesen, als Film gesehen, als Beispiel benutzt, wenn die Rede auf die Liebe von älteren Herren zu viel zu jungen Mädchen kam. Der Name der kleinen Nymphe, die eigentlich Dolores hieß und ihren Liebhaber, den Mann, der sich Humbert Humbert nannte, so virtuos quälte, jener Name Lolita steht ja seither gleichsam wie ein eingetragenes Markenzeichen für die verführerische Kindfrau.

Wenn Sie das Buch jetzt wiederlesen, sollten Sie, um der Entwicklung eines Schriftstellers nachzuspüren, aber auch eine Vorstudie zu diesem Thema lesen. Sie trägt den Titel ›Der Zauberer‹, entstand in den späten 30er Jahren und galt lange als verschollen. Auch hier geht es um ein kleines Mädchen, das in den Fokus männlicher Begierde gerät. Doch anders als in ›Lolita‹ greift Nabokov dem Thema gleichsam unmittelbar an die Gurgel. Und man kann hier wunderbar sehen, wie unterschiedlich ein Autor zu Werke geht, je nachdem, ob er eine Erzählung oder einen großen Roman entwirft und niederschreibt.

›Lolita‹ zeigt den Autor auf der Höhe seiner Gestaltungskraft, sozusagen den Schmetterling in der ganzen Pracht seiner Flügel und der Anmut seiner Bewegungen. Der Roman reiht sich gleichsam ungeniert in die Weltliteratur ein, auf deren Werke immer wieder unauffällig angespielt wird, denn da der Held der Geschichte, wenn man ihn denn so nennen kann, da also Humbert Humbert Literaturwissenschaftler ist, kann Nabokov hier die Register seiner Belesenheit und seiner Stilkenntnis ziehen, ohne dass ihm seine Figur zu Pappmaché wird. Und die Orte und Landschaften in Neuengland und im Inneren der USA, in denen sich Lolita und ihr Liebhaber von Motel zu Motel bewegen oder an denen der verlassene Liebhaber sein verloren gegangenes Glück sucht, diese Orte hatte der Autor selbst durchstreift, natürlich auf der Jagd nach Schmetterlingen.

Die Nabokovs waren vor den Nazis aus Deutschland über Frankreich in die USA geflohen und amerikanische Staatsbürger geworden. Vladimir Nabokov publizierte längst auf Englisch. Er hatte an verschiedenen renommierten Universitäten der Ostküste Lehraufträge für russische und westeuropäische Literatur erhalten – und eine Stelle als Kurator für Schmetterlingssammlungen bekleidet.

Nabokov liebte die englische Sprache, und er verabscheute die Untiefen der amerikanischen Alltagskultur mit einem poetischen Ingrimm. Etwa die Kultur des Motels. Im Russischen gibt es das Wort »poshlost«. Es bezeichnet das Anzügliche, das Geschmacklose, das Triviale, das mit falscher Bedeutung Aufgeladene, Aufgeblasene. Für einen Schriftsteller, der »poshlost« zu seinem Lieblingsfeind erkoren hatte, waren die Vereinigten Staaten das reine Paradies. Und es muss Nabokov – wie später nur seinem Leningrader Landsmann, dem Nobelpreisträger Joseph Brodsky – ein unendliches Vergnügen bereitet haben, den Amerikanern höchst elegant und dazu noch in ihrer eigenen Sprache nachzuweisen, wie weit sie es noch haben, um in der Zivilisation anzukommen.

Seine Lust am Richtigstellen, sein Kampf gegen das Schlampige blieben bis zum Ende die große Leidenschaft des Vladimir Nabokov, eines unerbittlichen Kritikers und Mannes der höchsten künstlerischen Ansprüche. Wenn einer seiner gefürchteten Leserbriefe in der Redaktion einer Zeitung oder einer Rundfunkanstalt eintraf, zitterten Chefredakteure und Intendanten.

Aber diese Strenge legitimierte sich durch die wunderbare Gabe des Begreifens – etwa eines literarischen Stoffes. Selbst wer lieber Originalwerke liest als die Literatur über Originalwerke, wird, fast möchte ich sagen, »berauscht«, wenn er Nabokovs Analyse des Romans ›Die toten Seelen‹ seines Schriftstellerkollegen Nikolaj Gogol liest. Wenn ihm etwa überzeugend erklärt wird, warum gleich zu Beginn dieses Romans ein Mann, der für den Fortgang der Geschichte nicht die geringste Bedeutung hat, der »einfach nur so herumsteht«, in einer so großen Detailgenauigkeit geschildert wird. Hier erklärt ein Künstler das Werk eines anderen Künstlers – und das *nicht* in der Sprache von Kunstkritik. Das ist ein Geschenk des Himmels, für das jeder Leser dankbar sein muss.

Der Roman ›Lolita‹ übrigens, dessen Existenz seine Frau Vera durch ihr beherztes Eingreifen gerettet hatte, änderte Nabokovs Leben. Fortan konnte er, wenn auch bescheidener, wieder in jener wirtschaftlichen Unabhängigkeit leben, in die er 1899 hineingeboren worden war. 1967 zog das Ehepaar zurück nach Europa und ließ sich im schweizerischen Montreux in einem sehr komfortablen Hotel nieder. Dort starb der Autor zehn Jahre später.

# GEORGE ORWELL

»Mit fünfzig«, schrieb er, »mit fünfzig hat jeder das Gesicht, das er verdient.« An sich selbst konnte George Orwell den Wahrheitsbeweis für seine Behauptung nicht mehr antreten, er starb 1950, da hatte er noch nicht einmal sein 47. Lebensjahr vollendet.

Zu diesem Zeitpunkt war er jedoch fast schon unsterblich. Die ›Farm der Tiere‹ (›Animal Farm‹), jenes Märchen, wie es der Untertitel nennt, war 1945 erschienen, die beklemmende Utopie ›1984‹ ein Jahr vor seinem Tod. Diese beiden Werke machten ihn zum meistgelesenen britischen Autor des 20. Jahrhunderts – jedenfalls solange Harry Potter noch nicht unterwegs war.

Doch ganz gleich wie hoch die Auflagen seiner Bücher waren, manche Bilder, manche Aussprüche des Autors existierten und existieren längst unabhängig von seinem literarischen Werk. Von der Kontrolle durch »Big Brother«, den »Großen Bruder«, der einen beobachtet, hat auch gehört, wer nie den Roman ›1984‹ in die Hand genommen hat. Der berühmte Satz »Alle Tiere sind gleich, doch manche Tiere sind gleicher!« zirkuliert auch in Kreisen, die mit der Geschichte von der ›Farm der Tiere‹ nie Bekanntschaft gemacht haben. Im Englischen hat das nach seinem Namen gebildete Wort »Orwellian« zur Bezeichnung einer bedrohlichen, einer unheilvollen Situation eine ähnlich überstrapazierte Kraft wie unser Ausdruck »kafkaesk«. Es ist auch ein halbes Jahrhundert nach seines Namensgebers Tod noch allgegenwärtig. Wegen seiner kritischen Themen war George Orwell ein Liebling der Zensur, selbstverständlich auch in seinem eigenen Land, in Großbritannien. Aber Unterdrückung sorgt nun einmal für Popularität.

Unterdrückt, zurückgehalten wurden auch viele Informationen über das Leben von George Orwell, die meisten von seiner Witwe, einige andere vom Geheimdienst Seiner Majestät, in dessen Diensten Orwell ein paar Jahre lang stand. Das machte das Leben eines Mannes, dessen Geburt und Abstammung ins britische Kolonialreich zeigten, der die feinsten Schulen Großbritanniens besucht und gegen Franco am Spanischen Bürgerkrieg teilgenommen hatte, eine Zeitlang noch undurchsichtiger und geheimnisvoller, als es ohnehin schon war.

Geboren wurde Eric Blair – George Orwell ist sein Schriftstellername – als Sohn eines Beamten 1903 in Motihari, einer kleinen Stadt im westindischen Staat Bihar. Der Vater war für den Opiumanbau in dieser Region zuständig, die Bauern seines Distrikts hatten einen Teil ihrer Felder dafür zu reservieren. Nach der Ernte musste dieser Stoff zu einem kärglichen Preis an die britische Verwaltung abgetreten werden, die die Droge mit gewaltigen Profiten nach China weitervertrieb. Heute spricht man von einem Drogen*kartell*, das war damals nicht anders, aber da der Staat die Angelegenheit betrieb, war der Rauschgifthandel naturgemäß legal.

Jener Geburtsort von Orwell, Motihari, rückte übrigens 14 Jahre nach des Dichters Geburt plötzlich in die Aufmerksamkeit der Weltöffentlichkeit, weil Mahatma Gandhi 1917 die Stadt zum Ausgangspunkt für seine erste größere Kampagne gegen die britische Kolonialherrschaft in Indien wählte. Orwell war zu diesem Zeitpunkt gerade dabei, von seiner vornehmen Privatschule Wellington in das noch feinere Eton College zu wechseln. Es ist unwahrscheinlich, dass er etwas von den Turbulenzen in seinem nun tausende von Meilen entfernten Geburtsort mitbekam. Es ist aber sicher, dass ihm bald aufging, welch befremdliche Rolle ein Teil seiner Familie als Mitauslöser dieser Ereignisse gespielt hatte. Die – nicht immer gradlinig verlaufende – Auseinandersetzung mit Imperialismus und Repression blieb für ihn ein Leitmotiv seines Wirkens.

Zu diesem Thema gehört natürlich auch, dass es Orwell nach der Schule in den Kolonialdienst zog. Er wurde Polizeioffizier in Burma, doch das, was er dort miterleben, mitveranstalten, mitverantworten musste, ließ ihn nach wenigen Jahren seinen Dienst quittieren. Die für ihn zuständige Dienstbehörde stellte ihm kein günstiges Zeugnis für eine künftige Karriere im Öffentlichen Dienst aus.

Auch so kann man auf den Beruf des Schriftstellers kommen. Auch so, und das war für Orwell nicht weniger entscheidend, fällt man plötzlich aus dem Rahmen der Sicherheit einer bürgerlichen Existenz heraus. Er war jetzt 24 Jahre alt. Vom finanziellen Vermögen der Familie war durch die Wirren des Krieges – und Fehlspekulationen – nur noch so viel übriggeblieben, dass es für das Auskommen der Eltern reichte, die sich auf ein kleines Anwesen in Suffolk an der englischen Ostküste zurückgezogen hatten.

Mehr als ein Jahrzehnt lebte der Schriftsteller in jenem Zustand, der gern als »von der Hand in den Mund« beschrieben wird. Nur konnte diese Hand dem Mund nicht allzu viel bieten. Journalistische Berichte aus der Welt der Armen und Entrechteten, wie sie Orwell schrieb, sind nur selten Kassenschlager, zumal, wenn sie in einer oft dürren Prosa vorgetragen werden. Und so recht lässt sich auch aus Orwells frühen Werken für die Nachgeborenen nicht erkennen, dass hier eine Jahrhundertbegabung in ihren Anfängen verkannt worden wäre. Gewiss, er war ein ehrlicher Reporter. Aber wer gezwungen ist, sich seinen Lebensunterhalt als Tellerwäscher, Hopfenpflücker, Sprachlehrer oder mit einer anderen Beschäftigung, die nicht einmal einen Mindestlohn einbringt, zu verdienen, wird dadurch nicht zwingend zu einem mitreißenden Chronisten des Schicksals von Tellerwäschern, Hopfenpflückern und so weiter. Selbst dann nicht, wenn er zuvor eine höchst respektable britische Schulausbildung genossen hat.

Literatur, Nachlesenswertes, Berührendes entsteht aus einem solchen Unterfangen bekanntlich erst, wenn die Rührung des Autors, sein Wagemut oder – wie wir heute so gern wie trivial sagen – seine Betroffenheit zuvor eine künstlerische Entpuppung erfahren haben. Aber dieser Schriftsteller wollte die Welt verbessern. Gewaltig. Literaturkritik interessierte ihn nicht.

Wer in jenen 20er, 30er Jahren des letzten Jahrhunderts von gewaltigen politischen Veränderungen träumte, verschrieb sich dem Faschismus oder dem Sozialismus. Die gesellschaftliche Schicht Englands, in die Orwell hineingeboren worden war, fand, wenn es denn überhaupt zu Änderungen kommen sollte, den Faschismus allemal attraktiver. Also schlug sich Orwell, der unangepasste Einzelgänger, auf die Seite der Sozialisten.

Gut, auch bei dieser Entscheidung traf er eine spezielle, eine elitäre Wahl: Er schloss sich einer Minderheit, nämlich den Trotzkisten an und folgte 1937 deren Ruf, in Spanien die Republik gegen den Faschisten Franco zu verteidigen.

Als Trotzkist, als Angehöriger einer Brigade der Partido Obrero de Unificación Marxista, mithin der Arbeiterpartei der Marxistischen Vereinigung, hatte man gleich zwei tödliche Gegner: Franco *und* Stalin. Im Mai des Jahres 1937 lieferten sich Linke und Linke, auf der einen Seite spanische Trotzkisten, auf der anderen spanische – stalintreue – Sozialisten in Barcelona tagelange Gefechte, bei denen es zu mehr als 500 Toten kam. Solches gefiel dem jungen Diktator Franco. George Orwell kämpfte für seine Trotzkisten ganz in der Nähe der katalanischen Hauptstadt. Eine von wem auch immer abgefeuerte Kugel durchschlug seinen Hals. Schwer verwundet verließ der Schriftsteller den Kriegsschauplatz. Politische Systeme, die einen absoluten Wahrheitsanspruch für sich reklamieren, so folgerte und schrieb er in seinem Buch ›Mein Katalonien‹, waren fortan nicht mehr die Orte seiner Utopie.

Die beiden Hauptwerke von George Orwell, ›Farm der Tiere‹ und ›1984‹, die uns, jedes auf seine eigene Art, eine Welt zeigen, in der das Individuum von einem unheimlichen, nicht greifbaren System bedroht, kontrolliert, entwürdigt wird, legen davon Zeugnis ab. Dieses »System« war für Orwell offensichtlich der Stalinismus, der gerade auch Menschen guten Willens »animalische«, herdenförmige Verhaltensweisen andressierte. Aber erpresste Konformität, auch darin liegt eine der immer noch gültigen Botschaften von George Orwell, jener Druck zur Gleichmacherei ist keineswegs ein Privileg des Stalinismus. Es kann immer noch anders und schrecklicher kommen.

Die Fabel ›Farm der Tiere‹ beginnt mit der erfolgreichen Revolte gegen eine ungerechte Herrschaft. Schweine lehnen sich gegen den Besitzer ihres Bauernhofs auf und führen eine neue Form der Machtverteilung ein, in der nur die Tiere das Sagen haben. Mit Menschen wird jeder Kontakt abgebrochen. Das geht eine Zeitlang gut, bis sich abzeichnet, dass die Vorkämpfer der Revolte, die Schweine, ihre neue Macht mehr und mehr dazu nutzen, die Privilegien von Schweinen in die Verfassung der Farm zu schreiben. Bei der Umverteilung aller Güter stehen die Schweine an erster Stelle. Wer ihnen diese Position streitig machen will, wird von den bösen Hunden bedroht, die der Anführer der Schweine, ein Eber namens Napoleon, heimlich aufgezogen hat. Und langsam werden auch die Menschen, die anfangs so radikal angefeindeten Nachbarn, zu Partnern, wenn diese Partnerschaft denn einen Profit verspricht.

Damals standen die Schweine eindeutig für die Bolschewiken in der Sowjetunion, der Eber Napoleon für den Diktator Stalin, das waren unmissverständliche Chiffren. Aber in der einen oder anderen Form treffen wir auf diese Konstellation und ihre Dichotomien in der Geschichte immer wieder. Und die Botschaft: »Alle Tiere sind gleich, aber manche sind gleicher« hat nichts von ihrer Bedrohlichkeit verloren.

Sehr viel finsterer noch als auf der Farm der Tiere geht es in Orwells letztem Roman zu, der den schlichten Titel ›1984‹ trägt. Die Erde ist in drei Machtbereiche aufgegliedert. Jeder dieser Bereiche – oder Staatsgebilde – gibt vor, einer tödlichen äußeren Bedrohung ausgesetzt zu sein. Das rechtfertigt die immer perfektere Unterdrückung der eigenen Bevölkerung durch einen Machtapparat, der von einem »Großen Bruder« angeführt wird. Dieser »Große Bruder« ist allgegenwärtig, als Plakat an der Wand oder als überwachendes Kameraauge. Das System fühlt sich nur von einem einzigen Gegner tatsächlich existenziell bedroht, das ist der immer noch nicht vollkommen aus den Herzen der Einwohner zu tilgende Individualismus. Aber weder die Einführung einer neuen Sprache, die Einführung des »newspeak«, noch die Einrichtung eines Wahrheitsministeriums, das die Geschichte des Landes so umschreibt, dass sie für die Zwecke der Regierenden einsetzbar ist, können die vollkommene Sicherheit garantieren. Widerstand ist zumindest nicht ausgeschlossen.

Dem Leser führt Orwell das an zwei Figuren vor, dem scheinbar unscheinbaren kleinen Beamten Smith und dessen

Freundin Julia. Beide rebellieren gegen das System auf ihre eigene Weise, Smith durch das Heraufbeschwören seiner Kindheit, Julia durch das Ausleben ihrer erotischen Phantasien. Das kann, das wird nicht gutgehen. Smith sucht Verbindung zu einer mysteriösen Untergrundorganisation, die natürlich längst »umgedreht«, längst ein Instrument des Staates geworden ist. Seine Strafe besteht darin, zu einem perfekt funktionierenden Mitglied des Systems zurückerzogen zu werden.

Man kann den Roman ›1984‹ als Parabel auf den Nationalsozialismus oder auf die NSA, auf den Stalinismus, den Maoismus, die Ära McCarthy in den USA oder die Familie Kim in Nordkorea lesen, die Weltgeschichte liefert täglich Parallelen.

Dabei sollte dem Leser nie das Gefühl dafür verloren gehen, dass er es ist, der liest, dass er unter vielen möglichen Büchern eines auswählen und sich damit auseinandersetzen kann, dass er – wie Orwell sagen würde – als verbesserliches Individuum diese Wahl hat.

# JOSEPH ROTH

Wer sich ein Bild von den letzten Jahren des Kaiser- und Königreiches Österreich-Ungarn verschaffen will, hat eine recht breite Auswahl. Da sind die Farbfilme über Elisabeth, vulgo Sissi, die Tochter des Herzogs Maximilian in Bayern und spätere Kaiserin von Österreich und Königin von Ungarn. Sie starb durch das Attentat eines Anarchisten im September 1898, gut zwei Jahrzehnte vor dem Ende dieser Monarchie.

Man kann aber auch den strengeren akademischen Weg wählen und auf hervorragende zeitgeschichtliche Untersuchungen zurückgreifen, etwa die einschlägigen Standardwerke des Historikers Johann Schindel.

Keineswegs schlechter beraten ist man allerdings, wenn man sich dem wunderlich ergreifenden Werk des Schriftstellers Joseph Roth zuwendet, der 1894 in einer kleinen jüdischen Gemeinde, in einem Schtetl, in Galizien, dem westlichen Teil der heutigen Ukraine geboren wurde. Zu jener Zeit gehörte dieses Gebiet noch zum Kaiserreich und Königtum Österreich-Ungarn, im Volksmund und in allen Amtspapieren schlicht k.u.k., kaiserlich und königlich, genannt.

Joseph Roth gilt zu Recht als einer der bedeutendsten Chronisten und Beschwörer des Zerfalls dieses Reiches – und nicht zuletzt auch als sein Opfer. Er war, um es in seiner eigenen und in der damaligen Sprache seiner Glaubensgemeinschaft zu sagen, ein Auserwählter. Sein Gott hat ihm unendlich viele Talente geschenkt und ihn mit unendlich vielen Kümmernissen geschlagen. Zu seinen Talenten zählte eine von ganz wenigen Zeitgenossen erreichte Kunst der Sprache und der dichterischen Phantasie, zu den Kümmernissen sein überbordender Hang zum Alkohol und der nicht minder überbordende Hang zur Eifersucht. Man muss kein Freund von psychologischen Gemeinplätzen sein, um zu konstatieren: Joseph Roth hatte offenbar zeitlebens eine schreckliche, eine panische Angst vor dem Verlassenwerden, vor dem Alleinsein.

Literaturhistoriker, Biografen, Freunde des Autors haben auf einen naheliegenden Zusammenhang hingewiesen: Joseph Roth verlor, noch bevor gleichsam der politische Übervater, das Kaiserreich, zusammenbrach, seinen leiblichen Vater. Und wie er ihn verlor, das hätte wiederum eine Geschichte aus seiner Feder sein können. Sein Vater, Nachum Roth, der für eine Hamburger Firma mit Getreide handelte, wurde nämlich nach einem nie ganz geklärten geschäftlichen Zwischenfall wahnsinnig. Man brachte ihn in ein Irrenhaus, später zu einem Wunderrabbi, bei dem er bis zu seinem Tod bleiben durfte.

Ihn dort in guter Obhut zu wissen, war für die Familie einerseits eine große Erleichterung, andererseits stellte sich ein ganz konkretes Problem: Nachum Roth lebte gleichsam außerhalb dieser Welt, war aber nicht tot. Als Geisteskranker war er juristisch nicht handlungsfähig, konnte also seiner Frau nicht den Scheidungsbrief schreiben, als diese sich wieder verheiraten wollte. Ganz abgesehen davon, dass seine Krankheit als ein strafendes Zeichen Gottes galt, das nicht nur auf ihn, sondern auf seine ganze Familie wies.

Was macht ein künftiger Schriftsteller in dieser Lage? Richtig, er erfindet sich einen Stammbaum. Gibt sich wahlweise als das uneheliche Kind eines Offiziers, eines Adeligen oder eines Rüstungsfabrikanten aus. Versucht den Makel der Nähe zu einem Geisteskranken durch die bestmöglichen Schulnoten wettzumachen. Löst sich sprachlich von den Idiomen, die in der Heimat gesprochen werden, dem Jiddischen, dem Polnischen, dem Ruthenischen, und perfektioniert sein Deutsch. Im Frühjahr 1914, ein halbes Jahr vor dem Ausbruch jenes Krieges, der seinen Kosmos untergehen lassen wird, immatrikuliert sich Roth an der Wiener Universität. Im Fach Germanistik, selbstverständlich.

Man muss bei solchen Zusammenfassungen eines Lebenslaufes naturgemäß viel komprimieren. Von bestimmender, zentraler Bedeutung für Joseph Roth war jedoch ganz sicher die Heimat. Sie war, ganz global gesehen, jenes fast mystische Imperium, das über einen halben Kontinent Menschen der verschiedensten Kulturen und Sprachen verband. Sie war, im Kleineren, die Heimat der sogenannten Ostjuden, geprägt von Bettlern und von Wunderrabbinern, von Kaufleuten und den Opfern regelmäßiger Pogrome. Wie es in einem der schönsten Romane von Joseph Roth, in ›Das falsche Gewicht‹ aus dem Jahr 1937 heißt: »Hier wogen die Leute noch mit der Hand und maßen mit den Augen.« Banaler gesagt: Die Gesetze von genormten Gewichten und mit dem Zollstock ausgemessenen Umfängen galten hier nicht.

Joseph Roth hing daher an sehr viel mehr als an jenem staatsrechtlich nur sehr mühsam zu legitimierenden Produkt des österreichischen Kaiserhauses, das bald auch aus eigener Schuld von dieser Welt verschwinden würde. Er blickte, guter Sozialist, der er später wurde und wieder nicht wurde, wehmütig auf Sissi und Franz Joseph, aber er verlor nie jenes Schtetl der Ostjuden, er verlor nie deren weiten Kulturraum aus dem Auge, den Hitlers Mörderbande wenige Monate nach des Dichters Tod systematisch zu vernichten begann.

Dank Joseph Roth konnte diese Welt jedoch nicht so vollständig ausgelöscht werden, wie die Nazis es geplant hatten. Denn der genaue, gewissenhafte Chronist veröffentlichte Bücher wie zum Beispiel ›Juden auf Wanderschaft‹, eine Sammlung von Reportagen, durch die neben dem gleichsam ethnografisch Bewahrten auch eine Form des Glaubens weiter am Leben gehalten wurde. Des Glaubens etwa an die Kraft eines Zaddiks, der einen Dibbuk, einen bösen, tödlichen Geist, der in die Menschen fahren kann, austreiben konnte.

Selbstverständlich gibt es Dibbuks. Kurz vor Roths Tod waren sie in jene Menschen gefahren, die sich die Uniformen der SS, der deutschen Wehrmacht, der Polizeikräfte übergestreift hatten. Nur half gegen diese Verbrecher kein Zaddik. Zaddik ist übrigens das Wort für den Gerechten. Doch wenn es überhaupt einen Trost gibt: Das Totengebet, das Joseph Roth dieser sterbenden Kultur sprach und schrieb, bewahrt uns wenigstens das Andenken an ein erhofftes Wunder.

Mit dem literarischen Schreiben begann Roth in den Jahren des Ersten Weltkriegs. Durch ein paar Glücksfälle war er zuvor in Wien in einen Stand gekommen, der es ihm erlaubte, sich als gesellschaftlich halbwegs arriviert auszugeben. Wenn auch als »Schmähtandler«, wie man damals sagte, als frecher, nicht unbegabter Kaffeehausliterat. Für einen jungen, unbekannten Ostjuden war das in der Metropole ein gewaltiger Sprung auf der Karriereleiter.

Die allgemeine Kriegsbegeisterung teilte er anfangs nicht, doch da die Angst vor dem Nichtdazugehören eines seiner Wesensmerkmale war, meldete er sich 1916 als Freiwilliger zu den Feldjägern und wurde schließlich einer von wenigen Kriegsberichterstattern, die auch nach dem Ende des Krieges mit Neugier gelesen wurden. So konnte er schon 1919 zu einem Kreis von Redakteuren stoßen, die – wie etwa

Alfred Polgar und Egon Erwin Kisch – zu den legendären Gestalten des deutschsprachigen Journalismus zählen. Der Sohn eines vom Wahnsinn geschlagenen jüdischen Getreidehändlers aus Galizien war in der großen Welt der Zeitungen angekommen.

Natürlich hatte er sich dabei Feinde und Neider gemacht. Der große Kollege Egon Erwin Kisch etwa wies Roth nach, dass er, entgegen dessen Behauptung, nie in russische Gefangenschaft geraten war. Womit er recht hatte. Und Joseph Roth konnte nie damit kontern, dass auch der berühmte, der im wahrsten Sinn des Wortes fabelhafte Egon Erwin Kisch es mit der Wahrheit bisweilen nur so genau nahm, wie es seine Leser von ihm erwarteten. Er hätte sonst bei manchen Berichten über die Gabe verfügen müssen, durch mehrere Mauern sehen zu können. Auch Journalisten sind nicht davor gefeit, sich bei widrigen Umständen auf Wunder der Eingebung zu verlassen.

Unberührt von diesen Scharmützeln wurde Joseph Roth, wir befinden uns jetzt Anfang der 1920er Jahre, zu einem Starjournalisten. Er schrieb für so verschiedene Blätter wie den ›Berliner Börsen-Courier‹, später für die ›Frankfurter Zeitung‹, die heutige ›FAZ‹, alsdann für die ›Münchner Neuesten Nachrichten‹, die heutige ›Süddeutsche Zeitung‹, mithin für die feinsten, die konservativsten, die zahlungskräftigsten Häuser im publizistischen Tagesgeschehen des Deutschen Reichs. Er arbeitete aber auch für das sozialdemokratische Blatt ›Vorwärts‹ und für die Wiener ›Arbeiter-Zeitung‹. Schreiben war Handeln, doch es war gleichzeitig ein Handel, bei dem das Feilschen dazugehörte. Auch auf diesem Gebiet sagt man Roth eine gewaltige Begabung nach, und das Schnorren beherrschte er offenbar in einer Virtuosität, dass seine Opfer oft erst sehr spät merkten, dass sie tatsächlich zu solchen geworden waren.

Man darf seinen damaligen Lebensstil als mondän bezeichnen, aber auch in den Momenten des Glücks gab es stets einen Dibbuk, der dem Schicksal eine böse Wendung gab. So erkrankte seine Frau Friederike 1927, da waren die beiden gerade fünf Jahre verheiratet, an einer schweren Demenz, die letztlich dazu führte, dass sie, mehr als ein Jahrzehnt später, in Österreich von den sogenannten Euthanasie-Ärzten des Großdeutschen Reichs umgebracht wurde. Es schien, als wiederholte sich das Muster vom Verlassenwerden. Roth, der auch zuvor schon viel getrunken hatte, begann, noch mehr zu trinken.

Auf seine literarische Produktivität hatten diese »Exzesse« anscheinend keine wahrnehmbaren Auswirkungen. Die großen Romane wie ›Radetzkymarsch‹, die Geschichte des Niedergangs einer Familie, deren berühmtestes Mitglied einmal Kaiser Franz Joseph das Leben gerettet hatte, oder der oben kurz erwähnte Roman ›Das falsche Gewicht‹ entstanden in nur wenigen Monaten. Das Buch erschien 1937 und erzählt die traurige Geschichte vom Schicksal des Eichmeisters Anselm Eibenschütz, dessen Liebe den verlässlichen Regeln des Militärs gehört, der aber ein Leben unter Menschen führen muss, die lieber selbst über ihre Gesetze bestimmen. Oder – hier kommen wir wieder sehr nahe an den Autor selbst heran – ›Die Legende vom heiligen Trinker‹, eine Novelle, in der ein Mann immer wieder auf die Füße fällt, weil sein Dibbuk ihm statt unerwarteter Strafe unerwartetes Glück schenkt.

Als diese Geschichte erstmalig im Herbst 1939 erschien, war der Autor bereits seit einem halben Jahr tot. Er starb an einer wohl alkoholbedingten Lungenentzündung in einem Armenspital. Diesmal hatte es sein Dibbuk nicht so gut mit ihm gemeint.

# FRIEDRICH SCHILLER

Ein Bericht aus Mannheim beschreibt ein Ereignis, das sich dort im Januar des Jahres 1782 zutrug:

> *Das Theater glich einem Irrenhause, rollende Augen, geballte Fäuste, stampfende Füße, heisere Aufschreie im Zuschauerraum! Fremde Menschen fielen einander schluchzend in die Arme, Frauen wankten, einer Ohnmacht nahe, zur Tür. Es war … wie im Chaos, aus dessen Nebeln eine neue Schöpfung hervorbricht.*

Diese neue Schöpfung im Theater hatte einen Namen, einen Titel, der lautete schlicht ›Die Räuber‹. Der Schöpfer war knapp 20 Jahre alt, im Hauptberuf seit etwas mehr als einem Jahr Regimentsmedicus, also Arzt, und hieß Johann Christoph Friedrich Schiller.

Theologe, Pfarrer wäre der junge Mann gerne geworden, doch das verhinderte sein Landesherr – ein Titel, den wir hier sehr wörtlich nehmen dürfen –, das verhinderte Karl Eugen. Dieser Württemberger hatte im Schloss Solitude ein Internat für begabte Landeskinder gegründet, die »Hohe Carlsschule«, eine Plantage für heranwachsende Talente oder, anders ausgedrückt: eine Kaderschmiede.

Aus beiden Bildern entsteht der zutreffende Eindruck, dass dort größter Wert auf Reglement, auf Zurechtstutzen, auf Konformität gelegt wurde. Erzogen wurde sozusagen auf Bedarf hin. Der Herzog hatte Bedarf an Soldaten, an Beamten, an Ärzten. Sein Bedarf an Theologen war dagegen gering, der an Dichtern praktisch vernachlässigbar.

In diese Schule wird Schiller mit 13 Jahren gesteckt. Sein Vater, Militärarzt, Feldscher, ein Mann, der sich auf Disziplin versteht, versucht noch den Herzog in einem anrührenden Brief umzustimmen, doch Pardon wird hier nicht gegeben, der Bub und die Familie sollen sich gefälligst freuen, dass die Ausbildung in der Hohen Carlsschule kostenfrei ist. Also unterzeichnet Vater Schiller eine Art Abtritts- oder Verzichtserklärung auf den Sohn.

Viele Jahre später erinnert sich Schiller:

> *Neigung für Poesie beleidigte die Gesetze des Instituts … und widersprach dem Plan seines Stifters. Acht Jahre rang mein Enthusiasmus mit der militärischen Regel; aber Leidenschaft für die Dichtkunst ist feurig und stark wie die erste Liebe. Was sie ersticken sollte, fachte sie an.*

Wurde die erste, die »feurige« Liebe zur Dichtkunst erwidert? Im Anfang wohl nur verhalten. Die ersten, die ganz frühen Gedichte Schillers zeugen davon, dass er fast wahllos las, heimlich, dürfen wir vermuten. Doch diese Gedichte zeugen auch davon, dass er noch keine eigene Sprache, nur das Deklamieren gelernt hatte. Kritiker, die es nicht gut mit ihm meinten, behaupteten, daran habe sich auch später so schrecklich viel nicht geändert.

Selbstverständlich las er Shakespeare. Shakespeare war einer der literarischen Götter jener Jahre, die als »Sturm und Drang« in die Geschichte eingegangen sind. Und von Shakespeare ließ sich lernen, wie blutig, wie abgefeimt es auf der Bühne zugehen kann – oder muss, wenn das Spektakel die Herzen des Publikums erobern soll.

Allerdings wird man vom Lesen der Stücke Shakespeares

allein noch nicht zum Dramatiker. Und schon gar nicht zum Dramatiker jenes Stückes, das das Mannheimer Publikum im Januar 1782 so heftig erschütterte: ›Die Räuber‹.

Es ist die Geschichte des alten Grafen von Moor und seiner zwei Söhne, des intriganten Franz, des jüngeren der beiden, und des wilden, von seinem Vater verstoßenen Karl, der sich in den böhmischen Wäldern den Räubern anschließt.

Beide Brüder ringen, pathetisch gesagt, um Freiheit, wobei es gewiss präziser wäre, von Selbstbestimmung statt von Freiheit zu sprechen. Beide gehen darüber zu Grunde. Das ist der Preis ihrer Freiheit. Aber Freiheit ist unabdingbar. So ruft der vom Vater gegängelte Sohn Karl, der als Opfer Auserkorene, gleich am Anfang des Stückes in einem ungestümen Ausbruch:

> *Ich soll meinen Leib pressen in eine Schnürbrust und meinen Willen schnüren in Gesetze. Das Gesetz hat zum Schneckengang verdorben, was Adlerflug geworden wäre. Das Gesetz hat noch keinen großen Mann gebildet, aber die Freiheit brütet Kolosse und Extremitäten aus.*

»Schnürbrust«, »Schneckengang«, »Adlerflug«, »Kolosse«, »Extremitäten«, das sind schneidige, sozusagen Husarenwörter. Kein Wunder, dass die Zuschauer die Fäuste ballten, die Augen rollten und Wildfremde sich in die Arme fielen, kein Wunder, dass dieses Stück zum Inbegriff des Kampfes gegen alle Formen der Abhängigkeit, gegen alle Tyrannen wurde. Kein Wunder auch, dass Schiller als Held der Freiheit verehrt wurde, zunächst in Deutschland, bald auch in Frankreich, in Russland und später sogar in China.

Aber diese Begeisterung, diese Ekstase, dieser Taumel waren vielleicht ein wenig vorschnell. Denn auch Karls böser, verklemmter, intriganter Bruder, der junge Franz, erklärt schon ganz zu Anfang des Stückes: »Ich will alles um mich her ausrotten, was mich einschränkt, dass ich nicht Herr bin.«

Gut, genau besehen will der böse Franz hier nur sagen, was jeder absolutistisch regierende Herrscher seiner Zeit, jeder Diktator, der später dessen Beispiel folgte, auch verkündete: Ich will, dass mein Wille geschieht. Aber wenn Schiller zwei völlig konträr angelegten Helden in seinem Stück fast wortgleiche Aussagen über Freiheit und Selbstbestimmung in den Mund legt, dann liegt der Schluss nahe, dass sich ihm schon früh, schon im Alter von 20, das Problem der Doppelgesichtigkeit der Freiheit gestellt hat.

Und wenn wir zudem bedenken, dass die Französische Revolution bereits ein wenig in der Luft lag, wir schreiben die Jahre 1781/1782, und es auch in vielen anderen Ländern oder Provinzen »gärte«, dann scheint sich hier anzudeuten, dass jener junge Heißsporn namens Schiller zwar heftig für die Freiheit plädierte, dass ihm aber gleichzeitig ein nachdenklicher, skeptischer, bisweilen sogar zynischer Rabe auf der Schulter hockte, der, wann immer dem Dichter die Wörter »feurige Erregung« oder »Adlerflug« aus der Feder flossen, zur Mäßigung im Ausdruck riet und der auch nicht verhehlte, dass jedes Ding auf Erden, jede Erfindung und jedes Postulat mindestens zwei Seiten oder Aspekte mit ins Spiel bringt. Nennen wir ihn den Raben des Nüchternen.

Diese Stimme des Nüchternen, dieser Rabe der Skepsis erhielt Futter durch die Französische Revolution, durch eben jene Veranstaltung, die der Freiheit zum Siege verhelfen sollte. Was Freiheit, was Selbstbestimmung anrichten können, wenn »die Meute« davon Besitz ergreift, wurde Schiller nämlich spätestens klar, als ihm von den Frauen berichtet wurde, die in Paris um die Guillotine saßen und für jedes geköpfte Haupt ihr Strickwerk um ein paar Nadelschläge weiter bewegten. Die berühmten Zeilen: »Da werden Weiber zu Hyänen« sind mithin nicht vordergründig auf ein böswilliges Geschlecht gemünzt, sondern sie beschwören die Horrorvision eines aus allen Fugen geratenen gesellschaftlichen Projektes, das sich im Ursprung dem Gedanken der Menschlichkeit verschrieben hatte, am Ende jedoch in blutigem Terror endete.

Gut, davon war man bei der Uraufführung der ›Räuber‹ im Januar 1782 noch ein gutes Jahrzehnt entfernt. Aber die Ambivalenz einer Verherrlichung der Freiheit ist in dem Stück schon angelegt. Schließlich geht das Unternehmen »Freiheit« für die Brüder Karl und Franz ja durchaus tragisch aus: Karl stellt sich der Gerechtigkeit, die eben nicht Freiheit bedeutet, Franz begeht Selbstmord.

Man liest, man deutet ›Die Räuber‹ daher vorschnell, wenn man das Stück als einen jugendforschen Aufruf zum Tyrannenmord versteht. Gewiss, »Gegen die Tyrannen?« steht als Losung vor dem gedruckten Text, doch das war nicht Schillers Einfall, sondern der seines Verlegers. Und als Verleger plagen einen weniger moralische als kaufmännische Sorgen. Weltanschauliche Radikalität verkauft sich im Buchgewerbe allemal besser als moralphilosophischer Zweifel.

Dieser innere Zweifel schützte Schiller natürlich nicht vor dem Zorn seines Landesvaters. Der hatte, wie bereits angedeutet, wenig Liebe zur Literatur »und dergleichen Zeugs«, dafür einen Hang zu Wutausbrüchen, wenn seine Landeskinder gegen die von ihm auferlegte Disziplin verstießen. Schiller, der sich ohne die Erlaubnis seines Herzogs nach Mannheim begeben hatte, um der Uraufführung seines Stückes beizuwohnen, wurde umstandslos für zwei Wochen ins Gefängnis geworfen: eine praktische Belehrung des württembergischen Herzogs zum Thema »Freiheit«.

Jenen Herzog, jenen in vielerlei Hinsicht für die Zeit des Absolutismus wie eine Karikatur typischen Karl Eugen zog dann ein Anteil nehmendes, gnädiges Schicksal zehn Jahre später aus dem Verkehr mit Dichtern und Feuerköpfen der Opposition. Da hatte aber sein früherer Zögling Schiller bereits zum Adlerflug angesetzt. Einem Adlerflug über die Landschaft des deutschen Geistes, der ihm als seinem Helden, seinem Wortführer zujubelte. Und die Geschichte mag darüber spekulieren, ob dieser Adlerflug nicht gerade dem das »Anfachen« verdankte, der die Glut eigentlich ersticken wollte.

Man denke lieber nicht zu lange über diese Möglichkeit nach, sonst wird man selber zum Zyniker.

Mit zunehmendem Ruhm jedenfalls wird Friedrich Schiller selbst zu einem Fürsten. Wird Professor. Wird geadelt. Darf die vornehmsten Titel tragen. Dieser einfache, oft stotternde Sohn aus allenfalls bürgerlichen Verhältnissen. In der Dichtkunst ist damals so etwas möglich. Johann Wolfgang von Goethe hat es beispielhaft vorexerziert.

Gut, Goethe hat sich angepasst, rufen die Kritiker, die gern ein kleines Tässchen Blut sehen wollen und Goethe nicht verzeihen, dass nach den ›Leiden des jungen Werthers‹, nach dem ›Götz von Berlichingen‹ so recht Aufrührerisches von ihm nicht mehr vernommen wurde. Goethe wurde ein Knecht der Fürsten! Aber Schiller? Der Dichter, der uns ›Die Räuber‹ schenkte, den ›Tell‹ und den ›Don Carlos‹ mit der sich für alle Zeiten, für alle Generationen einbrennenden Zeile: »Sire, geben Sie Gedankenfreiheit!«, dieser Schiller muss doch von anderem Kaliber gewesen sein.

Er war es, und er war es nicht. Denn ganz tief in seiner Seele hockte stets auch die Angst vor der Einsamkeit, der Einsamkeit jener, die als Erste den Kopf aus dem Graben recken, die dann erfahren müssen, wie der junge Karl Moor in den ›Räubern‹, dass man im Kampf für eine vermeintlich gerechte Sache schrecklich allein sein kann. So allein wie ein ständig das Bett nässender Eleve an der Eliteschule eines württembergischen Herzogs, dem die Nachwelt gern gezeigt hätte, dass man von der Welt geliebt werden kann, auch wenn das gegen die Regeln der Internatsleitung verstößt.

# WILLIAM SHAKESPEARE

Im klassischen Griechenland, der Geburtsstätte unserer westlichen Form des Theaters, entschied ein Wettkampf über den Wert eines Stückes. Dem Publikum wurden verschiedene Dramen, Tragödien und Komödien vorgespielt, dann befand ein Kampfgericht darüber, welches das beste, das zweitbeste und das drittbeste Stück war. Die Auswahl dieser Jury unterlag einem höchst komplizierten Verfahren und war naturgemäß umstritten. Das pflegt immer der Fall zu sein, wenn es um hoch begehrte Preise geht, und war um 500 vor Christus nicht anders als heute.

Gut zweitausend Jahre nach dieser Zeit, um 1570, steht das Unternehmen Theater wieder im Zentrum eines Wettstreits. Die Szene spielt diesmal in London, der Hauptstadt von Elisabeth I. und James I., und die Kampfrichter sind jetzt keine Feingeister, sondern das zahlende Publikum. 1576 eröffnet James Burbage »The Theatre«. In kurzem zeitlichen Abstand werden mehr als ein halbes Dutzend öffentlicher Bühnen errichtet. Zusammen bieten sie etwa 15 000 Besuchern Platz. London hat damals um die 200 000 Einwohner und man kann sich leicht ausrechnen, wie oft die Londoner ins Theater gehen müssen, damit sich die Veranstaltungen lohnen.

Die hohen Gebäude aus Holz erhoben sich dort, wo die Stadt bereits ein wenig ausfranste, erreichbar über nicht sonderlich befestigte Straßen, umgeben von Kaschemmen, Hunderennbahnen und Bordellen. Es gab verschiedene

Platzkategorien in diesen neuen Theatern, deren Architektur allein schon für ein Höchstmaß an Dichte, Lebendigkeit und auch an Ablenkung für Ohren und Nasen sorgte: Die Bühne war kein Guckkasten, sondern ein Rund, eine Arena, und wurde wie im Kolosseum von zwei- oder dreigeschossigen Galerien umschlossen. Auf ihnen standen oder hockten die Zuschauer, Stühle gab es keine. Gespielt wurde somit in der Mitte des Publikums. Durch diese Nähe von Bühne und Publikum ergab sich ein einzigartiger Kontakt zwischen den Zuschauern und Schauspielern. Das so sinnliche Wort »Tuchfühlung« beschreibt die fehlende Distanz recht plastisch.

Ihre Auftritte hatten die Darsteller durch Ein- und Ausgänge an der Bühnenrückwand, begleitet wurde das Geschehen von Musikanten, die auf einer Galerie über der Bühne saßen. Diese Galerie diente natürlich auch für Balkonszenen der romantischen Art – und an Balkonszenen der romantischen Art mangelte es nicht im elisabethanischen Theater.

Theater also als Massenspektakel. Das war ein Novum. Gut, man kannte Mysterienspiele, und auch die Jesuiten veranstalteten durchwegs populäre Theaterabende, es gab die Commedia dell'Arte. Doch hier, in London, war etwas völlig Neues entstanden. Etwas, das in seiner Wirkung auf den allgemeinen Geschmack erst wieder erreicht wurde, als etwas über dreihundert Jahre später neue Stoffe und Bilder, danach vertonte Bilder aus Hollywood ihren weltweiten Siegeszug antraten.

Die respektabelsten Stücke waren damals für den Hof bestimmt, die noch respektableren wurden gar nicht erst aufgeführt, man las sie in der Abgeschiedenheit der privaten Gemächer. In gedruckter Form waren sie von den Theaterautoren nicht sonderlich geschätzt, die Gefahr der Raubkopie bestand schon damals – und man musste sich ja durchsetzen auf diesem Markt, in diesem Moloch, der erforderte, dass sich zu jeder Vorstellung eine erkleckliche Anzahl von Zuschauern, *zahlenden* Zuschauern, einfand. Die Eintrittspreise waren fast lächerlich niedrig, und so eine Schauspiel- und Musikantentruppe wollte auch versorgt werden. Der Konkurrenz war nämlich die Strategie des Abwerbens durchaus vertraut. Zu schweigen von den Kosten für die Kostüme, die Kerzen und all die anderen vermeintlichen Kleinigkeiten, die für den Erfolg einer Vorführung unerlässlich waren.

Die meisten Schauspieltruppen scheiterten an diesen Herausforderungen, nur ein einziger Prinzipal setzte sich mit einem so beispielhaften Erfolg durch, dass er gegen Ende seiner Karriere eines der prächtigsten Häuser in seinem Geburtsort erwerben konnte, um sich dort weniger aufreibenden literarischen Tätigkeiten zu widmen.

Dieser Geburtsort war das kleine Städtchen Stratford-upon-Avon in der Grafschaft Warwickshire, und der glückliche Prinzipal, Schauspieler, Dichter, Dramaturg war William Shakespeare. Oder die Person, von der wir annehmen, dass sie William Shakespeare war. Oder die Person, von der wir zumindest annehmen, dass ein Teil von ihr Shakespeare war. Es umgeben den Schöpfer einiger der uns am stärksten anrührenden, bewegenden Dramen der Weltliteratur nämlich viele Geheimnisse.

Für Spurensucher, die nach gesicherten Belegen für die historische Figur Shakespeare fahnden, ist die Lage tatsächlich etwas dürftig: hier eine Taufurkunde, dort ein paar Quittungen über Immobiliengeschäfte, Theaterzettel, in denen Shakespeare als Schauspieler genannt wird (Dramatiker wurden damals nicht erwähnt), auch ein Testament, das von Kindern berichtet. Doch für einen strengen Archivar, einen klassischen, die Wahrheit in den materiellen Fakten suchenden Biografen ist das alles in allem eher Krimskrams.

Wie kann es denn angehen, fragen die Zweifler, dass dem Sohn eines Handschuhfabrikanten aus der Provinz Stücke in die Feder fließen, die den Kosmos der Antike nur so herbeizuwinken scheinen? Der sich auf das Leben der Könige und ihrer Ränkespiele, auf das Milieu des Hofes so gut versteht, als sei er dort aufgewachsen? Der vielleicht glaubt, Böhmen liege am Meer, doch der sich in den Mythen der Griechen ebenso gut auskennt wie unter den Senatoren und Günstlingen am Hofe des Julius Caesar? Und, und, und ... Recht besehen gibt es so viele Facetten des Shakespeare'schen Schaffens, dass ein einziger Autor tatsächlich viel zu klein dafür erscheint.

So forderte dann auch sein Kollege Ben Jonson die Leser der ersten Gesamtausgabe der Werke (sie erschien sieben Jahre nach Shakespeares Tod und enthielt auch ein – umstrittenes – Porträt des Dichters) auf: »Schau nicht auf das Bild, schau in das Buch.« Anders gesagt: Versuch nicht, das Werk aus dem Leben seines Schöpfers zu begreifen, sondern umgekehrt: Nur aus dem Werk erschließt sich die Biografie, das wahre Antlitz dieses Magiers.

Also werfen wir einen Blick auf die Komödien Shakespeares. Diese Komödien waren in einem ganz besonderen Sinne Kinder, gut, Glückskinder, vorsichtige Glückskinder ihrer Zeit, mussten es sein, weil die allgegenwärtige Zensur jener Epoche gern und häufig Verrat, Kritik, üble Nachrede, heimliche Parteilichkeit witterte – und nicht nur witterte, sondern auch schnell zu ahnden wusste. Wenn die politischen Zustände einem versteckten Bürgerkrieg ähneln, wuchern und blühen die Schlingpflanzen der Denunziation, und im Kerker, im Verlies oder am Galgen landet der zu Recht oder Unrecht Beschuldigte leicht.

Shakespeare entzieht sich in seinen Komödien allen politischen Fallstricken, indem er die Stücke in Welten jenseits jeder erkennbaren Realität ansiedelt – oder in einem Reich, in dem nur die Wirren der Liebe und ihrer oft verstörenden Ausdrucksformen von Bedeutung sind. Das Stück ›Der Widerspenstigen Zähmung‹, manchen Lesern auch unter dem Titel ›Kiss me, Kate‹ bekannt, ist dafür ein oft herangezogenes, weil auch heute noch gern aufgeführtes Beispiel: Es geht um eine Beziehungskrise, ausgelöst durch eine Gattin, die sich mit der (schon damals) traditionellen Rollenverteilung in der Ehe – hier der dominante Mann, dort das rollige, bewundernde Weib –, kurz: mit ihrem »niederen« Status nicht abfinden will und daher eben »gezähmt« werden muss. Auf eine vordergründige Weise gelingt das dem Herrn Gemahl auch, doch es bleibt dem Zuschauer die Entscheidung, ob die vermeintliche Zähmung für die Frau, recht besehen, nicht eher eine Erweiterung ihrer Handlungsoptionen darstellt.

Das ist aus dem prallen Leben gegriffen, doch politisch anstößig ist das nicht, hier dürfen sich auch die Zensoren auf die Schenkel klopfen. Genauso wie in: ›Wie es Euch gefällt‹ (›As you like it‹) oder in ›Was ihr wollt‹ (›Twelfth Night‹), beides Stücke, die um die Wende des 16. zum 17. Jahrhundert entstanden. Eine oberflächliche Kartierung nennt derlei Stücke »Verwechslungskomödien«, so als ginge es um »Blinde Kuh«-Spiele. Wobei nun in der Tat die Spannung der Handlung, das Vergnügen des Publikums daher rührt, dass es immer schon vorher weiß, welche als Liebhaber verkleidete Frau sich jetzt in welchen Mann, der selbstverständlich eine Frau ist, verliebt, wer im Schrank steckt, wenn der gehörnte Ehemann die Bühne betritt, wer wen mit wem – und aus welchen völlig falschen Gründen – verwechselt, welche Illusion durch welchen Irrtum erzeugt wird, wie aber dann doch noch alles zu einem befriedigenden Ende findet.

Verstehen wir damit die Größe der Komödien jenes Mannes, den wir William Shakespeare nennen? Nicht im Geringsten. So wenig, wie es uns hilft, einen Apfel zu begreifen, wenn wir wissen, dass die Frucht überwiegend aus Wasser besteht.

Der Zauber liegt nämlich nur zu einem geringen Teil in der Konstruktion, er liegt ganz machtvoll in einer das Herz betörenden Wortmagie. Shakespeare hat die Gabe, Wendungen, Bilder, Vergleiche direkt aus dem Himmel in das Herz seiner Zuhörer leiten zu können. Und er hat eben auch das wahre, das poetische Gefühl für die lebenswichtige Bedeutung des Unsinns.

Sinn versorgt unser Leben mit der trügerischen Sicherheit des Planbaren, der Berechenbarkeit des Alltäglichen. Unsinn aber ist, was das Leben erträglich macht. Wie in der für mich schönsten Komödie des Dichters: ›Ein Sommernachtstraum‹ (›A Midsummer Night's Dream‹).

Nicht einmal der tollkühnste Interpret kann verstehen, welche Logik jenes Stück zusammenhält, das in einer mysteriös mythisch angehauchten Welt in Athen beginnt, in der verschiedene Personen »von Stande«, ausgelöst von der verwirrenden Vielfalt ihrer Liebesbeziehungen und Heiratsstrategien, ihre Stadt verlassen und sich in einem Wald wiederfinden. Einem Wald, in dem eine wunderliche Truppe von freiwillig-unfreiwilligen Laienschauspielern ein Stück probt. Einem Wald zudem, der das Reich eines Elfenkönigspaars ist, von Oberon und Titania, die ihren eigenen Ehekonflikt austragen, angefeuert von einem Kobold namens Puck, der über einen Liebeszauber verfügt, der aber im vermeintlich richtigen Moment der falschen Person als Tinktur eingeträufelt wird und der somit Figuren, die ansonsten nichts verbindet, dazu bringt, dass, glücklicherweise, am Ende der Komödie …

Nein, um es Neuenglischdeutsch zu sagen, »das macht keinen Sinn« – und naturgemäß liegt genau darin das Geheimnis des Zaubers. Wir, die Zuschauer, wohnen einem Geschehen bei, das uns nichts und alles sagt. Wenn der Vorhang fällt, ist die dümmste Frage die Frage nach dem Warum. Wir wissen tatsächlich nicht, warum wir verzaubert wurden, warum unser Herz für diesen armen Tropf oder diese edle Dame schlug.

Alles, was uns bleibt, ist die Erinnerung, fünf Akte lang einem zauberhaften Rausch der Sinne erlegen zu sein.

Müssen wir danach noch wissen, ob dieser Shakespeare tatsächlich der Sohn eines unter wohl unglücklichen Umständen in Bankrott geratenen Handschuhfabrikanten war? Eher nicht, wenn Sie mich fragen. Zauber lebt von Rätseln. Und das Publikum, das Preisgericht, jubelt noch heute.

# LAURENCE STERNE

Der Schriftsteller, um den es hier geht, der Engländer Laurence Sterne, hat für seinen Ruhm nur ein einziges Werk geschrieben, in immer neuen Folgen zwar, doch stets unter demselben Titel: ›Leben und Ansichten von Tristram Shandy, Gentleman‹ (›The Life and Opinions of Tristram Shandy, Gentleman‹). Gewiss, es gibt auch noch anderes aus seiner Hinterlassenschaft, einen Briefwechsel, eine satirische Erzählung, die öffentlich verbrannt werden musste, und Predigten, teilweise sogar recht witzige. Unser Schriftsteller, Urenkel eines Erzbischofs, war schließlich ein Geistlicher. Doch die Welt kennt ihn nicht als Kleriker, sie kennt und verehrt ihn als einen der Begründer der Gattung Roman schlechthin, kennt ihn, was nun gewiss sehr viel wichtiger ist, als *die* große Inspiration für satirisches und gefühlvolles, für absurdes, für Anteil nehmendes und bisweilen grotesk komisches Erzählen.

Manche von Ihnen werden sich vielleicht schon einmal Gedanken darüber gemacht haben, unter welchen Umständen ihre Zeugung vonstattenging. Aber nur die wenigsten würden bei einer gesellschaftlichen Zusammenkunft diese Gedanken gleich zu Beginn öffentlich machen. Dem Vorgang haftet schließlich das Moment des Intimen, des Privaten an.

Wenn wir jedoch das Wort »gesellschaftliche Zusammenkunft« ein wenig weiter fassen und auch den Auftritt eines Autors darunter verstehen, der zum ersten Mal seinen Lesern gegenübertritt, dann dürfen wir getrost etwas verblüfft sein, wenn diese Vorstellung mit den Worten beginnt:

> *Ich wünschte, entweder mein Vater oder meine Mutter oder besser: beide, da beide auf gleiche Weise dazu verpflichtet wären, hätten darüber nachgedacht, worum es sich in Wirklichkeit handle, als sie mich zeugten.*

Doch genau so beginnt dieser Roman, elementar, *ab ovo*, fundamental, wenn man so will, und reißt damit den Vorhang zu einer gewaltigen Bühne auf. Einer Bühne, auf der uns alle Möglichkeiten, Verwirrungen, falschen Fluchten, Selbst- oder Fremdtäuschungen vorgeführt werden, die auf jenen Akt der Entstehung eines neuen Lebens einwirken. Und somit jene geheimnisvollen, für das neue Wesen so wichtigen Lebensgeister prägen. Eine Bühne zudem, auf der wir die großen Denker und die Vordenker der Denker jener Zeit kennenlernen, Philosophen, Anatomen, Militärstrategen, Astronomen, doch auch Geburtshelfer – und ihre gelehrten Einlassungen. Das Buch heißt schließlich ›Leben und *Ansichten* …‹, und sein vermeintliches Programm besteht darin, all die ideellen und materiellen Einflüsse zu untersuchen, die aus einem Homunkulus jenen Tristram Shandy machten, dessen Lebensgeschichte uns eröffnet wird.

Aber vergessen wir nicht, es ist ein Geistlicher, der hier seine ersten Worte an uns richtet. Ein Mann, der zu jener Zeit, als ›Tristram Shandy‹ erschien, in eher auskömmlichen wirtschaftlichen Verhältnissen lebte, allerdings mit den unverkennbaren Bockshörnchen des sentimentalen Satirikers ausgestattet war. Das konnte nicht ganz ruhig ausgehen.

Geboren wurde Laurence Sterne 1713 als Sohn eines englischen Offiziers, der seine Dienste anfangs in Irland, später in Flandern versehen musste. Der Vater starb, als der kleine

Laurence gerade zehn Jahre alt geworden war, ein so freundlicher wie vermögender Onkel nahm sich des Buben an und ermöglichte ihm ein Studium der Theologie am schon damals sehr renommierten Jesus College in Cambridge. Mit 23 Jahren erhielt er seine erste Pfarrstelle im Norden Englands, bald darauf eine zweite Pfründe in York. Er konnte es sich also leisten zu heiraten, ein Mädchen kam zur Welt, von der die Biografen behaupten, ihr Vater habe sie gleichermaßen herzlich geliebt wie vernachlässigt.

Nicht alle Pfarrer der anglikanischen Kirche hatten damals ein pralles Auskommen, doch so richtig schlecht gestellt waren die wenigsten. Das lag auch daran, dass die Kirchenoberen argumentierten, Kleriker müssten schon deshalb gut bezahlt werden, damit sich die Intelligenz des Landes nicht anderen Berufen, dem Handel etwa, zuwende. Das Argument klingt vertraut, heute reden so unsere Banker. Aber ich erwähne diesen Umstand auch, um anzudeuten, dass schon eine gewisse Verwegenheit dazugehörte, diese nicht unbehagliche Position zu gefährden, etwa durch das Verfassen satirischer Schriften oder die Publikation eines Romans, der gleich im ersten Satz auf eine Bettgeschichte hinweist.

Laurence Sterne gestattete sich diese Kühnheit im Sommer des Jahres 1757. In seiner Gemeinde in York löste das Buch einen schrillen Skandal aus, in London erregte es zunächst amüsierte Aufmerksamkeit, dann eroberte es die Salons. Nein, nicht alle Salons, natürlich nicht, auch in London wurden Nasen gerümpft, zum einen von Sternes Amtsbrüdern, zum anderen von manchen bekannten Platzhirschen der Literaturszene, die, wie es die Art solcher Platzhirsche ist, dem Neuankömmling keinen Platz am Trog gestatten wollten. »Nichts Ausgefallenes kann von Dauer sein«, bemerkte etwa der säuerliche Samuel Johnson, »diesem Buch gebe ich keine Zukunft.«

Das musste er auch nicht, denn das besorgten andere. Der mit seinen jetzt 44 Jahren – für die Verhältnisse der Zeit – schon nicht mehr *ganz* junge Sterne wurde hofiert, herumgereicht, vom weiblichen Geschlecht selbstverständlich auch adoriert, was er sich gern gefallen ließ, sein Herz stand vielen offen und bewegte sich auf ständiger Entdeckungstour. Es kam sogar vor, dass er aus Zeitnot Briefe, die ihm frühere Lieben aus Zorn und Enttäuschung zurückgeschickt hatten, einfach noch einmal abschrieb und mit neuer Adresse weiterverwendete.

Was Mrs. Sterne davon hielt, ist leicht zu erraten. Schon zu Anfang ihrer Ehe galten ihre Nerven als nur leicht belastbar. Als ihr Mann 1762 nach Frankreich zog – wo das Buch ein ebenso großer Erfolg war wie auch in Deutschland –, folgte Elisabeth dem Gatten, doch als er zweieinhalb Jahre später wieder nach London zurückkehrte, blieb sie dort.

Sterne verliebte sich in England in die Frau eines britischen Kolonialoffiziers, doch die wandte sich schließlich von ihm ab und wieder ihrem Mann zu. Das brach ihm das Herz. Er war aber auch von keiner robusten physischen Konstitution. Zeit seines Lebens litt er an Blutstürzen, ein schwerer Anfall ereilte ihn im März 1768, es war die letzte Attacke.

London, England, die literarische Welt beklagte den Verlust eines Schriftstellers, der nicht nur ein Buch hinterließ, das Generationen von Lesern glücklich machte und machen wird. Sterne hatte auch den überkommenen Techniken des Lesens und des Schreibens neue, aufregende Wendungen hinzugefügt.

Beginnen wir mit dem ersten Knoten, der Zeugung und der ganz frühen Kindheit unseres Helden. Nichts läuft hier gradlinig. Wir erfahren, nach und nach und – das Bild sei gestattet – wie beim *Entrümpeln* einer Geschichte, dass Vater Walter Shandy Anhänger einer physiologischen Theorie ist, der zufolge die Körpersäfte besonders harmonisch aufeinander abgestimmt sein müssen, soll Gutes gelingen. Wie eben bei einer Zeugung.

Wenn aber die Ehefrau kurz vor dem heiligen Moment, es ist ein Samstagabend, den Gatten fragt, ob er daran gedacht hat, die Wanduhr aufzuziehen, dann erzürnt das den Gatten. Und Zorn bringt nun einmal die Harmonie der Säfte empfindlich durcheinander. Aber das ist nicht alles. Ein anderer Fall ist: die Nase. Vater Shandy, ein durch und durch kauziger Kerl, hatte durch sorgfältiges Studium herausgefunden, dass zwischen der Wohlgestalt der Seele und jener der Nase eine so direkte Abhängigkeit besteht, dass sein Sohn unbedingt mit einem edel geformten Riechorgan auf diese Welt kommen sollte. Aber natürlich stellt sich der Arzt, dieser vertrottelte Dr. Slop, bei der Entbindung so töricht an, dass bei der Nase von Wohlgestalt beim besten Willen des Erzählers nicht mehr die Rede sein kann.

Schief geht, hier kommt die nächste Kalamität, schief geht auch die Sache mit der Kindstaufe. Die soll sehr schnell erfolgen, denn es ist ja bekannt, welches Schicksal ein Baby erwartet, das ungetauft stirbt. Walter Shandy hat sich auch schon einen besonderen Namen für das Kind zurechtgelegt, Hermes Trismegistos ist das Vorbild, doch in der Eile wird dem Pfarrer der Name in der verstümmelten Form Tristram ins Ohr gebrüllt – und unter diesem Namen wird das Sakrament auch gespendet, wobei doch der Name für das Kind genauso wichtig ist wie das Ebenmaß seiner Nase.

Die Katastrophen beginnen in diesem Roman immer im Kleinen, oft im häuslichen Ungemach, mit einer Frage zur falschen Zeit, einem schlecht befestigten Fenster oder eben einer Unachtsamkeit des Dorfarztes. Doch durch die grandiosen metaphysischen Spekulationen, durch jene »Ansichten«, die uns der Buchtitel ankündigt, werden die banalen

Anlässe gleichsam mit einem göttlichen Heils- oder besser: Unheilsplan verwoben.

Glücklich, weil mit einem viel unkomplizierteren Gemüt ausgestattet, ist dagegen der Bruder von Walter Shandy, Onkel Toby, ein pensionierter Offizier, der seine Zeit damit verbringt, bereits abgeschlossene Handlungen zu rekonstruieren, Feldzüge und Belagerungen, an denen er teilgenommen hat, mit seinem Burschen in Miniaturform nachzubauen. Während also die Schrecknisse der Welt beim einen Bruder ein stets drohendes, kosmisches Verhängnis darstellen, schließt sie der andere Bruder in eine Spielzeugwelt ein, von der nichts Gefährliches mehr ausgehen kann. Und da er alles, was gesagt wird, wortwörtlich nimmt, nichts in einem spekulativen Sinn versteht, kann er auch ohne Arg mit der Sprache seines ehrlichen Herzens reden.

Selbstverständlich versetzt der Autor seinen kirchlichen Mitbrüdern einen poetischen Tritt, wenn er für die Rolle des Guten keinen Geistlichen, sondern ausgerechnet einen Mann des Militärs auswählt. Es gibt eine kleine, rührende Szene, in der Uncle Toby in seiner Ruhe von einer Stubenfliege gestört wird. Was macht der alte Krieger? Er fängt die Fliege mit der Hand, öffnet das Fenster und entlässt sie mit den Worten ins Freie: »Flieg nur davon, kleines Tier, auf dieser Welt ist genug Platz für uns beide.«

Sentimentalität und Ironie so unmittelbar nebeneinander durch Höhen und Tiefen führen zu können, zeugt einmal von immensem literarischen Gestaltungsvermögen, es zeugt aber auch davon, dass Sterne einen guten Instinkt für literarische Kollegen hatte, deren Werke er als geistesverwandt empfand. Das waren in erster Linie Rabelais und Cervantes. Vom großen Spanier etwa ließ er sich in die Kunst einführen, den Leser immer wieder direkt anzusprechen, ihn höchstpersönlich auf Widersprüche im Text aufmerksam zu machen – oder ihm auch einmal eine völlig leere Seite zu präsentieren. Zur Welt kommt der junge Tristram übrigens erst am Ende des Buches – und damit sind wir wieder beim Problem der Zeit: Man kann nun einmal nicht so schnell aufschreiben, wie man lebt. Von wegen, Samuel Johnson, von wegen: »Diesem Buch gebe ich keine Zukunft.« Dummes Zeug. Mit jedem Lesen beginnt seine Geburt wieder von vorn.

Nach dem physischen Tod des Autors trug sich, nebenbei erwähnt, wieder eine Geschichte zu, die von Sterne selbst hätte erfunden sein können. Die Leiche, so geht die Geschichte, wurde gestohlen und zu Zwecken der anatomischen Forschung nach Cambridge geschafft. Dort erkannte aber ein Verehrer des Autors dessen sterbliche Überreste und ließ sie wieder in das Grab in London zurückbefördern. Für die endgültige Unsterblichkeit.

# TAUSENDUNDEINE NACHT

Wir befinden uns im Orient, in Persien, in Aserbaidschan, im Reich der Osmanen, in Arabien. Draußen ist es kalt, unter einem halbhohen Tisch glüht ein Feuer, die Zuhörer sind mit ihren Decken so nah an den Herd gerückt, dass sie die Wärme bewahren, sie lauschen dem Erzähler, der Erzählerin, und die Geschichte beginnt wie immer mit den Worten: *Es gab einen Tag, und es gab keinen Tag, und außer Gott gab es niemand.*

So oder so ähnlich dürfen wir uns die Entstehungsgeschicht*e*, die Entstehungsgeschicht*en* jenes Werkes vorstellen, das wir alle als Kinder, oft leider nur als Kinder, unter dem Titel ›Tausendundeine Nacht‹ erzählt oder vorgelesen bekamen. Märchen aus einer nur dem Traum nach vertrauten Welt, in der Geister aus Flaschen entweichen, ein Sindbad die Seefahrer das Fürchten lehrt und Teppiche durch Lüfte fliegen können, in denen der Passagier so sicher ruht wie in einem Sessel.

»Es gab einen Tag, und es gab keinen Tag, und außer Gott gab es niemand.« Ein Märchen, das so beginnt, erzählt uns, dass wir es mit einer Handlung außerhalb der Zeit zu tun haben. Die Geschichte ist *zeit*los, das Erzählen ist, wenn man so will, *taten*los. Wir *erzählen* von Schicksalen, von Verhängnis, von Glück. Nein, nicht *wir*, das besorgt für uns die sagenumwobene Scheherazade, die Heldin der Rahmengeschichte für jene berühmte Sammlung von Märchen, die einen eifersüchtigen König um seinen Schlaf brachte.

König Schariyar, Herrscher über die Sassaniden, ist von seiner Frau betrogen worden. Sie hat sich mit einem Mohren eingelassen. Ausgerechnet mit einem Mohren. Aus Rache am weiblichen Geschlecht leistet der König einen fürchterlichen Schwur: Er will fortan Nacht für Nacht eine andere Jungfrau als Braut in sein Gemach bringen und sie am Morgen von seinem Henker töten lassen, so dass sie keine Gelegenheit hat, ihm – wie seine erste Gemahlin – untreu zu werden.

Hier greift Scheherazade ein. Sie bittet ihren Vater um Erlaubnis, sich mit dem König vermählen zu dürfen, um gleichsam dessen erstes Opfer zu werden – oder, und das ist ihr heimlicher Plan, das unheilvolle Treiben von Anfang an zu unterbinden. Wie könnte das gelingen?

Sie wird dem König eine Geschichte erzählen, die so spannend ist, dass der Herrscher einfach wissen muss, wie sie ausgeht, aber sie wird es so einrichten, dass die Spannung im Morgengrauen, dann, wenn der König endlich schlafen möchte und die Hinrichtung stattfinden würde, ihren höchsten Punkt erreicht hat. König Schariyar hat also keine andere Wahl: Er muss die schöne, wortgewandte Erzählerin leben lassen. Ein Sieg, wenn man so will, der Kunst, der Literatur über die niedersten Instinkte des Mannes, ein Beweis, dass Dichtkunst Leben retten kann.

Heute reden Drehbuchschreiber wichtigtuerisch von einem Cliffhanger. Und die wenigsten wissen, dass dieser entscheidende dramatische Trick von der Königin ihres Gewerbes eingeführt wurde.

Wir haben am Anfang davon gesprochen, wie durch den Zauber des Wortes die Zeit aufgelöst wird: »Es gab einen Tag, und es gab keinen Tag, und außer Gott gab es niemand.« Dichtkunst kann aber auch die soziale Ordnung aufheben und alle Regeln der Gesellschaft außer Kraft setzen: Der arme Schlucker wird plötzlich reich, der Mächtige verliert Einfluss und Vermögen, der Schwache besiegt den Starken, fliegt auf einem Teppich davon … Die Geschichte geht schließlich gut aus, jedenfalls in einer der zahlreichen Versionen des Textes: Scheherazade heiratet den König, und der dankt seinem Gott. Keine Rede mehr von Brautmord.

Ich möchte einige der erzählten Episoden ins Gedächtnis rufen. Die Geschichte des kleinen Handlangers Aladin vielleicht, der von einem bösen Zauberer betrogen wird, in einer Höhle eine Öllampe findet, entdeckt, dass in der Lampe ein Geist steckt, jawohl, ein *jin*, der seinem Befreier dankbar ist, unbeschreibbare ertragreiche Werke für ihn verrichtet, so dass Aladin bald reich und mächtig wird und – Höhepunkt einer männlichen Glücksvorstellung – die Tochter eines Sultans heiratet.

Oder ›Ali Baba und die vierzig Räuber‹, wieder so eine Geschichte von einem gesellschaftlichen Nobody, diesmal einem Holzfäller, dem es nach und nach – und mit der Hilfe einer klugen Sklavin – gelingt, einer ganzen Räuberbande das Handwerk zu legen, und der dann, natürlich wieder in einer versteckten Höhle, vor eine Wand tritt und die unvergessenen Worte spricht: »Sesam, öffne dich!« Die Folgen sind bekannt. Aber man erinnere sich bitte auch daran, dass die kluge Sklavin für ihre Hilfe belohnt wird. Die gute Tat findet ihren Dank, die Sklavin wird freigelassen und kann in die Familie von Ali Baba einheiraten. Talente darf man nicht verschwenden.

Dann hätten wir noch den mächtigen Kalifen Harun al Raschid, jenen sagenhaften Politiker, der sich im Bettlergewand unters Volk mischt, weil er seinen Meinungsforschern nicht traut und lieber selbst herausfinden will, wie die Stimmung im Lande ist. (Im wirklichen Leben, als historische Figur war jener Harun al Raschid übrigens ein ziemlich unangenehmer Zeitgenosse, brutal und rücksichtslos, doch irgendwie schaffte er es, sich im Märchen verklären zu lassen, ein Traum, dem bekanntlich auch andere Politiker anhaften.)

Und schließlich Sindbad der Seefahrer, um hier eine letzte Figur zu nennen: jener kühne Bezwinger der Meere, der immer wieder Schiffbruch erleidet, immer wieder ein neues Geschäft wagt, mit Göttern und Geistern ringt, bis ihm endlich ein glückliches Auskommen beschieden ist.

Es ist übrigens nicht auszuschließen, dass das erzählerische Vorbild für die Figur Sindbad keineswegs ein Perser oder Araber gewesen ist, sondern der berühmte chinesische Kapitän Zhen He. Denn so wie die Erzählungen wanderten, wurden damals, im 11., 12. und 13. Jahrhundert, auch Handelsgüter bewegt. Niemand wäre auf den Gedanken gekommen, den Prozess »Globalisierung« zu nennen, doch es war eine Selbstverständlichkeit, dass, etwa bei schönsten Vasen, die Farben aus Persien und das Porzellan aus China stammten. Und mit den Geschichten, mit den Märchen verhielt es sich genauso.

Deswegen betrachten Literaturwissenschaftler die Geschichten aus ›Tausendundeiner Nacht‹ nicht als ein einheitliches Werk, sondern als eine Art Erzählteppich mit Motiven, deren älteste wohl indischen Ursprungs sind, die dann aber – »dann aber« heißt hier nach dem 9. Jahrhundert – in Persien und den arabischen Ländern weitererzählt, ausgebaut, umgestellt wurden. Erlaubt war alles, was dem Publikum gefiel und die Zensur gestattete, die politische Zensur – oder, wie hierzulande, die Prüderie, denn Geschichten, die im Schlafzimmer erzählt werden, kommen, der Natur ihrer Stoffe nach, selten völlig ohne Erotik aus.

Zu uns nach Europa kam die Sammlung im frühen 18. Jahrhundert, und zwar durch einen Orientalisten, den Franzosen Antoine Galland, der unter nie ganz geklärten, sagen wir, »märchenhaften« Umständen die älteste schriftliche arabische Version erworben und dann übersetzt hatte.

Nun, übersetzt nicht im striktesten Verständnis dieses Begriffes: Galland war nicht nur Akademiker, er war auch Erzähler. Und so ist es durchaus möglich, dass die Geschichte von Ali Baba und den vierzig Räubern gar nicht aus einer geheimen Felsenhöhle im Orient stammt, sondern aus dem Schreibzimmer jenes französischen Orientalisten, der eben mehr sein wollte als nur Übersetzer.

Mittlerweile gibt es so viele Neufassungen, Nachdichtungen, Adaptionen für die Oper, das Theater, den Film, dass uns der Stoff vertraut ist, als sei er unserer eigenen Phantasie entsprungen. In Ländern mit einer scharfen Zensur nahm man die unschuldige Form eines Märchens aus ›Tausendundeiner Nacht‹ auch gern zum Vorwand, um auf politische oder kulturelle Missstände im eigenen Lande hinzuweisen; der französische Philosoph Voltaire machte damit den Anfang, unzählige Intellektuelle folgten seinem Beispiel, schrieben sogenannte »Briefe aus Persien« oder »russische Volksmärchen«.

Man sage also nie mehr abfällig: »Das sind doch Kindermärchen!« Man denke vielmehr an die Seligkeit, die Grenzen von Raum und Zeit aufheben zu können. Man denke an die berühmte persische Märchenerzählerin Nasrin, die mit leiser Stimme fragt: »Wer ist noch wach, wer schläft schon?«, die eine letzte Geschichte erzählt, vielleicht die mit dem Mädchen, dessen Füße aus Espen, dessen Kopf aus Glas war. Und die dann mit den Worten schließt: »Niemand war wieder da, endlich ist alles nichts, jetzt könnt ihr schlafen.« Man denke daran, dass wir gemeinsam träumen und davon erzählen können, und dass darin ein großes Glück beschlossen ist.

## ANTON TSCHECHOW

Beginnen wir mit dem Luchs. Der Luchs, früher in Russland so verbreitet wie bei uns, trägt einen prächtigen Backenbart, doch er trägt ihn so unauffällig, dass der Betrachter ihn kaum wahrnimmt. Fast könnte man ihn als Tarnschleier deuten.

Wenn also im ausgehenden 19. Jahrhundert, in dem ein Mann so recht männlich erst wurde, wenn es ihm stattlich und farbstark von den Ohren abwärts wuchs und ums Kinn spross, wenn damals Damen der Gesellschaft kichernd von einem Mann sagten, der Unglückliche habe leider einen Bart wie ein Luchs, dann war das Schlimmste über diesen Herrn bereits ausgesprochen.

Und dieses Befremden galt ganz besonders dann, wenn der Betreffende ein Offizier war, sozusagen von Standes- und Berufswesen zu einer imposanten Erscheinung aufgefordert.

Den Helden dieses Kapitels, er heißt Rjabowitsch und ist tatsächlich Offizier, Offizier in einem Regiment des Zaren, hat dieses Schicksal getroffen. Doch der Luchsbart ist nicht sein einziges Manko. Rjabowitsch ist gleichsam angefüllt mit Eigenschaften, die ihn zu einer gesellschaftlichen Nullstelle, eher noch zu einem Negativposten machen. Er kann weder tanzen noch beherrscht er das Billardspiel, muss eine Brille tragen, Frauen schüchtern ihn ein, kurzum, für seine schneidigen Kameraden ist er eine einzige Peinlichkeit, eine langweilende Erscheinung.

Nun widerfährt aber gerade diesem unscheinbaren Rjabowitsch nichts weniger als ein Wunder. Wir befinden uns auf einem kleinen Empfang, den ein Gutsherr, Generalleutnant der Reserve, den Offizieren der durchziehenden Brigade gibt, Tee wird gereicht und Schärferes. Der luchsbärtige Rjabowitsch hat gerade Gefallen an dem Gedanken gefunden, dass auf diesem Empfang alles – bis hin zur ins *fortissimo* aufgesetzten Freundlichkeit – von den Gastgebern inszeniert ist. Nichts ist persönlich gemeint, alles aber auf das Vorbildlichste zum Ablauf gebracht. Und so muss sich auch Rjabowitsch keine Sorgen über seine bedauernswerte Unauffälligkeit machen, wie alle anderen ist er in diesem Stück gleichzeitig gemeint und eben auch nicht gemeint.

Also wandert er ein wenig durch die Räume des Anwesens, besucht auch kurz den Billardraum, verweilt dort aber nicht länger, schließlich beherrscht er dieses Spiel ja nicht, sucht den Weg zurück in den Salon, verläuft sich und wird dann – jetzt geschieht das Wunder – in einem dunklen Gang plötzlich von einer unbekannten, überaus wohlparfümierten Dame, die ausruft: »Nun endlich!« umarmt und geküsst.

Selbstverständlich handelt es sich um eine Verwechslung, doch bei einem Wunder spielt das keine Rolle. Auch nicht, dass die Dame sofort entflieht. Unser Offizier Rjabowitsch hat auf die allerflüchtigste Art das Sakrament der Liebe empfangen, fühlt auch sofort seinen Hals, dort, wo die Hände der Dame ihn kurz umfangen hielten, wie mit einem edlen Öl betropft.

Nein, er gibt sich nicht der Illusion hin, dass die Zärtlichkeit ihm galt, doch das mindert die Erregung, die diese Begegnung in ihm ausgelöst hat, nicht im Geringsten. Rjabowitsch ist ein Erweckter. Und hier beginnt sein Unglück: Dieser schüchterne Luchsbärtige hat nicht die Zunge, sein Gefühl in angemessener Weise mitteilen zu können – zu groß ist die Empfindung, zu armselig sein Sprachschatz – und außerdem: Wer hört ihm schon zu?

Diese Novelle mit dem Titel ›Der Kuss‹ kann in ihrer Subtilität, ihrem Empfindungsreichtum, ihrem zarten Spott von niemand anderem stammen als von Anton Pawlowitsch Tschechow, gewiss dem beliebtesten russischen Schriftsteller des ausgehenden 19. Jahrhunderts. Ob man Dostojewski höher schätzte als Tolstoi, darüber konnten russische Literaten tage- und nächtelang rechten, doch zwei Namen sind außerhalb dieses Streites gestellt: Puschkin und Tschechow, dessen Theaterstücke und Erzählungen noch heute zu jenen Klassikern gehören, auf denen kein Körnchen Staub haften bleibt. ›Den Kuss‹ habe ich aus mehreren Gründen ausgewählt:

Einmal soll damit an eine Geschichte erinnert werden, die vielleicht nicht mehr ganz so bekannt ist wie die viel berühmtere Erzählung ›Die Dame mit dem Hündchen‹, wie vielleicht auch ›Rothschilds Geige‹, ›Krankenzimmer Nr. 6‹ oder jene Erzählung, die Thomas Mann überaus schätzte und die den so provokanten Titel trägt: ›Eine langweilige Geschichte‹.

Ein zweiter, nicht weniger gewichtiger Grund für meine Auswahl liegt darin, dass gerade diese kurze Geschichte von Tschechow ein gutes Beispiel für jene Erzähltechnik ist, die am Beginn des Genres der *Kurzgeschichten* steht und die man »das Bewahren des Käfers in Bernstein« nennen kann.

Der dritte Grund lässt sich vielleicht bereits erahnen: Ein Schriftsteller, der mehr als neun Dutzend Erzählungen hinterlassen hat, verrät uns auch ein wenig über seine ihm eigene Handschrift. Nein, wir wollen nicht sein Leben ergründen, das hätte (und hat) er sich verbeten, obwohl er selbst in nicht wenigen Briefen davon schrieb. Doch wir können gerade aus den Erzählungen lernen, die Welt ein wenig mit

Tschechows Augen zu sehen, mit, wenn man so will, seinen Perspektiven als Erzähler. Die Erzählung ist ja der Ort, wo Kunst und Biografie ineinander übergehen.

Anton Pawlowitsch Tschechows Großvater war noch Leibeigener gewesen, schaffte es aber, sich und seine Familie freizukaufen. Der Vater des Schriftstellers betrieb als Kaufmann einen kleinen Laden und Schnapsausschank, war in Letzterem aber leider oft sein bester Kunde, bis er so viele Schulden angehäuft hatte, dass ihm nur noch die Flucht vor den Gläubigern nach Moskau blieb. Anton, der drittälteste Sohn, blieb in der Geburtsstadt, blieb bis zu seinem Abitur im südrussischen Taganrog, einem bedeutenden Militärhafen im äußersten Osten des Asow'schen Meeres. (Von dieser Stadt, das gehört hier nicht zum Thema, auch wenn es im ungeschriebenen Schuldbuch der deutschen Geschichte auftaucht, wurde der Luftkrieg um Stalingrad organisiert, in ihr verübte die deutsche SS eines der übelsten Pogrome gegen die jüdische Bevölkerung. Der verantwortliche Kommandant wohnte in unmittelbarer Nähe von Tschechows früherem Elternhaus.)

Anton Tschechow lässt seine Heimat in vielen seiner Erzählungen immer wieder kurz auftauchen, etwa in der 1888 erschienenen, längeren Kurzgeschichte ›Die Steppe‹. Das macht ihn jedoch nicht zum Heimatschriftsteller. Er ist ein Beobachter, der nicht anklagend Verluste beweint oder vermeintlich Verlorenes wiederfinden will. Tschechow ist vielmehr ein Betrachter, der aus nahem Abstand *diagnostiziert.*

Das verwundert nicht, schließlich hat Tschechow in Moskau Medizin studiert und Diagnostizieren gehört zur Profession. Doch dieser Arzt glaubte genauso wenig an seine Macht, einen Patienten zu heilen (seine Tuberkulose, die Krankheit, an der er mit knapp 44 Jahren starb, behandelte er einfach durch langjähriges Ignorieren), wie er es als

Schriftsteller für in seiner literarischen Macht liegend hielt, die an so vielen Symptomen krankende russische Gesellschaft durch (unbarmherzige) Diagnosen auf den Weg der Besserung zu führen.

Wie teilt man nun Patienten, wie teilt man seinen russischen Mitmenschen mit, wie es um sie steht? Zum Beispiel so: 1889 beschloss Tschechow, eine Strafkolonie auf der Insel Sachalin, im äußersten Osten des Russischen Reiches, zu besuchen, um die Lebensbedingungen der dorthin Verbannten zu untersuchen und zu beschreiben. Sachalin sei die reinste Hölle, hielt er völlig ohne Ironie nach seiner Rückkehr in einer Monografie fest, die den schlichten Titel ›Die Insel Sachalin‹ trug – und die immerhin bewirkte, dass sich, wenn auch Jahre später, eine Regierungskommission auf den Weg machte, um sich ein Bild von dem dortigen Unheil zu verschaffen.

Tschechow war dennoch durchgängig skeptisch gegenüber der Möglichkeit, Aufklärung oder – noch dramatischer – soziale Reformen mit literarischen Mitteln erreichen zu können. Das Projekt »Sachalin«, das ihm noch lange nach der Reise unendliche Mühsal bereitete, mag diese Skepsis bestärkt haben, doch es hinderte ihn nicht daran, sich weiterhin nachhaltig für diejenigen einzusetzen, die der Barmherzigkeit bedurften.

Zu Tschechows 150. Geburtstag erschienen hierzulande erfreulich viele neue Editionen, neu zusammengefasste alte Editionen, Briefwechsel, korrigierte Übersetzungen, Kommentare, erweiterte Biografien, gleichsam ein großzügig ausgeschüttetes Füllhorn literarischer Alt- und Neuerscheinungen. Das ist eine Freude für Philologen und mehr noch ein großer Gewinn gerade auch für Leser, die des Russischen nicht mächtig – und vielleicht auch nie einem Luchs begegnet sind. Also kann jeder Leser »seinen« Tschechow immer wieder neu entdecken, in einer anderen Landschaft, in einem weicheren oder härteren Licht, in bekannter oder unbekannter Gesellschaft. Denn Tschechow, das bemerkte schon sein Kollege Tolstoi ungewöhnlich freundlich, ist ein Autor, den man immer wieder lesen kann. Und Tolstoi war nicht bekannt für die Freizügigkeit seiner Komplimente.

Allerdings bezog er sich bei seinem so positiven Urteil nur auf die scheinbar schmucklosen, aber schönen Erzählungen. »Ihre Dramen, lieber Tschechow«, sagte Tolstoi nach einem Theaterbesuch in Moskau, wo ›Die Möwe‹ gegeben wurde, »Ihre Dramen sind ja noch schlechter als die von Shakespeare.«

## JOHN UPDIKE

Die Stadt Reading im US-Staat Pennsylvania wird nicht allen Lesern bekannt sein. Das ist, ehrlich gesagt und bei allem Respekt vor den dortigen Einwohnern, kein schweres Manko. Man stelle sich nur eine größere kleine Stadt in Deutschland vor, zum Beispiel Reutlingen, die deutsche Partnerstadt von Reading.

Man würde nicht auf den Gedanken kommen, dass ein solcher Ort Anlass oder Stoff für den vielleicht größten Sozialroman der zweiten Hälfte des 20. Jahrhunderts böte – genau genommen für fünf Romane, erschienen jeweils im Abstand von zehn Jahren, über das Leben in einer kleinen Stadt in einer mittlerweile relativ unbedeutenden Gegend, deren ökonomischer Niedergang sich immer deutlicher abzeichnet.

Es sind keine Heldensagen, sondern Geschichten über Autoverkäufe, Partnertausch und die Schatten der großen Politik. Wer sich künftig über die Geschichte der Vereinigten Staaten in jenen fünf Jahrzehnten auslässt, der muss sein Urteil an den Befunden jenes Romanciers messen lassen, der diese Geschichten zusammengewoben hat. An seinem literarischen Ausdruck kann er sich jedoch nur schwerlich messen, denn dieser Romancier zählt zu den größten Autoren – denen dennoch in Stockholm nie jene Anerkennung ausgesprochen wurde, die im Namen des Dynamitherstellers Nobel für literarischen Ruhm bestimmt wurde.

Der Autor nicht nur dieser Werke war der 2009 gestorbene, 1932 in einem Vorort von besagtem Reading geborene John Hoyer Updike. Er war der Sohn eines dort tätigen Lehrers und einer literarisch so ambitionierten wie erfolgreichen Mutter, die dem kleinen John schon durch das Klappern ihrer Schreibmaschine jeden Morgen die Botschaft vermittelte, dass es eine große, eine Welt jenseits der Provinz, jenseits von Reading gab. Ein Vetter, das war Anfang der 1940er Jahre, schenkte der Mutter das Abonnement einer Zeitschrift, die schon durch ihr kühles Titelbild auf den jungen John Updike eine magische Anziehungskraft ausübte. Das Magazin trug und trägt heute noch den Titel ›The New Yorker‹. Dem kleinen John stieß es das Tor zur Welt auf.

Der Gründer des ›New Yorker‹, Mr. Harold Ross, hatte übrigens 1925 in seiner ersten programmatischen Erklärung zum Erscheinen des Blattes ausdrücklich betont, diese Zeitschrift richte sich *nicht* an Damen in der Provinz.

30 Jahre später, 1955, wurde der Sohn dieser Dame aus der Provinz Redakteur jener Zeitschrift. John Updike war damals gerade 23 Jahre alt, konnte aber bereits neben einigen veröffentlichten Gedichten auf seine Doktorarbeit an der Harvard-Universität verweisen. Diese Arbeit, bewertet mit *summa cum laude*, galt dem englischen Dichter Robert Herrick. Einem Poeten des elisabethanischen Zeitalters, der Gedichte von unendlich schöner, schlichter Direktheit über die Liebe und den Tod verfasst hatte. Das sind Themen, die uns auch in Reading, Pennsylvania, wieder begegnen werden.

Dem jungen Mann aus der amerikanischen Provinz, der auch Kunstgeschichte studiert hatte, wurde vom Herausgeber des ›New Yorker‹ ein Posten für die Sparte »Talk of the Town«, also »Stadtgespräch« angeboten. Die Stadt war in aller Regel New York. »Talk of the Town« war eine journalistische Kunstform, die scheinbar triviale Einzelbeobachtungen, das Auftauchen einer neuen Hutmode unter Staatsanwälten, die Rhetorik eines Straßenhändlers, vielleicht auch das Verschwinden einer Eckkneipe in den Rang von Literatur beförderte. Es ging um die hohe Schule der exakten Beobachtung und ein Gespür für deren Bedeutung.

Die Stelle beim ›New Yorker‹ war also eine gewaltige Herausforderung. Für diese Kolumnen schrieben nur die Besten. Natürlich nahm John Updike die Herausforderung an. Und wenige Jahre später, als er glaubte, dieses Metier zu beherrschen, verließ er diesen Posten wieder, der für andere eine begehrte Lebensstellung war. Updike reizte die prekäre Freiheit des Romanschreibers.

Selbstverständlich bewahrte er seine Gabe, aus vermeintlich belanglosen Disteln am Straßenrand literarischen Honig zu saugen, wie Jean Paul diesen Prozess der wertschöpfenden Wahrnehmung einmal umschrieben hat. Unvergesslich bleiben kleine Preziosen seiner Beobachtung, wie etwa die Geschichte, die sein Befremden festhielt, als er an einem Sonntagmorgen aus dem konservativen Pennsylvania in den Nachbarstaat geriet. Dort bemerkte er, dass die Männer statt in die Kirche zu gehen, in aller Öffentlichkeit ihre Autos wuschen. Allerdings mit einer skandalösen, fast religiösen Hingabe.

Das Thema »Auto« taucht an dieser Stelle natürlich nicht zufällig auf. Der Held von Updikes fünfbändigem Werk über die Geschichte der vergangenen 50 Jahre der Vereinigten Staaten, jener legendäre Harry Angstrom, genannt »Rabbit«, also »Kaninchen«, ist schließlich Autoverkäufer – und zwar in einer jener kleingroßen, leicht verwechselbaren Städte, von denen vorhin die Rede war.

»Rabbit« erhielt seinen Spitznamen, weil er sich im Basketball so flink und fintenreich bewegen konnte wie kein anderer – und weil seine sexuellen Begierden selten an Grenzen stießen. Für eine kurze Zeit war er einmal ein Sportstar, ein aus der Masse Herausgehobener, doch die nachfolgende Karriere im bürgerlichen Leben verläuft eher flach. Angstrom, Rabbit, wird Filialleiter der Niederlassung einer japanischen Automobilkette. Die wichtigen Wörter lauten hier: »Filialleiter« und »japanische Automobilkette«, der amerikanische Traum setzt bereits auf Importe. Über Strategien entscheiden andere, fernab von Reading, vielleicht sogar von Washington. Und für einen ehemaligen Basketballstar kann der Posten des Filialleiters in einer Kleinstadt auch nicht als der Jackpot in der Wirtschaft gelten.

Updike führt das Schicksal des Autohändlers scheinbar unauffällig zusammen mit entscheidenden Abschnitten der amerikanischen oder der Weltgeschichte. Unauffällig, weil diese historischen Glanzlichter als ein- oder ausschaltbarer Subtext auftauchen. Der Leser nimmt sie wahr, wie sie einem Autoverkäufer durch ein Radio im Nebenzimmer, die Nachrichten im Fernsehen, gelegentlich auch durch Zeitungsberichte oder im Kundengespräch mitgeteilt werden.

Im Vordergrund der Erzählung tummeln sich dagegen die tagtäglichen Kämpfe um den geschäftlichen Vorteil, das Absichern der Macht in der eigenen Familie – und eben die Jagd nach einem neuen sexuellen Abenteuer.

Hier wie auch in seinen vielen anderen Romanen und Kurzgeschichten besticht Updike, einer der produktivsten Autoren seiner Zeit, durch seinen Ausdruck. Er beherrscht die Sprache wie ein Uhrmacher sein präzises Räderwerk. Das gilt für die Darstellung jener Akte, die unter anderem zur menschlichen Fortpflanzung dienen, ebenso wie für die des Naschwerks, das an einem Kiosk feilgeboten wird, oder für die Nachzeichnung des leicht verrutschten Trägers eines Büstenhalters, es trifft aber auch zu für die Wiedergabe des Jargons eines Autohändlers. Updike zaubert hier aus Katalogtexten, die voll sind mit Begriffen wie »Doppelrückstoßventile«, »Verblechung« oder »Rücklaufleitung« eine Sprache der sinnlichen Verführung.

Updikes Stil ist so dicht wie der seines großen Vorbilds Vladimir Nabokov, gleichzeitig lässt er aus dem Trivialen ein Kunstgebäude entstehen, das uns unmittelbar plausibel erscheint. Nur ein Beispiel: Da begibt sich der Held des Romans mit einem kleinen Boot aufs Meer, um seinem Enkel eine Freude zu machen. Das Wetter schlägt um, zusätzlich erleidet der Held eine Herzattacke. Er weiß, er muss unbedingt bei Bewusstsein bleiben, und so fordert er den Enkel auf, ihm beständig eine Melodie vorzusingen. Natürlich kennt kein amerikanisches Kind mehr ein Lied, also singt der Kleine ununterbrochen die Werbeeinspielungen, die er aus dem Fernsehen kennt.

Hier haben wir sie wieder, die Verschränkung der Alltagswelt mit dem großen Thema. Den Tod vor Augen hört der Held keine göttlichen Sirenengesänge, sondern die Jingles von Waschmittelproduzenten. Wir sind der Wirklichkeit jederzeit schrecklich nahe.

Ich habe bislang vornehmlich von der Serie über den Autoverkäufer Harry Angstrom, also die »Rabbit«-Reihe berichtet, weil sie mir beispielhaft vorkommt und ihre Lektüre dazu angetan, diesem Autor zu verfallen. Es bleibt bei einem so fleißigen Schriftsteller zwangsläufig vieles unerwähnt: etwa die Kurzgeschichten, denen vielleicht sogar seine größere Zuneigung gehörte, die Gedichte und nicht minder die zahlreichen Essays. Diesen Schriftsteller überfiel Existenzangst, wenn er am Tag nicht ein bestimmtes Pensum an Geschriebenem vorzuweisen hatte.

John Updikes Credo lautete dabei: »Nimm dir nie einen Intellektuellen oder gar einen Schriftsteller als Hauptfigur, über sich selbst zu schreiben, ist reine Zeitvergeudung!« Das war ein wenig kokett. Jeder Autor, Updike nicht ausgenommen, schreibt schließlich immer auch über sich selbst und die eigenen Erfahrungen, nur drängen sich einige eben stärker ins Bild als andere. Auch haben andere Autoren weniger Respekt vor dem Eigenleben der von ihnen literarisch erschaffenen Figuren.

Aber Updike war auch deshalb eine Ausnahmeerscheinung, weil er wie wenige seiner Kollegen über die Natur der Wahrnehmung und deren Wiedergabe reflektierte. Wir haben schon davon gesprochen, dass er Kunstgeschichte studiert hatte, seine Kritiken erschienen bis kurz vor seinem Tod.

Mit dem abstrakten Expressionismus, wie er in den fünfziger und frühen sechziger Jahren gerade in New York so heftig entflammt war, konnte der Autor nicht viel anfangen. Abstraktes war ihm zu geheimnislos. Die letzte Stilrichtung, der er mit großer Neugier folgte, war die Pop-Art – und hier stellt sich gleich wieder eine Beziehung zu seinem eigenen literarischen Schaffen her. Sie liegt in der Ziselierung des Details, der scheinbar banalen Großaufnahme des Kleinen, des meist Übersehenen aus dem Alltag: eine verwitterte Fahne vielleicht oder eine Blechkonserve, die Tomatensuppe enthält.

Genau diese Aufmerksamkeit war es, die Updike an der Pop-Art Gefallen und künstlerische Seelenverwandtschaft finden ließ. Keineswegs ging es ihm um die Lampions des Psychedelischen, die ja auch über der Bewegung flackerten, und schon gar nicht um die Rituale sinnlicher Libertinage der »Szene« in den austauschbaren Lofts oder Kellern im südlichen Manhattan.

Updike war nämlich die Verkörperung eines liberal zurückhaltenden Konservativen, wie Gott ihn je schuf. Wenn er »deftige« Szenen zu Papier brachte, was nicht selten geschah, legte er jegliche feuchte Anmutung von Schlüpfrigkeit gleich wieder trocken, indem er seinen Bildern den Hochglanz übertreibender Werbeprospekte verpasste. Auch hier blieb er der Meister der Lichtgestaltung.

Einmal schrieb sein Kollege Norman Mailer in einer Kritik, sein Werk sei zwar außerordentlich spannend, der Sex gut getroffen, nur solle er gefälligst nicht so verdammt distanziert sorgfältig schreiben, sondern die Tür zum Bordell einfach aufstoßen. Notfalls mit dem Fuß. Auf diese Kritik angesprochen schüttelte Updike traurig den Kopf und erwiderte höflich: »Meine Herren, ich schätze Lob, doch hier muss ein Missverständnis vorliegen.« Lichtgestalter, die sich meisterhaft auf Oberflächen verstehen, dürfen so reden.

# ANHANG

## PERSONEN- UND WERKREGISTER


**A**

Achebe, Chinua 72 f.
Adelung, Johann Christoph 8 f.
Aischylos 8, 13–18
*Orestie* 8, 14–17
*Die Perser* 15, 17
Andersch, Alfred 43 f.
Anna Amalia, Herzogin 91
Aristoteles 88
Augstein, Rudolf 46
*Jesus Menschensohn* 46
Austen, Cassandra 20–22
Austen, Jane 19–25
*Verstand und Gefühl* 19, 23, 25
*Stolz und Vorurteil* 19, 21, 23 ff.
*The History of England* 22
Austen, William George 20 f.

**B**

Balzac, Honoré de 26–32
*La Comédie Humaine* 26, 30 f.
*Die Königstreuen* 29
*Le Père Goriot* 30 f.
Barthes, Roland 7
*Der Autor ist tot* 7
Beckett, Samuel 33–39
*Warten auf Godot* 33–39
*Murphy* 36 ff.
Beethoven, Ludwig van 77
Behan, Brendan 35
Bellmann, Carl Michael 49
Berny, Laure Antoinette de 29
Blair, Eric *siehe* Orwell, George
Böll, Heinrich 40–46
*Irisches Tagebuch* 40
*Gruppenbild mit Dame* 41, 45
*Wanderer, kommst du nach Spa …* 42
*Die schwarzen Schafe* 43 f.
*Dr. Murkes gesammeltes Schweigen* 44
*Und sagte kein einziges Wort* 44 f.
*Wo warst du, Adam?* 44
*Haus ohne Hüter* 44
*Billard um halb zehn* 45
*Ansichten eines Clowns* 45
*Die verlorene Ehre der Katharina Blum* 45
Böll, Viktor 41
Borchert, Wolfgang 43
Borges, Jorge Luis 11, 155
Börne, Ludwig 27, 113 f.
Brandt, Margaretha 86, 88
Brecht, Bertolt 47–53

*Lied von der belebenden Wirkung des Geldes* 47
*Baal* 48
*Dreigroschenoper* 48*f.*
*Trommeln in der Nacht* 48
*Leben des Galilei* 51*ff.*
Broch, Hermann 43
Brodsky, Joseph 159
Büchner, Georg 113
Buñuel, Luis 75, 77
Byron, Lord 86

C

Campe, Julius 115
Canetti, Elias 49
Cao Xueqin 54–59
*Traum der roten Kammer* 54–59
Carroll, Lewis 60–67
*Alice im Wunderland* 60*ff.*, 66
*An Elementary Treatise on Determinants* 62
Cervantes, Miguel de 193
Chandler, Raymond 120
Chopin, Frédéric 77
Conrad, Joseph 68–74
*Der Nigger von der Narzissus* 69
*Nostromo* 69
*Taifun* 69
*Jugend* 69
*Das Herz der Finsternis* 69–73
Cooper, Gary 121
Coppola, Francis Ford 69

D

Dalí, Salvador 75, 77, 79
Dante Alighieri 30, 35, 117
*Die Göttliche Komödie* 30
Darwin, Charles 136
Dechevaux-Dumesnil, Suzanne 38
Delacroix, Eugène 114
Dickens, Charles 69
Dodgson, Charles Lutwidge *siehe* Carroll, Lewis
Dostojewski, Fjodor Michailowitsch 202
Doyle, Arthur Conan 26, 32
Dürer, Albrecht 37

E

Einstein, Albert 52, 107
Eisenstein, Sergei Michailowitsch 36
Eisler, Hanns 47, 50
Elisabeth I., Königin 181
Ernst August II., König von Hannover 99
Euripides 13

F

Falla, Manuel de 75, 79
Faulkner, William 43, 122
Ferdinand VII. 79
Feuchtwanger, Lion 43
Filbinger, Hans Karl 46
Fontane, Theodor 71, 104

Ford, Ford Madox 73 f.
Foucault, Michael 7
*Was ist ein Autor?* 7
Franco, spanischer Diktator 75, 162, 164 f.
Franz Joseph, Kaiser von Österreich und König von Ungarn 153, 170, 173
Freud, Sigmund 149
*Traumdeutung* 149

## G

Galland, Antoine 198 f.
Gandhi, Mahatma 162
Ganghofer, Ludwig 107, 120
Georg III., König von Großbritannien 99
Goethe, Johann Caspar 91
Goethe, Johann Wolfgang von 8, 83–95, 114 f., 117, 131, 134, 138, 179
*Faust* 83, 86–88
*Urfaust* 86
*Faust II* 86
*Die Launen des Verliebten* 83
*Die Mitschuldigen* 83
*Prolog zu den neuesten Offenbarungen Gottes* 83
*Götter, Helden und Wieland* 83
*Hanswursts Hochzeit* 83
*Götz von Berlichingen* 85, 95, 182
*Die Leiden des jungen Werthers* 84, 89 f., 94, 179
*Lila* 84 ff.
*Stella* 86
*Iphigenie auf Tauris* 86, 95
*Egmont* 86, 95
*Geschwister* 86
*Empfindsamkeit* 86
*Clavigo* 86
*Der Rattenfänger* 92
*Italienische Reise* 93
*Dichtung und Wahrheit* 93
*Kampagnen in Frankreich* 93
*Novelle* 93
*Tasso* 95
Gogol, Nikolai 142, 147, 160
*Die toten Seelen* 142, 160
Gray, John 49
Grillparzer, Franz 129
Grimm, Wilhelm und Jacob 96–102
*Kinder- und Hausmärchen* 96
*Der Froschkönig* 96
*Hänsel und Gretel* 96
*Rotkäppchen* 96
*Die Bremer Stadtmusikanten* 96
*Frau Holle* 96, 100 f.
*König Drosselbart* 96
*Eisenhans* 96
*Schneewittchen* 96
*Rapunzel* 96
*Der gestiefelte Kater* 96
*Der Fischer und seine Frau* 96
*Die Sieben Raben* 101
*Die zertanzten Schuhe* 101
*Der Hase und der Igel* 101
*Die Sterntaler* 101
*Der gläserne Sarg* 101
Gris, Juan 119
Gutzkow, Karl 113

**H**

Hauptmann, Carl 104f.
Hauptmann, Gerhart 103–109
*Einsame Menschen 103*
*Die Weber 106*
*Hanneles Himmelfahrt 106, 108*
*Und Pippa tanzt 106*
*Die Ratten 108*
Hauptmann, Marie 104f.
Hegel, Georg Wilhelm Friedrich 113, 115
Heine, Heinrich 106, 110–116
*Weberlied 106*
*Deutschland. Ein Wintermärchen 112, 116*
*Buch der Lieder 115*
*Reisebilder 115*
*Aus der Matratzengruft 116*
Heisenberg, Werner 52
Hemingway, Ernest Miller 43, 117–122
*Der alte Mann und das Meer 117, 122*
*In einem andern Land 119f.*
Herrick, Robert 207
Hindemith, Paul 50
Hudson, Rock 121
Hüffer, Ford Hermann *siehe* Ford, Ford Madox
Hugo, Victor 69, 73

**I/J**

Ibsen, Henrik 12, 149
James I., König von England 181
Jean Paul 11, 208
Johnson Samuel 190, 194
Jonson, Ben 187
Joyce, James 35, 119, 155
*Finnegans Wake 35*
Julius Caesar, röm. Konsul 184
Jünger, Ernst 120

**K**

Kafka, Franz 61, 133, 147
Kant, Immanuel 130
*Kritik der Urteilskraft 130*
Karl August, Herzog 89, 91
Karl Eugen, Herzog 174, 178
Karl X., König von Frankreich 114
Kawabata Yasunari 9, 123–128
*Schneeland 125–128*
*Tausend Kraniche 125*
*Ein Kirschbaum im Winter 125*
Kipling, Rudyard 49, 71
Kisch, Egon Erwin 172
Kleist, Heinrich von 129–134
*Familie Schroffenstein 131*
*Der zerbrochne Krug 131, 134*
*Michael Kohlhaas 132ff.*
*Guiscard 133*
*Prinz von Homburg 134*
*Das Erdbeben in Chili 134*
*Die Marquise von O. 134*
*Die Verlobung in St. Domingo 134*
Kopelew, Lew 45
Korzeniowski, Apollo 68
Kraus, Karl 71, 151

**L**

Lagerlöf, Erik Gustav 137
Lagerlöf, Selma 135–141
*Nils Holgersson 135, 141*
*Gösta Berling 134–140*
Lewis, Sinclair 118
Lorca, Federico García 75–82
*Cante Jondo/Das tiefgründige Lied 79*
*Zigeunerballaden 79*
*Bluthochzeit 80*
*Yerma 80*
*Das Haus der Bernarda Alba 80*
Lu Xun 142–147
*Die wahre Geschichte des Ah Q 146f.*
Ludwig II., König von Bayern 91
Luther, Martin 112, 133

**M**

Mailer, Norman 212
Mann, Heinrich 43, 107f.
Mann, Thomas 10, 43, 54, 89, 106–109, 126f., 134, 202
*Buddenbrooks 54*
*Zauberberg 126*
Mao Zedong 147, 167
Marx, Karl 53
Maupassant, Guy de 71
Maximilian, Herzog von Bayern 168
McCarthy, Joseph Raymond 53, 167
Meinhof, Ulrike 45
Melville, Herman 122
*Moby Dick 122*
Merian, Anna Maria Sibylla 155
Metternich, Lothar von 113
Musil, Robert 11, 148–154
*Der Mann ohne Eigenschaften 11, 148, 152f.*
*Die Verwirrungen des Zöglings Törleß 149*
*Die Amsel 151*
*Tonka 152*

**N**

Nabokov, Nikolai 157
Nabovov, Vladimir 155–160, 210
*Lolita 156, 158ff.*
*Erinnerung, sprich 157*
*Der Zauberer 158*
Nadolny, Sten 100
Napoleon I., Kaiser von Frankreich 138
Neumann, Elisabeth 49

**O**

O'Brian, Flann 35
Orwell, George 161–167
*Farm der Tiere 161, 165f.*
*1984 161, 165ff.*
*Mein Katalonien 165*

**P**


Passos, John Dos 119
Picabia, Francis 119
Picasso, Pablo 119
Pineda, Mariana 79
Pirandello, Luigi 50
Piscator, Erwin 107
Planer, Minna 88
Polgar, Alfred 172
Pound, Ezra 119
Proust, Marcel 10, 29, 36
*Auf der Suche nach der verlorenen Zeit 10*
Puschkin, Alexander Sergejewitsch 202


**R**


Rabelais, François 193
Remarque, Erich Maria 107, 120
*Im Westen nichts Neues 120*
Richter, Hans Werner 43
Rilke, Rainer Maria 157
Ross, Harold 207
Roth, Joseph 168–171
*Das falsche Gewicht 170, 173*
*Juden auf Wanderschaft 171*
*Radetzkymarsch 173*
*Die Legende vom heiligen Trinker 173*
Roth, Nachum 169
Rousseau, Jean-Jacques 130


**S**


Savigny, Friedrich Carl von 115
Schiller, Friedrich 114 f., 131, 174–180
*Die Räuber 174, 176–179*
*Wilhelm Tell 179*
*Don Carlos 179*
Schindel, Johann 168
Schlegel, August Wilhelm 115
Schlöndorff, Volker 149
Schnitzler, Arthur 149 f.
Schnurre, Wolfdietrich 43
Schöne, Albrecht 83
Scott, Francis 119
Shakespeare, William 69, 73, 84, 117, 175 f., 181–187, 205
*Der Widerspenstigen Zähmung 185*
*Wie es euch gefällt 185*
*Was ihr wollt 185*
*Ein Sommernachtstraum 186*
Simonides 42
Sissi, Kaiserin von Österreich 116, 168, 170
Slonim, Vera 158, 160
Solschenizyn, Alexander 45
Sophokles 13
Stalin, Josef 53, 164 f., 166 f.
Stein, Gertrude 119
Steinbeck, John 43
Sterne, Elisabeth 191
Sterne, Laurence 188–194
*Leben und Ansichten von Tristram Shandy, Gentleman 188–194*
Strindberg, August 139 ff.
Swift, Jonathan 35

## T

Teller, Edward 52
Tocqueville, Alexis von 27
Tolstoi, Leo 202, 205
Tschechow, Anton 200–205
*Der Kuss* *202*
*Die Dame mit dem Hündchen* *202*
*Rothschilds Geige* *202*
*Krankenzimmer Nr. 6* *202*
*Eine langweilige Geschichte* *202*
*Die Steppe* *203*
*Die Insel Sachalin* *204*
*Die Möwe* *205*
Twain, Mark 118

## U

Ulbricht, Walter 53
Uljanow, Wladimir Iljitsch 157
Updike, John 206–212

## V

Valentin, Karl 34, 37 f.
Viehmann, Dorothea 97
Villon, François 49
Voltaire 199

## W

Wagner, Richard 88, 91, 101
*Der Ring der Nibelungen* *101*
*Tannhäuser* *101*
Walser, Martin 89
Wedekind, Frank 104
Weill, Kurt 49 f.
Wieland, Christoph Martin 8, 83 f.
Wilhelm II., Deutscher Kaiser und König von Preußen 106 f.
Wilhelm IV., König von Preußen 116
Woolf, Virginia 19

## Z

Zenge, Wilhelmine von 130
Zhou Shuren *siehe* Lu Xun
Zola, Émile 71
Zweig, Stefan 32, 47 f.

# QUELLENNACHWEIS

Bertolt Brecht: Lied von der belebenden Wirkung des Geldes, aus: Werkausgabe edition suhrkamp, Gesammelte Werke 3: Stücke 3. Suhrkamp Verlag, Frankfurt am Main 1975.
ders.: Lied des Stückschreibers, aus: Werkausgabe edition suhrkamp, Gesammelte Werke 9: Gedichte 2. Suhrkamp Verlag, Frankfurt am Main 1975.